Sigrid Ramge

Cannstatter Zuckerle

Sigrid Ramge

Cannstatter Zuckerle

Ein Stuttgart-Krimi

Silberburg-Verlag

Sigrid Ramge, geboren in Bad Köstritz in Thüringen, studierte Musik, später Gartenarchitektur. Sie ist seit über dreißig Jahren in Stuttgart zu Hause. Neben fünf Büchern sind von ihr Kurzkrimis in verschiedenen Anthologien erschienen. Sigrid Ramge leitete zehn Jahre lang die Schreibwerkstatt an der Universität Stuttgart/Studium Generale. Weitere Informationen im Internet: www.sigrid-ramge.de

Von Sigrid Ramge ist im Silberburg-Verlag bereits der Stuttgart-Krimi Tod im Trollinger (ISBN 978-3-87407-854-2) erschienen.

2. Auflage 2011

Umschlaggestaltung: Wager ! Kommunikation, Altenriet.
Lektorat: Bettina Kimpel, Tübingen.
Druck: CPI books, Leck.
Printed in Germany.

ISBN 978-3-87407-990-7

Prolog

Am Heiligen See im Tempelbezirk von Karnak schrie eine Frau. Ihr Schrei stieg in den Nachthimmel und zerschnitt die Stimmen von Sethos I. und Ramses II.

Die beiden Gottkönige des alten Ägyptens führten eine angeregte Unterhaltung über ihre Glanztaten im Goldenen Theben, das sie vor mehr als 3000 Jahren zum Ruhme des Sonnengottes Amun hatten erbauen lassen. Da es ein deutschsprachiger Abend war, redete Ramses Hochdeutsch. Aber Sethos hatte einen unverkennbar schwäbischen Zungenschlag, der den Leuten einer Stuttgarter Reisegruppe fröhlich-zustimmende Kommentare entlockte: »Schwäbisch war ebe scho emmer a Weltsprach.« – »Der Sethos woiß, was er ons schuldig isch.«

Wenn nicht gerade ein Scheinwerfer die steinerne Kulisse aus Pylonen, Säulen, Obelisken und Kolossalstatuen in farbige Gespensterwelten verzauberte, war es stockdunkel in der Tempelstadt. Die Frau, die den gellenden Schrei ausgestoßen hatte, war nur kurz zu sehen gewesen, als ein Lichtkegel das Ufer gestreift hatte. Wegen des Schreis einer Frau ließen sich die Zuschauer nicht ihr Vergnügen an dem gigantischen Spektakel nehmen. Schließlich hatte jeder 25 Euro Eintritt bezahlt.

Die Touristenmassen, die in dieser Nacht zur *Sound and Light Show* den Tempel bevölkerten, kümmerten sich nicht darum, was am See vor sich ging.

Als die Frau ins Wasser sprang, löste sich ihr Pferdeschwanz und ihre Haarmähne plusterte sich um ihren Kopf auf wie ein rotgoldener Heiligenschein.

Die Show ging weiter.

Eins

Samstag, 31. Oktober

Der Oktober verabschiedete sich heiter und sonnig. Sein letzter Tag begann strahlend, wärmte bis Mittag Land und Leute mit 20 Grad und endete in einem windstillen, lauen Abend.

An diesem Samstag stieg auf Gustav Mahlers schwäbischem Gütle ein abendliches Grillfest in einem Partyzelt. Außergewöhnlich an diesem Festle war die Zusammenstellung der Gäste. Außergewöhnlich deswegen, weil sich einige von ihnen noch vor wenigen Wochen spinnefeind gewesen waren und sich nun in aller Eintracht an schwäbischem Trollinger, gegrillten Roten und Rostbraten gütlich taten.

Gustav Mahler, der Gastgeber, war mit seinem berühmten Namensvetter weder verwandt noch verschwägert und konnte nicht einmal Noten lesen. Allerdings war er ein Virtuose auf der Mundharmonika. Nachdem er vor einigen Jahren eine längere Haftstrafe hatte absitzen müssen, war er mit der jungen Thailänderin Jesa in seinem Wohnwagen gutbürgerlich sesshaft geworden. Fast wäre es im vergangenen Frühjahr mit dem redlichen Leben vorbei gewesen, weil Gustav wieder einmal bei der Polizei unter Verdacht geraten war. Unter Mordverdacht! Er war erst entlastet worden, nachdem sein Freund und Arbeitgeber, der Gärtner Max Busch, steif und fest behauptet hatte, er selbst sei es gewesen, der Rolf Ranberg Gift ins letzte Viertele gemixt habe.

Um Max hatte es dann lange ziemlich übel ausgesehen. Schließlich wurde er wie durch ein Wunder, sozusagen in letzter Minute, bevor der Richter das Lebenslänglich über die Lippen gebracht hatte, freigesprochen. Max und Gustav waren beide glücklich, wieder in Freiheit zu sein. Und das sollte an diesem 31. Oktober gefeiert werden.

Als Erste stellten sich Max und Luzie ein. Luzie winkte mit beiden Armen und der neunjährige Tobias rannte vorneweg. Max sah dem Jungen nach, und sein kantiges Gesicht verwandelte sich in die Kinderglücksmiene, die ihn so sympathisch machte. Er legte den Arm um Luzie und zog sie an seine Herkulesgestalt. Luzie quietschte vergnügt, zeigte ihre Wangengrübchen und warf ihre blonden Zottellocken in den Nacken. Obwohl Max und Gustav nachmittags gemeinsam den Komposthaufen umgesetzt hatten, schüttelten sie sich die Hände, als ob sie sich drei Jahre lang nicht gesehen hätten. Tobias half Gustav Mahlers mandeläugiger Jesa beim Auftischen der Getränke, Salate und Laugenbrezeln, ließ aber alles stehen und liegen, als Irma auftauchte. Im Schlepptau hatte sie Frau Ranberg. Oma Ranberg breitete die Arme aus und fing ihren Enkel auf. Tobias hätte seine kleine, mollige Oma glatt umgeworfen, wenn Irma keine Hilfestellung gegeben hätte. Irma lachte und dachte: Es ist doch alles für etwas gut, sogar ein Giftmord kann Dinge wieder ins Lot bringen. Kann einer alten, einsamen Frau zu einem Enkel verhelfen und einem Kind zu einer Großmutter.

Die junge Kommissarin Irma Eichhorn gehörte erst seit diesem Frühjahr zum Team der Stuttgarter Mordkommission, das Kriminalhauptkommissar Peter Schmoll unterstand. Angesichts des schwäbischen Gütle-Paradieses wurde es Irma so warm ums Herz, dass sie vergaß, wie sie als frisch »Reigschmeckte« an der schwäbischen Mentalität fast gescheitert wäre, und wie viel Mühe es sie gekostet hatte, den Stuttgarter Dialekt zu verstehen. Inzwischen hatte Irma Stuttgart lieben gelernt und sogar die Kehrwoche als heiligstes Gebot der Schwaben akzeptiert. Sie schätzte die vielen Sonnenscheintage und war froh, dass kein norddeutscher Wind ihre sowieso kaum zu bändigende kastanienbraune Löwenmähne aus der Fasson brachte. Auch liebte sie Stuttgarts Stäffele und vor allem die Weinberge.

Bei dieser angenehmen Überlegung angekommen, sah sie das schwäbische Urgestein namens Schmoll um die Ecke biegen. An seiner Seite trabte Kommissar Katz. Neben dem großen, stämmigen Schmoll wirkte Katz mickrig. Du meine Güte, dachte Irma, wie kann er nur seine dünnen Stachelbeerbeine in Bermudashorts stecken. Ob ihm das seine Oma verordnet hat? Die Oma mit den coolen Sprüchen. Vielleicht hatte sie gesagt: »Des Hösle muss uftrage werde, und heit isch a Wetterle drfier.«

Irgendwann würde Irma keine Ausrede mehr einfallen, die ständig wiederholten Einladungen, Katz und seine Oma zu besuchen, abzulehnen. Im Grunde war sie neugierig auf die alte Frau und hätte gern ergründet, wieso ihr Kollege Steffen Katz mit fast dreißig Jahren noch bei seiner Oma wohnte und sich, wie es schien, von der Alten ganz gewaltig gängeln ließ. Irma nahm sich vor, demnächst diese Einladung einmal anzunehmen, um Katz' häusliches Umfeld zu erforschen. Vielleicht war dabei auch das Rätsel zu lösen, weshalb bei ihm keine Frau anbeißen wollte. Katz ist zwar äußerlich ein bisschen spitzig, dachte Irma, doch sein Herzchen ist rund und goldrichtig. Außerdem ist er absolut pfiffig. Vielleicht sollte er sich, statt ständig nach großen Busen zu schielen, mit was kleinem Spitzen begnügen, das zu ihm passt. Na ja, die Männer! Diesem gestandenen Mannsbild Schmoll ist voriges Jahr seine langjährige Angetraute auch weggelaufen – oifach abghaue, wie man hier sagt. Abgehauen, weil Schmoll mehr mit seiner Arbeit verheiratet war als mit ihr.

Irma seufzte, ich bin Martin auch abgehauen, dachte sie. Doch es war richtig, dass ich mich von ihm getrennt habe. Es war außerdem vernünftig, mich von Mama zu trennen. Abstand zu gewinnen: zu Martin und zu Mama. Und auch zu Itzehoe. Mit achtundzwanzig Jahren einen Neuanfang zu wagen, hat sich gelohnt, auch wenn ich mich ziemlich mühsam durchsetzen musste.

»Hallo Boss, hallo Katz«, begrüßte Irma ihre Kollegen. »Hier auf Gustav Mahlers Gütle ist die Welt noch in Ordnung!«

Nachdem Schmoll und Katz die Gastgeber und auch Oma Ranberg und die Buschs begrüßt hatten, begab sich die Mordkommission geschlossen zu einer Besichtigung des geräumigen Wohnwagens, der vorbildlich gepflegten Gemüsebeete und des frisch ausgemisteten Hühnerstalls. Anschließend standen der hagere, bezopfte Gastgeber Gustav und das schwäbische Urgestein Kriminalhauptkommissar Schmoll am Grill und wendeten einträchtig rote Würste und Rostbraten über der Glut. Irma erinnerte sich an den Tag, als sich die beiden im Präsidium gegenübergesessen und sich mit so tiefer Abneigung gemustert hatten, als ob sie sich an die Gurgel springen wollten.

»Sodele«, schrie Schmoll und balancierte eine Platte mit Würsten und Schnitzeln zum Zelt. »Nagsesse wird. Jetzt geht's los!«

Gustav benahm sich wie ein aufmerksamer Oberkellner: »Noch Kartoffelsalat? Den hat Luzie beigesteuert. Echt schwäbisch, so schlonzig, dass er im Mund zergeht und von allein die Kehle runterrutscht. Probiert auch Jesas thailändische Spezialitäten. He, Jesa, erklär mal, was du da Exotisches zu bieten hast.«

Jesa zeigte auf einen Wok: »Gäng Keow Wan Gai.«

»Aha«, sagte Schmoll und schob skeptisch die Unterlippe vor. »Könnten Sie das bitte übersetzen?«

Jesa lachte und strich sich den bunten Kaftan über der hautengen Jeans glatt. »Ist Hühnchen mit grünes Curry, thailändische Mini-Auberginen und asiatische Bandnudeln. Aber vorsichtig bitte: ist sehrrr scharf.«

Nachdem jeder vom Gäng Keow Wan Gai gekostet hatte und alle nach Luft schnappten, goss Gustav die Viertelesgläser wieder voll. Trollinger! Wenn der Trollinger auch die Malesche des vergangenen Sommers ausgelöst hatte, prostete sich die gemischte Gesellschaft jetzt doch fröhlich damit zu.

Gustav klopfte mit dem Messer an sein Glas und erhob sich mit feierlicher Miene. »Ich freue mich, dass ihr meiner

Einladung gefolgt seid, und möchte euch jetzt den eigentlichen Grund dieser Feier verraten: Jesa und ich haben heute Morgen standesamtlich geheiratet!«

Diese Überraschung wurde lautstark bejubelt.

Gustav hob sein Glas zu Irma hin und sagte mit einem Hauch Rührung in der Stimme: »Unser Glück haben wir nicht zuletzt Irma Eichhorn zu verdanken. Sie hat sich dafür eingesetzt, einen skrupellosen, gewalttätigen Mann, den Jesa für ihren Ehemann hielt, ausfindig und dingfest zu machen.« Gustav blickte Jesa hingebungsvoll in ihre Mandelaugen. »Seit heute Morgen ist Jesa deutsche Staatsbürgerin und braucht nicht mehr zu fürchten, abgeschoben zu werden.«

Schmoll schmunzelte, streichelte seine Glatze und blickte in die Runde: »Ja, ja, das Eichhörnle hat tatsächlich für das Glück eines Schlawiners wie dem Gustav gesorgt! Durch ihren Spürsinn wurde nicht nur der angebliche Ehemann festgenommen, sondern gleichzeitig eine ganze Bande von Zuhältern und Schleppern aufgedeckt.«

»Irma hat einen grünen Daumen bei der Verbrecherjagd!«, sagte Max, der Gärtner.

Katz bügelte sich mit der flachen Hand die Napoleon-Fransen in die Stirn, eine Geste, mit der er Aussagen ankündigte, die er für wichtig hielt. »Des war doch au a cooler Hammer, wie Irma so ganz nebeher den gesuchtesten Heiratsschwindler Deutschlands erkannt und fange lasse hat.«

Irma wickelte verlegen die Spitze ihres Haarschwanzes um die Finger und sagte: »War reiner Zufall, weil sich dieser Kerl an mein naives Mütterlein rangemacht hatte. Für mich war die Sache nicht ruhmreich, sondern beschämend. Wer zeigt schon gern den Lover seiner eigenen Mutter an? Es ist mir nicht leicht gefallen, aber es musste sein. Mama nimmt mir das immer noch übel. – Können wir eventuell das Thema wechseln? Wir sind doch nicht hier, um mit unseren dienstlichen Erfolgen zu protzen.«

»Da hat sie recht«, sagte Max. »Wie wär's, wenn der Gustav uns was auf seiner Orgel vorspielt?«

Gustav Mahler ließ sich nicht lange bitten und zog seine Mundharmonika aus der Tasche. Er spielte ABBA-Hits, mit denen er jung gewesen war.

Luzie fiel lauthals ein: »*Mamma Mia, now I really know …*« Und dann sangen alle mit.

»Voll geil«, sagte Tobias. Er kannte ABBA, weil es die Lieblingsband seiner Mutter war. Es kam nicht selten vor, dass Luzie in der Küche den Kochlöffel oder in der Gärtnerei die Hacke fallen ließ und zu ihrem eigenen Gesang tanzte. Max hatte ihr einen Walkman und CDs geschenkt, aber Luzie wollte singen.

»Jetzt *Waterloo*!«, schrie sie Gustav zu – und die Klänge des gemischten Chors rauschten durch die laue Herbstnacht ins Tal und waren wahrscheinlich in Zuffenhausen auf dem Kelterplatz zu hören. Nach *I have a dream* steckte Gustav Mahler seine Mundharmonika in die Hosentasche und sagte: »Agnetha war meine erste Liebe.«

Alle waren durstig geworden und die nächste Musik bestand aus Gläserklingen.

Oma Ranberg murmelte: »Eine Weile hatte ich wirklich starke Abneigung gegen Trollinger. Immer musste ich daran denken, dass mein Rolf daran gestorben ist.«

»Nicht am Trollinger«, brummte Schmoll. »Es lag an dieser kleinen Prise E 605.«

Max bekam eine versteinerte Miene, stand auf und sagte, er wolle sich die Füße vertreten. Luzie sprang auf und lief ihm nach.

Das Thema »Tod im Trollinger« wurde von der Familie Busch sehr unterschiedlich verkraftet. Max wurde schlecht davon. Luzie tat, als ob es ihren Nachbarn Rolf Ranberg, der immerhin der Vater ihres Sohnes war, nie gegeben hatte. Tobias war froh, diesen Vater, der aus heiterem Himmel aufgetaucht war, aus dem Weg zu haben und wieder der Sohn von Max zu sein. Was Max mit Claire, Rolfs schöner Frau erlebt hatte, erfuhr niemand, auch seine Frau Luzie nicht.

Als Luzie und Max zurückkamen, war das Gespräch zwar nicht mehr bei der Trollinger-Leiche, aber doch noch bei den Ranbergs hängen geblieben. Oma Ranberg suchte Trost und Rat und wollte bestätigt haben, dass sie über den Nachlass ihres Sohnes richtig entschieden hatte. »Die Fabrik wird verpachtet«, sagte sie. »Dann kann sie später Tobias übernehmen.«

»Pah!«, machte Luzie, »Tobias wird gar nix übernehmen! Jetzt, wo die ganze Welt in dieser verdammten Finanzkrise steckt, wird die Fabrik sowieso bald pleitegehen.«

»Die Maschinenfabrik Ranberg ist ein seriöses Unternehmen«, verteidigte Frau Ranberg das Lebenswerk ihres verstorbenen Mannes. »Bis Tobias so weit ist, werden bestimmt wieder bessere Zeiten kommen.«

»Wir können nur abwarten, was die Schlaumeier in den Regierungen zusammenrühren«, sagte Luzie. »Vorerst geben sie ja mit vollen Händen die Steuergroschen ihrer Untertanen aus, um den hausgemachten Murks der Bänker und Wirtschaftsbosse zu bezahlen.«

Tobias verkündete: »Ich werde Gärtner wie Papa«, worauf sich Max' kantiges Gesicht entspannte.

Frau Ranberg glättete die Sorgenfalten in ihrem Stiefmütterchengesicht und sagte: »Na, das muss ja nicht heute entschieden werden.«

»Und, werden wir wieder Nachbarn?«, fragte Max. »Ziehen Sie wieder in die Villa?«

»O nein, Max, so schön das wäre, wieder neben euch zu wohnen, überhaupt weil ich dann Tobias in meiner Nähe hätte, aber ich könnte es nicht in dem Haus aushalten, in dem mein Rolf ermordet worden ist. Und was soll ich auch allein dort? Ich hatte daran gedacht, die Villa zu verkaufen, aber das Geld wird ja in der jetzigen Zeit immer weniger wert. Ich werde vermieten. Habe schon einige gute Angebote. Demnächst werde ich in Geld schwimmen.«

Irma rückte neben Frau Ranberg. »Kaufen Sie sich doch eine Eigentumswohnung. Irgendwo in Halbhöhenlage mit Blick über Stuttgart.«

»Also, umziehen möchte ich auf meine alten Tage nicht noch mal. Ich habe mich im *Haus des betreuten Wohnens* ganz gut eingelebt. Dort bleibe ich. Obwohl ich noch keine Betreuung brauche, ist es immerhin möglich, dass ich in ein paar Jahren froh bin, wenn ich Hilfestellung habe. Bis es so weit ist, möchte ich am liebsten noch ein bisschen in der Welt rumreisen. Das habe ich mir mein ganzes Leben lang gewünscht.«

»Wo würden Sie denn gern hinfahren?«, erkundigte sich Irma.

Oma Ranbergs Augen bekamen einen sehnsüchtigen Glanz. »Mein Traum war immer Ägypten: der Nil. Palmenwälder. Wüsten. Pyramiden. Königsgräber. Pharaonentempel. Ha, angesichts dieser 4000 Jahre, die dort auf mich herabblicken, würden meine dreiundsiebzig gar nicht mehr ins Gewicht fallen.«

»Dann fahren Sie doch!«, sagte Irma.

»Ich traue mich nicht. Ich bin noch nie allein verreist.«

»Warten Sie ab, bis Tobias ein paar Jahre älter ist. Der begleitet Sie dann und passt auf Sie auf.«

»Er ist erst neun! Bis Tobias groß genug ist, guck ich wahrscheinlich die Radieschen von unten an«, jammerte Frau Ranberg, und Irma sah fasziniert zu, wie ihr Stiefmütterchengesicht dahinwelkte. Nach einem Stoßseufzer fragte sie: »Mögen Sie Pharaonen, Irma?«

Irma lachte leise. »Ich war noch ein Kind, als ich zum ersten Mal ein Foto des Tutenchamun gesehen habe. Ich habe mich in ihn verliebt, und ich liebe ihn immer noch.«

»Also fahren wir gemeinsam«, sagte Frau Ranberg mit großer Bestimmtheit. »Ich lade Sie ein.«

»Gute Idee«, sagte Schmoll, der als Vollblutermittler immer die Ohren gespitzt hielt.

»He, verehrter Oberboss«, rief Irma. »Wenn du dich schon in unsere Privatgespräche mischst, kannst du gleich mal überlegen, wann du mir Urlaub genehmigen möchtest.«

»Über Weihnachten«, sagte Schmoll.

»Geht nicht, da kommt meine Mutter. Das heißt, falls sie nicht mehr sauer ist und falls sie inzwischen nicht schon wieder einen Kerl aufgerissen hat.«

»Ah«, sagte Schmoll. »Die Mama aus Itzehoe kommt.«

»Jetzt lenk nicht ab, Schmoll. Wann gibst du mir Urlaub?«

»Wie lange will denn die Mama bleiben?«

»Wenn, dann kommt sie kurz vor den Feiertagen und bleibt über Silvester.«

»Also müsst ihr noch vor Weihnachten fahren! Falls aber eine Soko dazwischenkommt, muss ich den Urlaub wieder streichen.«

»Wenn wir die Reise buchen, wird uns die Reiserücktrittsversicherung keinen müden Euro wegen einer Soko zurückgeben! Du musst eine Vertretung für mich beantragen.«

»Hmm«, machte Schmoll und streichelte seine Glatze, als ob es da Haare zu ordnen gäbe. »Geplante Reisedauer?«

Irma merkte, Schmoll wollte sie zappeln lassen. Er würde ihr den Urlaub genehmigen. Sie wusste, dass sie sich Ferien verdient hatte. Als sie Oma Ranbergs enttäuschte Miene sah, zwinkerte sie ihr aufmunternd zu und fragte: »Was meinen Sie, Frau Ranberg, wie lange brauchen wir für eine Nilkreuzfahrt mit den wichtigsten Tempelgängen?«

»Acht Tage reichen«, sagte sie. Und nach einer Denkpause: »Wenn Sie wirklich bereit sind, mich zu begleiten – wie wär's, wenn Sie mich Helene nennen würden?«

»Ja, aber gern!« Irma griff nach ihrem Glas, stieß mit Frau Ranberg an und sagte: »Auf eine gute Reise, Helene!«

»Okay«, sagte Schmoll gönnerhaft, »Urlaub ist genehmigt, wenn auch sozusagen mit erpresserischen Mitteln erzwungen.« Und dann schüttelte er sanft und verlegen Oma Ranberg ab, die ihm um den Hals gefallen war.

Einige Viertele Trollinger später schlug es Mitternacht. Die Gesellschaft machte sich auf den Heimweg. Frau Ranberg und Irma nahmen ein Taxi. Sie ließen sich in die Nordbahnhofstraße zum *Haus des betreuten Wohnens* fahren.

Bevor sie ausstieg, versicherte Helene: »Montag früh gehe ich zum Reisebüro.«

Sie umarmten sich. Irma sah Helene nach, wie sie beschwingt zur Haustür lief, und ließ sich mit dem Taxi auf den Killesberg in die Thomastraße zu ihrer Wohnung bringen.

Als sie im Bett lag, erinnerte sie sich, dass sie Katz fest zugesagt hatte, an einem der nächsten Sonntage zum Maultaschenessen zu seiner Großmutter zu kommen. Verflixt aber auch, dachte Irma, was man nach ein paar schwäbischen Viertele doch alles verspricht!

Zwei

Dienstag, 17. November

Das Mineralbad Berg und seine Stammgäste haben nostalgischen Charme. Das Bad liegt in einem Park mit Liegewiesen unter uralten Platanen und Ginkgobäumen. Alteingesessene Cannstatter nennen es *Neuner* – nach dem königlichen Hofgärtner Friedrich Neuner, der dieses Bad vor 150 Jahren gegründet und den Kurbetrieb in großzügigem Stil in Gang gebracht hatte.

Obwohl sich das Neuner gegen die Mineralbäder Leuze und Cannstatt verträumt und etwas altmodisch ausnimmt, halten ihm die Badegäste, die sich als *Bergianer* bezeichnen, die Treue. Bergianer frönen ihren Ritualen besonders beflissen: schwimmen oder saunieren, ruhen oder smalltalken. Sie sind so eifrig mit sich selbst beschäftigt, dass ihnen Fremde, die selten oder unregelmäßig aufkreuzen, meist gar nicht auffallen.

So auch die beiden, die sich seit einiger Zeit jeden Dienstagnachmittag hier trafen. Sie kamen immer getrennt. Zuerst sie, zehn Minuten später er. Sie begegneten sich wie zufällig nebeneinander im Becken schwimmend – meist im Außenbecken, da dort weniger Betrieb war. Nur einige Unentwegte zogen dort verbissen ihre Bahnen und signalisierten: Seht nur, durch Bewegung im Mineralwasser bleiben wir gesund, halten uns jung und frisch. Doch bei so manchem Badegast, der aus dem Wasser stieg, war von jung und frisch wenig zu sehen. Die Haut war von den sommerlichen Dauersonnenbädern oder vom Solarium gegerbt und hatte die Farbe und Oberflächenstruktur alter Lederaktentaschen. Die beiden Badbesucher, die sich seit etwa einem halben Jahr dienstags hier trafen, waren zwar auch nicht mehr blutjung, aber taufrisch. Auch nachdem sie noch angenehmere gemeinsame Interessen als den Aufenthalt im Mineralwasser entdeckt hatten, behielten sie die Badestunden bei.

An diesem Dienstag hatten sie gegen 17 Uhr ihre Schwimmrunden beendet und ruhten auf Liegen am hinteren Ende der Halle. Das wirkte nur äußerlich wie Entspannung. In Wahrheit fühlten beide erotisches Kribbeln über ihre Haut tanzen und standen wie unter Strom vor erregender Erwartung. Er seufzte und drehte sich ihr zu. Während er ihre ansehnlichen Kurven, die sich unter dem Bademantel abzeichneten, betrachtete, bekamen seine sanften Augen einen gierig-geilen Glanz. Als ob sie seinen Blick gespürt hatte, hob sie den Kopf, schüttelte ihre schwarze Zigeunermähne zurück und leckte mit flinker Zunge über ihre vollen Lippen, eine ihrer Eigenarten, die ihm den Atem nahm. Sie flüsterte ihm etwas zu.

Zu mehr als einem gehauchten »Ich dich auch« war er nicht fähig. Und dann sagte er leise: »Ich halte es nicht länger aus. Lass uns jetzt gehen. Können wir wirklich nicht zu dir?«

»Nein. Er könnte uns erwischen. Gehen wir in das Hotel, in dem wir vorige Woche waren? Das Zimmer hat mir gefallen.« Sie spitzte schelmisch die Lippen. »Vor allem die guten Matratzen.«

Ihr Lächeln und ihre schmeichelnde Altstimme brachten sein Blut noch mehr in Wallung und er flüsterte: »Wir müssen wieder wechseln. Sie könnte uns nachspionieren. Ich habe ein Zimmer in Fellbach bestellt.«

»Wie du willst.« Sie stand auf, sorgte dafür, dass ihr Bademantel bis zu den Oberschenkeln aufklaffte, und zog ihn schamhaft lächelnd wieder um ihren Körper.

Auch er erhob sich, stand neben ihr, einen Kopf größer, schmal in den Hüften und leicht rundlich in der Bauchgegend. Sie sah an ihm hoch und dachte wie so oft, dass er der Mann war, nach dem sie immer gesucht hatte. Sein kurz geschnittenes, dunkelblondes Haar lag feucht um sein schmales Gesicht. Seine Stimme war liebevoll und sanft. »Gehen wir. Ich warte auf dem Parkplatz.«

Sie nickte und lächelte ihn an.

Drei

Montag, 7. Dezember

Fünf Tage bevor Irma mit Frau Ranberg nach Luxor fliegen wollte, wurde in der Nähe des Neuners unter einer Fußgängerbrücke eine Leiche gefunden. Dieses Brückchen überspannt die Straßenbahngleise, die an dieser Stelle die Häuserschluchten der Neckarstraße gerade verlassen haben und hier idyllisch in Grün eingebettet zur nächstliegenden Haltestelle Mineralbäder verlaufen.

Der tote Mann lag nicht auf den Gleisen und auch nicht auf dem Gehweg daneben, sondern er hing dazwischen. Im Gebüsch des schmalen Grünstreifens. Der Pudel einer Gassigeherin hatte den Toten, dessen seltsame Haltung an eine Vogelscheuche erinnerte, entdeckt. Das Frauchen hatte nach einigen Schrecksekunden ihr Handy gezückt und die Polizei verständigt.

Gegen 6.30 Uhr traf die Streife ein und kurz darauf der Polizeiarzt.

Die Meldung des Leichenfundes erreichte das Polizeipräsidium genau zum Dienstbeginn. Schmoll, obwohl er sich schon vor einer Stunde mit seinem alten Daimler zum Präsidium aufgemacht hatte, war soeben erst eingetrudelt. Er fluchte auf die Baustelle zwischen Stammheim und Zuffenhausen, die seit zwei Jahren den Verkehr zum stop and go verdammte, damit irgendwann die U 15 unter Tage fahren konnte. Als er diese Hürde überwunden hatte, war Schmoll wie jeden Morgen um diese Zeit in der Heilbronner Straße im Stau gestanden. Nun graute ihm davor, sich erneut ins Verkehrsgewühl stürzen zu müssen. Katz war genauso sauer, da er sich von seiner Wohnung in der Ostendstraße von der anderen Stadtseite her über die Pragstraße gequält hatte und nun den Weg wieder zurückfahren sollte.

Die Kollegen von der Polizeidienststelle Berg hatten es dringend gemacht: Die Kripo solle baldmöglichst am Tatort erscheinen. Es sähe nach Mord aus.

»Könnten wir nicht die Straßenbahn nehmen?«, fragte Irma, die sich endgültig für diese Art Fortbewegung in Stuttgart entschieden hatte.

»Das ist während der Hauptverkehrszeit das Gleiche«, motzte Schmoll. »Zweimal umsteigen und dabei womöglich jeweils zehn Minuten warten – das dauert noch länger als mit dem Auto.

»Dann schwing ich mich jetzt auf meinen Drahtesel und fahre schon mal vor«, sagte Irma.

»Kennst du dich denn aus?«, fragte Schmoll skeptisch.

»Ich bin vorige Woche vom Killesberg über den Pragsattel und dann durch den Rosensteinpark geradelt. Eine Strecke durchs Grüne und immer bergab, nur drei Mal treten. Zuletzt ein kleiner Slalom zwischen den Seen des Unteren Schlossgartens und schon war ich beim Mineralbad Berg.«

»Wenn du weiter durch den Schlossgarten Richtung Innenstadt gestrampelt wärst«, sagte Schmoll, »hättest du bis zum Charlottenplatz auf Stuttgarts Grünem U fahren können!«

»Grünes U?«

»So heißen die Grünanlagen, die zur Internationalen Gartenbau-Ausstellung 1993 miteinander verbunden worden sind.«

»Schön«, sagte Irma. »Dann fahr ich jetzt los.«

»Bis zum Mineralbadeingang kennst du dich aus«, sagte Schmoll. »Von dort nimmst du das Wegle rechts vom Bad entlang der Straßenbahngleise.« Er tippte auf den Plan. »Das hier ist die Brücke, unter der die Leiche liegt.«

Irma stutzte und schob Schmolls Hand vom Plan. »Riesling-Steg«, kicherte sie. »Gebt ihr Stuttgarter sogar euren Brücken Namen von Weinsorten?«

»Wie du siehst, ja«, sagte Schmoll und stupste seinen Zeigefinger wieder auf den Plan. »Sieh mal, das nächste Brückle, das über die Kuhnstraße führt, heißt Trollinger-Steg!«

»Ich glaub's nicht«, japste Irma. »Trollinger! Hatten wir das nicht schon mal gehabt? Na bravo! – Also gut, dann fahr ich jetzt über das Grüne U zu der Leiche unter dem Riesling-Steg.«

Irma verpackte sich in ihre Daunenjacke, stülpte eine knallgrüne Pudelmütze über ihre Haarmähne und zog sich beim Abmarsch die Handschuhe an. Der Radweg vom Präsidium bis zum Tor des Rosensteinparks lag nach fünf Minuten hinter ihr. Im Park waren zu so früher und vor allem kühler Stunde nur Irma und ein paar Jogger unterwegs. Obwohl es abwärts ging, trat Irma kräftig in die Pedale. Es war noch dunkel. Sie konnte die Wege nur sehen, weil sie wie schwarze Bänder zwischen den raureifschimmernden Wiesen lagen. Über ihr bildeten die kahlen Äste uralter Baumriesen ein filigranes Netzwerk vor bleigrauem Himmel. In den Kronen der Platanen, Kastanien und Eichen hockten Krähen und flogen krächzend auf, wenn Irma vorbeiflitzte. Auf Höhe von Schloss Rosenstein konnte sie im Tal die Straßenbeleuchtung erkennen und eine unter Flutlicht liegende Baustelle.

Als sie nach knapp zwanzig Minuten bei dem Fußgängersteg vom Fahrradsattel sprang, waren die Spurenermittler mit Hilfe von Scheinwerfern bereits am Werk. Das Chaos aufgrund der gesperrten Straßenbahnstrecke war auch schon perfekt. Irma schlüpfte unter dem Absperrband durch und suchte den Polizeiarzt. Er hob das Tuch von dem leblosen Körper. Aus dem Bauch ragte ein Holzstück wie ein dicker runder Messergriff. Beim genaueren Hinsehen stellte Irma fest, dass das kein Messer, sondern ein Stück von einem Ast oder einem dünnen Baumstamm war.

»Seit ungefähr sechs Stunden tot«, erklärte der Arzt. »Wir mussten ihn absägen.«

»Absägen!?«

»Er ist mit dem Bauch auf dem spitzen Ende eines wahrscheinlich von Randalierern abgeknickten Baumstämmchens gelandet und hat sich daran aufgespießt. Die schräge, gefrorene Spitze hat wie ein Dolch gewirkt.«

Irma, der eben noch vom Radeln angenehm warm gewesen war, bekam Gänsehaut, während sie dem Arzt weiter zuhörte.

»Vielleicht hätte sein Lodenmantel das Schlimmste verhüten können, aber er war nicht zugeknöpft. Das leichte Gewebe des Ober- und Unterhemdes hat keinen Widerstand geleistet.« Der Arzt zeigte hinauf zur Brücke: »Der Körper ist aus etwa fünf Metern Höhe unkontrolliert gefallen. Wenn der Mann vor dem Sturz noch gelebt hat, ist er an inneren Blutungen gestorben. Kein schneller und vor allem kein schöner Tod. Ob er gefallen ist oder gestoßen wurde, muss eine Obduktion klären.«

Irma konnte den Anblick des gepfählten Mannes nicht mehr ertragen und ließ ihre Augen in die Umgebung schweifen. Der Fundort lag sozusagen im Schatten einer Großbaustelle. Dort knatterten, dröhnten und jaulten Lastwagen, Bagger und Kräne.

Einer der Polizisten vom Berger Revier stillte Irmas Neugier: »Hier entsteht ein Neubau des SWR mit megamoderner Produktionstechnik. Studios für Fernsehen, Radio und Internet. Tagsüber ist hier die Hölle los, aber nachts ist's so still wie auf dem Uff-Kirchhof. Deswegen wird es schwer sein, Zeugen zu finden.«

»Was hätten Ihrer Meinung nach Zeugen hier sehen können?«, fragte Irma.

»Ich wette, bei dem Sturz hat jemand nachgeholfen!«

»Bevor wir Suizid ausschließen«, sagte Irma, »müssen wir die Ergebnisse der Obduktion abwarten.«

Eine halbe Stunde später kamen Schmoll und Katz am Tatort angekeucht. Sie hatten am Berger Bad geparkt und waren im Sturmschritt durch die Grünanlage geeilt. Nachdem beide lang und breit über allerlei Verkehrshindernisse geflucht und den Arzt noch einmal seine Untersuchungsergebnisse hatten aufsagen lassen, befahl Schmoll: »Ab mit der Leiche in die Pathologie!«

Über die Identität des Toten brauchte nicht gerätselt zu werden. In seiner Jackentasche steckten sein Führerschein und die Wagenpapiere.

»Es handelt sich um Dr. Joachim Bäumle, neunundvierzig Jahre alt, Zahnarzt. Wohnhaft in Feuerbach«, sagte Schmoll.

»Liegen Feuerbach und Berg nicht an entgegengesetzten Enden von Stuttgart?«, fragte Irma.

»Stimmt«, sagte Schmoll. »Was der wohl mitten in der Nacht hier zu suchen gehabt hat?«

»Seinen Opel haben wir in der Kuhnstraße gefunden«, meldete einer der Streifenpolizisten.

»Dann ist der Mann wahrscheinlich zu seinem Wagen unterwegs gewesen«, mutmaßte Irma. »Die Brücke führt direkt in diese Richtung.«

Schmoll kommandierte Katz ab, die Bewohner der im Umfeld des Leichenfundortes liegenden Häuser zu befragen, ob sie in der Nacht etwas gehört oder beobachtet hätten. Als Katz jammerte, das sei mal wieder eine echte Strafarbeit und würde Tage dauern, versprach Schmoll, ihm noch zwei Kollegen zu schicken.

Danach ging er mit Irma zum Parkplatz am Berger Bad, lud ihr Fahrrad in den Kofferraum und zurrte die Klappe über den hervorstehenden Teilen fest – eine Übung, die er inzwischen beherrschte.

Sie fuhren nach Feuerbach, um Frau Bäumle die Todesnachricht zu überbringen. Unterwegs erklärte Schmoll Irma unbarmherzig, sie müsse ihre Reise mit Frau Ranberg verschieben. Jedenfalls dürfe sie keinesfalls weg, solange dieser Fall nicht aufgeklärt sei.

Das Haus der Bäumles lag in Feuerbachs vornehmer Halbhöhenlage am Fuße der Weinberge. Irma klingelte an einem schmiedeeisernen Gartentor. Nichts. Nach dem dritten Läuten meldete sich eine müde, gereizte Frauenstimme aus der Gegensprechanlage.

Schmoll stellte sich als Kripohauptkommissar vor, und als die Stimme nun die Ausweise verlangte, merkten Schmoll und Irma, dass sie im Blickfeld einer Überwachungskamera standen. Erst als sie ihre Dienstmarken in diese Richtung hielten, summte der Türöffner.

Nach ein paar Metern über einen Plattenweg stiegen sie eine Freitreppe zu der zweiflügeligen Eingangstür hinauf. Irma drückte den Knopf an der sidolglänzenden Messingplatte, in die *Dr. Joachim Bäumle. PRIVAT* eingraviert war. Auf einem zweiten Messingschild stand: *PRAXIS. Termine nur nach Vereinbarung. Montags keine Sprechstunde.*

»Da ein toter Zahnarzt nicht mehr praktizieren kann, wird hier leider auch keine Sprechstundenhilfe aufkreuzen«, sagte Schmoll. »Schade, die jungen Damen sind meist recht gesprächig.«

»Die können wir ja zur Befragung vorladen oder zu ihnen hingehen«, sagte Irma.

Endlich summte wieder ein Türöffner. Über eine geschwungene Eichenholztreppe erreichten sie die erste Etage, wo Frau Bäumle sie mit misstrauischer Miene erwartete.

»Was soll dieser Überfall?« Ihre Stimme war hoch und übellaunig.

»Dürfen wir hereinkommen?«, fragte Schmoll. »Wir müssen Ihnen eine traurige Mitteilung machen.«

»Traurige Mitteilung!?«

Da das keineswegs ängstlich, sondern spöttisch klang, sagte Schmoll ohne große Vorrede: »Ihr Mann ist heute Morgen tot aufgefunden worden.«

Das Gesicht dieser magersüchtig wirkenden Person zeigte keine Gefühlsregung. Die Haut in dem V-Ausschnitt ihres Seidenpullis war faltig, die Hände hatten Altersflecken.

Mindestens fünfundsechzig, dachte Irma.

Frau Bäumle führte Irma und Schmoll ins Wohnzimmer, das die Größe einer mittleren Hotelhalle hatte. Sie zeigte auf schwarze Ledersessel, ließ sich aufs Sofa sinken und wiederholte emotionslos: »Tot aufgefunden.«

»Mein Beileid«, sagte Schmoll, und da kein Danke oder Ähnliches kam, fragte er: »Haben Sie Ihren Mann nicht vermisst?«

»Nein, er bleibt oft nachts weg. Immer öfter.«

»Wissen Sie, wo er diese Nächte verbringt?«

»Bei seiner Geliebten.«

»Aha«, sagte Schmoll, und Irma fragte: »Interessiert es Sie nicht, wo Ihr Mann gefunden wurde?«

»Vielleicht in Berg«, sagte Frau Bäumle.

»Wie kommen Sie darauf?«

»Dort wohnt seine Geliebte. In einem Luxusnest, das er für sie bezahlt – wie so manches andere auch.«

»Ist Ihnen der Namen dieser Frau bekannt?«

»Thea Zuckerle.«

»Wissen Sie die Adresse?«

»Sie wohnt in der Neckarstraße.«

Irma notierte den Namen und die Adresse und sagte: »Ihr Mann wurde tatsächlich in Berg gefunden. Er ist von einer Fußgängerbrücke abgestürzt.«

»Dann wird er von ihr gekommen sein.« Frau Bäumle strich ihr halblanges, blondiertes Haar zurück und lachte heiser auf. »Sie ist zu jung für ihn. Zu jung und zu temperamentvoll. Sie wird ihn überfordert haben. Und danach ist er aus dem Haus getorkelt, hat sich erschöpft übers Brückengeländer gelehnt und ist runtergefallen.«

»Es sieht eher danach aus, dass ihn jemand hinuntergestoßen hat«, sagte Schmoll. »Es sieht nach Mord aus.«

»Mord? Ach ja!«

Schmoll räusperte sich. »Frau Bäumle, wir müssen Sie fragen, wo Sie vorige Nacht zwischen elf Uhr abends und zwei Uhr morgens gewesen sind.«

Zum ersten Mal verlor sie ihre Beherrschung. Sie giftete: »Werden Sie nicht unverschämt! Wollen Sie mir unterstellen, meinen Mann von der Brücke gestoßen zu haben? Er ist zwar kein Herkules, aber jünger und kräftiger als ich. Also, was soll die Frage?«

»Es ist eine Routinefrage, die wir stellen müssen. – Haben Sie ein Alibi, Frau Bäumle?«

»Nein! Hab ich nicht!«, kreischte sie. Dann sagte sie leise: »Ich war allein – wie immer.«

»Wir müssen Sie bitten, die Leiche zu identifizieren«, sagte Schmoll.

»Wofür das? Er hatte doch wahrscheinlich seine Papiere dabei, sonst hätten Sie nicht so schnell wissen können, um wen es sich handelt.«

»Ja«, sagte Schmoll, »wir haben die Wagenpapiere gefunden, aber sie können ihm auch zugesteckt worden sein. Das Passbild im Führerschein zeigt wenig Ähnlichkeit mit dem Toten. Sie müssen Ihren Mann identifizieren.«

»Haben Sie ein aktuelles Foto Ihres Mannes?«, fragte Irma.

Frau Bäumle zog eine Schublade auf und reichte Irma ein postkartengroßes Farbfoto. Frau Bäumle stand zwischen einem Herrn mit schlohweißem Haar und ihrem Ehemann. Alle drei schauten mit gequältem Lächeln in die Kamera.

»Die Aufnahme ist drei Jahre alt«, sagte Frau Bäumle. »Der fünfundsiebzigste Geburtstag meines Schwiegervaters. Kurz bevor er ins Altersheim gekommen ist.«

»Kann ich es mitnehmen? Sie bekommen es später zurück.« Irma steckte das Foto, ohne eine Antwort abzuwarten, in eine Plastikhülle und dann in ihre Aktentasche, und Schmoll sagte: »Das war's für heute. Wahrscheinlich melden wir uns noch einmal bei Ihnen, um uns über Ihr Alibi zu unterhalten.«

Frau Bäumles Augen weiteten sich. Sie warf das schwarze Zigarillo, das sie aus einem Silberetui gefingert hatte, von einer Hand in die andere, als ob es glühend wäre.

»Auf Wiedersehen«, sagten Schmoll und Irma gleichzeitig, aber Frau Bäumle war damit beschäftigt, ihr Zigarillo anzuzünden, und antwortete nicht.

»Mit der stimmt was nicht«, sagte Schmoll. »So unterkühlt wie die kann man doch gar nicht sein!«

Draußen war es auch unterkühlt. Windböen jagten kalten Nieselregen vor sich her. Schmoll schlug den Mantelkragen hoch. Irma zog sich die Kapuze ihrer Daunenjacke über den Kopf und stopfte ihre rotbraune Mähne darunter.

»Nun wird es wirklich Winter. Ich dachte, den gäbe es in Stuttgart gar nicht.«

»Da irrst du dich gewaltig. Im Dezember und Januar kann es manchmal saukalt werden«, sagte Schmoll. »Du wirst dein Fahrrad eine Zeitlang einmotten müssen.«

»Es gibt ja auch noch die Straßenbahn, falls ich mal allein unterwegs sein muss. Hat bis jetzt bestens geklappt.«

»Man kann die Umweltfreundlichkeit auch übertreiben.« Schmoll liebte seinen alten Wagen. Er war der Meinung, man sei es Stuttgart schuldig, einen Mercedes zu fahren, auch wenn es alles andere als ein aktuelles Modell war. Er hielt Irma die Tür auf und guckte so blasiert, als ob er sie in eine A-Klasse einladen würde. »Steig ein in die gute Stube und wärm dich auf.«

Sie fuhren zurück in Richtung Pragsattel. Da es inzwischen zwei Uhr war und es in der Kantine nichts mehr zu essen geben würde, hielt Schmoll Ausschau nach einer Kneipe. Irma vermutete, ihrem Chef stehe der Sinn nach einem Zwiebelrostbraten. Sie überlegte, wie sie verhindern könnte, sich in irgendeiner dunklen Kneipe den Magen vollschlagen zu müssen.

Als sie Schmoll nahelegte, am Bahnhof Feuerbach zu halten, in dem es ein Schnellrestaurant gab, maulte er: »Ich hasse Imbissstände!« Da aber sein Magen knurrte, gab er nach. »Meinetwegen«, sagte er. »Aber nur, weil ich auf dem Bahnhofsvorplatz kein Parkproblem habe.«

Beide entschieden sich für Currywurst. Irma grinste, als sich Schmoll nach dem letzten Bissen genüsslich die Lippen leckte und bruddelte: »Der Hunger hat's reingetrieben.«

Schmoll fuhr nicht zum Präsidium, sondern bog vorher ab und nahm die Auerbachstraße direkt zum Robert-Bosch-Krankenhaus. Während der Fahrt machte er Irma klar, dass er vorhatte, sie dort abzusetzen. »Ich fahr zurück ins Büro, weil ich endlich wissen muss, wie weit die Spurensicherer gekommen sind. Und du gehst mal rasch in Dr. Bocksteins heilige Hallen. Sicher werkelt er schon an unserem dahingeschiedenen Herrn Bäumle herum. Frag ihn, was er bisher herausgefunden hat.«

»Na prima«, sagte Irma. »Wieder einmal mit vollem Magen in die Pathologie. Warum gehst du nicht mit?«

»Der Bockstein ist zurzeit mit mir nicht befreundet. Er behauptet, ich würde alle Ergebnisse sofort oder früher erwarten. Damit hat er zwar irgendwie recht, aber ich hab den Eindruck, er macht deswegen manchmal langsamer, als es nötig wäre. Also, setz deinen weiblichen Charme ein, vielleicht beflügelt ihn das.«

Irma zog eine Grimasse. »Okay. Ich werde all meinen Sex-Appeal über Bockstein und seine Leichen versprühen!«

Schmoll bremste ein paar Meter vor dem Haupteingang, weil der Platz unter dem Vordach mit Autos zugeparkt war. Da beim Aussteigen gerade ein Regenschauer niederging, klebten Irmas Haare am Kopf, bevor sie die Kapuze darüberziehen konnte. Der Schmoll hat wirklich Talent, unangenehme Aufgaben an andere zu verteilen, dachte sie ärgerlich. Statt in den Urlaub ins warme Ägypten schickt er mich mutterseelenallein in den kalten Seziersaal! Bis wir diesen Mörder endlich haben, sind die Chancen für meine Traumreise den Bach beziehungsweise den Nil runter.

Am Infostand des Robert-Bosch-Krankenhauses fragte Irma nach Dr. Bockstein. Die Dame telefonierte bereitwillig und nickte. »Doktor Bockstein ist gerade bei der CT. Sie können aber schon runter in die Pathologie gehen, Herr Rübele ist im Sezierraum.« Die Infodame drückte Irma einen Plan des Erdgeschosses in die Hand.

Irmas Weg führte durch einen Raum, der dem Gründer des Krankenhauses, Robert Bosch, gewidmet war. In Wort und Bild war die medizinische, aber auch die bauliche Entwicklung des Krankenhauses dargestellt. Dieses neue, supermoderne Krankenhaus stand erst seit Ende der sechziger Jahre hier oben in den Weinbergen. Weil Irmas Arbeitsplatz, das Polizeipräsidium, hinter den Mauern des ursprünglichen Krankenhauses lag, fand sie die Ausstellung so interessant, dass sie fast vergessen hätte, weswegen sie hier war. Sie sah auf die Uhr, gab sich einen Ruck und machte sich auf den Weg zur Pathologie.

Herr Rübele, ein Herr kurz vor dem Rentenalter, war sehr knochig und sehr freundlich. Zwar trug er einen weißen Mantel, sagte aber, als Irma ihn Dr. Rübele nannte, bescheiden: »Nix Doktor.« In der Linken hielt er ein weißes Plastikeimerchen, mit der Rechten schüttelte er Irmas Hand. Er führte sie in einen deckenhoch gekachelten Raum, der im bleichen Licht von Neonröhren lag. In der Mitte standen zwei Seziertische aus blitzblankem Metall. Gott sei Dank leer, dachte Irma, die Leichen sind wohl alle in den Kühlfächern.

Chefkonservator Rübele öffnete eine der quadratischen Wandtüren. Bevor er sein Eimerchen hineinstellte, hob er es Irma entgegen und erklärte: »Die sechzehnte Frühgeburt im letzten Vierteljahr. In diesem Kühlfach sammle ich die Embryos unter 500 Gramm.«

»Sie sammeln Embryos!?«

»Sie würden sonst entsorgt, weil sie nicht offiziell beerdigt werden dürfen«, sagte Herr Rübele. »Alle drei Monate laden wir die Eltern zu einer Feierstunde ein.« Er öffnete die Tür zu einem kahlen, bestuhlten Zimmer. »Unser Abschiedsraum. Das Pult vorn ist für den Redner oder den Pfarrer. Nach der Feierstunde gibt es eine Gemeinschaftsbeerdigung auf dem Pragfriedhof.«

O nee, dachte Irma, so ein tot geborener Winzling hatte es vorher schön warm im Mutterleib, und nun muss das Fetzchen ehemaligen Lebens, das hätte ein Mensch werden können, monatelang in einem Plastikeimer in einer Kühlbox liegen. 500 Gramm, so schwer wie zwei Stück Butter.

Der Chefkonservator Rübele jedenfalls war stolz auf diese Lösung und ging Irma voran in den nächsten Sezierraum. Vier leere Tische. Auf einem lag eine Metallmulde.

»In diesen Mulden werden die Leichen in die Kühlfächer geschoben«, erklärte Rübele. »Zurzeit ist voll belegt. Alle schon fertig obduziert. Ein junger Kerl liegt schon seit zwei Monaten hier. Kann nicht identifiziert werden. Keiner weiß, wohin damit. Muss mich mal wieder drum kümmern, ob er nicht woanders aufbewahrt werden kann.«

Er bot Irma den einzigen Stuhl an. Sie zog ihren Anorak aus, denn es war hier durchaus nicht so kühl, wie sie erwartet hatte. Rübele setzte sich mit einer Pobacke auf den Seziertisch, drehte sich eine Zigarette und betrachtete den Raum, als wäre hier sein Königreich.

»Ich bin bei jeder Obduktion dabei«, sagte er stolz. »Dazu noch zwei Ärzte, und bei polizeilichen Leichen ist in der Regel auch ein Kriminalbeamter zugegen. Der nimmt dann gleich auf, was die Ärzte herausfinden – oder sollte ich herausschneiden sagen? Wenn Leichen übel zugerichtet sind, kommen sie vorher in die Röhre. Dazu bringen wir sie eine Etage höher zur Computertomografie. Feine Sache, diese CT – dabei kann jedes gebrochene Knöchelchen und jedes zerquetschte Organ geortet werden. Dort ist jetzt auch Dr. Bockstein mit der Bäumle-Leiche. Die beiden müssten eigentlich schon wieder da sein.«

»Hmm«, machte Irma, und obwohl sie es ahnte und eigentlich gar nicht genau wissen wollte, fragte sie Herrn Rübele nach den Einweckgläsern, die in Reih und Glied in einem Regal standen. Ihr Inhalt erinnerte Irma an gedünstetes Mischgemüse.

»Fertig präparierte Organstücke«, sagte er. »Die auf dem Tablett müssen noch untersucht werden. Die im Regal sind schon bearbeitet.«

Irma bekam zum fünfundzwanzigsten Mal Gänsehaut.

In diesem Moment kurvte Dr. Bockstein mit einer Bahre herein. Der Gerichtsmediziner sah aus, als ob er das ganze Wochenende im Solarium verbracht hatte und hob sich von dem weiß gekachelten Raum ab wie ein Massai-Krieger. Er begrüßte Irma zuvorkommend und bleckte freundlich sein ansehnliches Pferdegebiss. Routiniert deckte er den bleichen Körper des kleinen Herrn Bäumle auf. Aus dem Bauch ragte kein Holz mehr heraus, das Loch war abgedeckt wie eine normale Wunde. Dr. Bockstein zeigte auf blutunterlaufene Flecke an den Oberarmen. »Diese Hämatome stammen offensichtlich von kräftigen Händen, die ihn gepackt hielten, und unter den Fingernägeln sind Hautpartikel, die das Opfer wahrscheinlich von diesen kräftigen Händen gekratzt hat. Damit steht meines Erachtens fest, dass es einen Kampf gegeben haben muss, wobei Joachim Bäumle gewaltsam von der Brücke gestoßen worden ist. Ich muss noch herausfinden, ob der gute Mann schon vorher tot war oder an den inneren Blutungen gestorben ist.«

»Also Mord!«, sagte Irma. »Egal, wodurch er gestorben ist – es war Mord!«

Dr. Bockstein nickte und bleckte lächelnd seine Zähne.

Irma verließ fluchtartig das Krankenhaus. Sie sehnte sich nach frischer Luft. Der Regen und die Kälte störten sie nicht mehr. Im Dauerlauf erreichte sie den hinteren Ausgang des Krankenhausareals und stürmte die Treppen hinunter. Über die Stäffele, die zum Stuttgarter Weinwanderweg gehören und über die sie vor wenigen Monaten zusammen mit Schmoll das erste Mal hinaufgestiegen war. Damals hatte er ihr von hier oben aus die Stadtteile Stuttgarts erklärt, und Irma, die norddeutsche Flachlandpflanze, hatte begonnen, diese Stadt mit ihren Tälern und Höhen zu lieben. Heute lag das Panorama in grauen Regendunst gehüllt. Vom Verkehrslärm war auf dem Weinberg nur gedämpftes Zischen zu hören, das sich verstärkte, je weiter Irma hinunter ins Tal zum Pragsattel gelangte. Nach zehn Minuten raschen Abstiegs traf sie im Büro ein.

Sobald Schmoll von Irma erfahren hatte, bei Joachim Bäumles Tod sei Selbstmord auszuschließen, wurde er, wie immer, wenn die Ermittlungen zu einem Mordfall ganz am Anfang standen, ungeheuer umtriebig. Nach Schmolls felsenfester Überzeugung waren die ersten achtundvierzig Stunden die wichtigsten, um eine heiße Spur zu finden.

Da inzwischen ermittelt war, dass es für die Wohnung in der Neckarstraße auf die Namen Bäumle oder Zuckerle keinen Telefonanschluss gab, hielt es Schmoll für angezeigt, gemeinsam mit Irma unverzüglich wieder nach Berg zu fahren. Zu Thea Zuckerle, der Geliebten des Mannes, der auf dem Seziertisch Dr. Bocksteins lag.

Schmoll parkte am Mineralbad Berg. Sie liefen den kurzen Weg zu dem Brückchen, das Riesling-Steg hieß und das das morgendliche Polizeiaufgebot um sich herum völlig vergessen zu haben schien. Menschenleer und unschuldig lag es im Nieselregen. Unter ihm fuhr gerade eine U 14 durch. Sie war unterwegs zur Haltestelle Mineralbäder, die Schmoll hartnäckig Schwanenplatz nannte.

Oben auf dem Riesling-Steg vergaß Irma die Leiche, weil sie die Aussicht in die Toskana versetzte. Hinter blauschwarzen Säulenwacholdern lag die Idylle des Berger Mineralbades. Im verlassenen Becken glitzerte das heilende Wasser, und aus dem Park schickten Ahorn- und Ginkgobäume die letzten rotfeurigen und zitronengelben Herbstgrüße in den beginnenden Dezember.

Schmoll interessierte das nicht, er zeigte in die andere Richtung: »Da drüben hinter der SWR-Baustelle liegt der Park der Villa Berg«, sagte er. »Wenn du dir einen exzellenten Rundblick gönnen willst, musst du gelegentlich auf diesen Hügel steigen. Oben erwartet dich ein italienisches Renaissanceschlösschen. Zugegeben, etwas marode. Die Villa Berg, wie das Schlösschen heißt, liegt wegen Querelen zwischen dem Investor und dem Gemeinderat seit Jahren im Dornröschenschlaf.«

»Aha«, sagte Irma. »Noch eins der Lustschlösser eurer schwäbischen Herzöge und Könige, die sie sich von Steuergeldern ihrer Untertanen bauen ließen.« Sie zog die Stirn in Falten. »Mir scheint, dass eure heutigen Landesväter an der Manie, sich kostspielige Denkmale zu setzen, festhalten: Mit Stuttgart 21 verhält es sich doch wie mit den historischen Schlössern. Der neue Bahnhof mag wunderschön werden, ist aber bei der jetzigen Finanzlage größenwahnsinnig und auch nicht unbedingt nötig. Ist das eine Art Rückfall in den Absolutismus?«

»Keine Ahnung«, sagte Schmoll. »Aber ich glaube, demokratisch kann man's auch nicht nennen.«

Während dieses Gesprächs waren sie in der Neckarstraße angekommen. Durch eine Toreinfahrt gelangten sie zu einer eingezäunten Wohnanlage. Als aus dem Gittertor eine Frau mit Kinderwagen kam, hielt ihr Schmoll galant die Tür auf, nur um danach mit Irma rasch in den Gartenhof zu treten.

Irma lief zielstrebig durch die schmale Grünanlage, die zwischen den langgestreckten Gebäuden lag. »Im hinteren Teil des Hauses auf der rechten Seite muss es sein.«

Beim letzten Eingang stand Zuckerle auf dem obersten Klingelschild. Aber Frau Zuckerle schien nicht daheim zu sein. Irma arbeitete vergeblich alle Klingeln ab. Erst beim letzten Versuch guckte aus einem Fenster unter der Zuckerle-Wohnung ein alter Mann und rief: »Ich kauf nix!«

»Wir sind von der Kriminalpolizei und würden Sie gern etwas fragen«, sagte Schmoll. »Dürfen wir raufkommen?«

»Kriminalpolizei!«, krächzte es von oben. »Das kann jeder sagen! Woher soll ich wissen, dass Sie kein Gauner und auf mein Geld aus sind?«

»Wir zeigen Ihnen unsere Dienstausweise«, rief Irma hinauf.

Der Alte brach in bellendes Gelächter aus. »Dienstausweise zeigen nützt mir nichts.«

»Wieso?«

»Ich bin blind. Ich lasse niemand in meine Wohnung, wenn ich seine Stimme nicht kenne.«

»Das kann ich verstehen«, sagte Irma. »Aber vielleicht können Sie uns sagen, wann Frau Zuckerle, die über Ihnen wohnt, daheim ist.«

»Machen Sie, dass Sie weiterkommen!« Das Fenster knallte zu.

»Und nun?« Irma hob ratlos die Schultern.

»Im Grunde hat der Alte recht«, sagte Schmoll. »Wenn er wirklich blind ist, verhält er sich richtig. Wir müssen es später noch mal versuchen. Gegen 19 Uhr werden vielleicht einige Hausbewohner von der Arbeit, oder was weiß ich woher, zurück sein.«

Irma schüttelte ihre Kapuze und dazu ihre Haarmähne in den Nacken und ließ ihre Augen noch einmal zu dem geschlossenen Fenster und weiter zum Himmel wandern. »Wenigstens hat es aufgehört zu regnen, aber lausekalt ist's trotzdem.«

Als sie wieder auf der Neckarstraße standen, war es schon dunkel geworden. Auf der Großbaustelle des SWR tauchten Scheinwerfer die Stahlpfeiler, Betonwände und Baukräne in gespenstisches Licht. Durch Maschinenlärm drangen befehlende Kapo-Stimmen.

Schmoll knurrte: »Heilix Blechle, der SWR baut sich einen Palast.«

Es war bereits 17 Uhr, als Schmoll und Irma gleichzeitig mit Katz und seinen Helfern im Präsidium ankamen. Sie gingen nicht extra ins Beratungszimmer, sondern setzten sich in Schmolls geräumiges Büro. Zuerst fasste Irma den Besuch bei Frau Bäumle zusammen. Weder sie noch Schmoll waren von der Unschuld dieser zugeknöpften, unwirschen Dame überzeugt.

»Keinerlei Emotionen bei der Todesnachricht«, brummte Schmoll. »Und kein Alibi!«

»Wenn sie es gewesen ist, hätte sie sich ein Alibi vorbereiten können«, sagte Irma.

»Richtig«, räumte Schmoll ein. »Wer eine Villa in so vornehmer Wohnlage besitzt, könnte sich einen Killer leisten.«

Katz striegelte sich seine Ponyfransen in die Stirn. »Dem Gedanke sollte mer nachgehe«, sagte er. »Aber leider hot koi Mensch aus de Häuser, die im Umfeld des Tatorts liege, an Killer gsehe oder ghört.«

»Wie sollten sie auch?«, sagte Irma. »Bei der Kälte hat schließlich niemand die Fenster offen, und schon gar nicht nachts.«

Schmoll wechselte wieder zum Thema Frau Bäumle: »Der Ehefrau unserer Leiche traue ich rein körperlich nicht zu, jemanden über das Brückengeländer zu hieven.«

»In dr Wut wachset ungeahnte Kräft«, warf Katz ein.

Schmoll zog die Mundwinkel herunter und die Augenbrauen hoch. »Wenn wir unsren Verdacht auf Frau Bäumle richten, halte ich die Theorie von einem gekauften Killer für glaubwürdiger.«

»Und wenn es die Geliebte gewesen ist?«, überlegte Irma laut. »Frau Bäumle hat erzählt, diese Thea Zuckerle sei jung und temperamentvoll.«

»Die wär ja bleed«, widersprach Katz. »Mei Oma sagt: Mer muss melke, wenn d' Kuah Milch gibt. Wer schlacht denn sei Milchkuh?«

»Na, sagen wir mal: seinen Goldesel!«, berichtigte Schmoll.

»Egal, ob Esel oder Kuh«, sagte Katz. »Mit dieser Thea sollte mer schleunigscht schwätza.«

»Haben wir schon versucht«, brummte Schmoll. »Übrigens wohnt sie nicht weit weg von der Stelle, an der die Leiche lag. Aber in dem Haus haben wir weder Thea Zuckerle noch sonst wen angetroffen.«

»Nur ein alter Mann war daheim«, sagte Irma. »Er hat behauptet, er sei blind.« Sie schaute auf ihre Notizen: »Sein Name ist Egon Rudorf, jedenfalls stand das an der Klingel. Herr Rudorf hat uns nicht reingelassen, weil er uns für Gauner hielt, und er wollte auch nicht mit uns reden.«

Katz rollte mit den Augen. »Wenn er blind isch, da hat er ja den Täter sowieso net sehe könne.«

»Aber hören«, meinte Irma. »Leute, die schlecht sehen, hören meist ganz ausgezeichnet.«

Schmoll rieb seine Glatze, als ob er seine kleinen grauen Zellen auf Trab bringen wollte. »Wir statten dem Haus heute noch einmal einen Besuch ab«, sagte er. »Wir machen zu dritt einen Betriebsausflug zur Neckarstraße. Lasst uns aber vorher in die Kantine gehen. Es kann spät werden. Nicht dass mir jemand vor Hunger aus den Latschen kippt.«

Als Schmoll mit Irma und Katz gegen 19 Uhr in der Neckarstraße eintraf, glänzte Thea Zuckerle immer noch durch Abwesenheit. Ein älteres Ehepaar, das auf der gleichen Etage wie Frau Zuckerle wohnte, beide gleich groß, gleich dick und gleich wichtigtuerisch, ließ sie widerwillig ins Haus. Beide erklärten zwischen Tür und Angel, sie hätten Frau Zuckerle gestern auf dem Balkon gesehen.

»Mit ihrer verdammten Zigarette!«, schimpfte der Mann und hustete demonstrativ.

»Der Qualm verstänkert unsere Wohnung«, ergänzte die Frau und dann vorwurfsvoll: »Aber um solche Belästigungen, denen anständige Bürger ausgesetzt sind, kümmert sich ja die Polizei nicht!«

Schmoll ging nicht auf das Geschwätz ein, sondern forderte die beiden auf, ihm zu beschreiben, wie Frau Zuckerle aussähe.

»Etwas schlanker als ich und etwas jünger«, sagte die Dicke.

»Haarfarbe?«

»Als sie eingezogen ist, war sie blond«, sagte der Mann. »Da bin ich mir sicher.«

Die Frau zeigte auf Irma. »Danach hatte sie so 'ne Fuchsfarbe wie Sie.«

»Jetzt ist sie schwarz, das steht ihr am besten«, sagte der Mann.

Seine Frau murmelte: »Ich dachte, du glotzt nur auf ihre Kurven«, und er ergänzte gereizt: »Mehr wissen wir nicht.« Darauf schoben sich beide rückwärts in die Wohnung und knallten die Tür von innen zu.

»Dann eben nicht«, knurrte Schmoll.

»Ich versuche es jetzt bei Herrn Rudorf«, sagte Irma. »Da er so ängstlich ist, wird es besser sein, wenn wir nicht zu dritt bei ihm auftauchen. Vielleicht redet er mit mir.«

Bei Rudorf öffnete eine junge Frau mit Kopftuch. Sie versuchte, Irma an der Tür abzuwimmeln. Mühsam brachte Irma aus ihr heraus, dass sie Herrn Rudorf die Wohnung in Ordnung hielt und Besorgungen für ihn erledigte.

»Seit wann sind Sie bei Herrn Rudorf angestellt, Frau ...?«

»Ügligül«, sagte sie und dann nachdrücklich: »Aber ich nix angestellt.«

»Ich ermittle in einem Mordfall«, sagte Irma. »Für Strafdelikte wie Schwarzarbeit bin ich nicht zuständig.«

Nach dieser Aussage und vielleicht auch, weil jetzt Schmoll und Katz auftauchten und an der Nachbartür klingelten, führte Frau Ügligül Irma in die Wohnung zu Herrn Rudorf.

Irma schätzte ihn auf etwa siebzig. Er war fett und bleich, wie Menschen werden, die sich wenig bewegen und selten an die frische Luft kommen. Seine Augen hatten das gleiche milchige Weiß wie sein volles zurückgekämmtes Haar.

Nachdem Irma ihm ihr Anliegen vorgetragen hatte, fragte er, ob sie aus Schleswig-Holstein käme. Und als er erfahren hatte, dass sie aus Itzehoe stammte, war das Eis gebrochen. Denn Herr Rudorf kam aus Elmshorn. Er meinte, sie seien ja sozusagen Landsleute. Daraufhin wurde er locker und gesprächig. Er entließ Frau Ügligül mit einem höflichen, aber bestimmten: »Sie können jetzt gehen, Aische. Ich brauche Sie nicht mehr.«

Irma hatte den Eindruck, dass er es sich jetzt mit ihr gemütlich machen wollte. Sie staunte, wie sicher er sich in seinen vier Wänden bewegte. Er rückte zwei Korbstühle vors Fenster, ließ sich in einem davon nieder und winkte Irma: »Setzen Sie sich neben mich, Frau Kommissarin.« Dann schaute er gegen die Scheiben, als ob er auf eine Fernsehsendung wartete und sagte: »Meine Augen sind zwar schon lange nicht mehr zu gebrauchen, aber dafür hat sich mein Tastsinn und vor allem mein Hörvermögen entwickelt. Diese Frau Zuckerle, die seit zwei Jahren über mir wohnt, hat einen festen Schritt, deswegen nehme ich an, dass sie etwas barock gebaut ist, wenn Sie wissen, was ich meine – keine Elfe jedenfalls. Ihre Stimme ist weich und angenehm, kann sich aber auch in lautes Keifen steigern. So wie zum Beispiel gestern Abend.«

»Um welche Uhrzeit ist das gewesen?«

»Oh, das fing schon so gegen neun Uhr an. Da kam, wie fast täglich, der Herr zu ihr.«

»Woher wissen Sie, dass es ein Herr ist, wenn Sie ihn nicht sehen können?«

»Ich höre es an der Stimme. Die ist tief und markig – im Gegensatz zu seinem Körper, der leicht und, wie ich vermute, etwas mickrig ist.«

»Sie haben doch nie sehen können, wie er gebaut ist.«

»Ich höre es. Höre ihn die Steinstufen im Treppenhaus hinauftrippeln, immer so, als habe er es eilig. Er will wohl nicht gesehen werden oder kann's nicht erwarten, zu seiner Schönen zu kommen. Danach höre ich seine leichten Schritte auf dem Parkett der Wohnung über mir.«

»Können Sie verstehen, was dort oben gesprochen wird?«

»Wenn sie sich in Zimmerlautstärke unterhalten, nicht. Aber sobald sie sich anschreien, was hin und wieder vorkommt, verstehe ich jedes Wort. Es geht dann gewöhnlich ums liebe Geld.« Herr Rudorf richtete seine milchigen Augäpfel auf die Balkontür und spitzte den Mund. »Wenn's wieder ruhig ist, dann weiß ich, dass er ihr ihren Willen lässt und

Versöhnung gefeiert wird.« Er schloss die Lider und streckte die Zunge aus dem Mundwinkel. »Sie wissen schon, Frau Kommissarin.«

»Ist schon gut«, sagte Irma. »Mit anderen Worten: Frau Zuckerle bekommt regelmäßig Besuch von einem Liebhaber.«

»So kann man es nennen, Frau Kommissarin. Aber immerhin – es kommt immer derselbe. Immer dieser Kerl mit dem leichten Schritt und der tiefen Stimme. Kommt nicht über die Neckarstraße, sondern durch den Nebeneingang von der Grünanlage her. Ich höre das Törchen klappen.«

»Okay«, sagte Irma. »Aber jetzt erzählen Sie doch bitte, was Sie speziell gestern Abend gehört haben. Was konnten Sie verstehen von dem, was gesprochen worden ist?«

»Gesprochen? Ab zehn Uhr wurde geschrien! Beide haben so laut geschrien, dass ich jedes Wort mitgekriegt habe. Dann gingen sie auf den Balkon, wo sie ihre Zigaretten rauchen. Diesmal wahrscheinlich, um sich zu beruhigen. Was aber offenbar nicht geholfen hat, denn sie haben weiter gestritten. Etwas weniger lautstark zwar – aber wenn ich meine Balkontür aufmache, die ja direkt darunterliegt, höre ich sogar geflüsterte Worte.«

»Und worum ging dieser Streit?«

»Frau Zuckerle verlangte von dem Herrn, den sie übrigens Jo nennt, er solle die Wohnung auf ihren Namen umschreiben lassen. Die tiefe Stimme dieses Jo, die gewöhnlich ruhig und beherrscht ist, klang aufgeregt und ärgerlich. Sie könne doch trotzdem hier wohnen, sagte er. In diese Wohnung habe er sein ganzes Erbe gesteckt. Er habe sonst nichts.«

»Wissen Sie, wen er beerbt hat?«

»Darüber haben die zwei oft genug gesprochen«, sagte Herr Rudorf eifrig. »Es war das Erbe seines Vaters, der vor zwei Jahren gestorben ist. Frau Zuckerle hat gestern Abend wörtlich gesagt, das heißt, sie hat gezischt: ›Ohne meine Hilfe hättest du noch lange auf das Erbe deines Vaters warten müssen.‹«

»Und weiter?«

»Daraufhin schwieg er und ich hörte ihn rastlos mit den Fingern aufs Balkongeländer klopfen. Erst als sie drohte, sie könne die Sache ja auch auffliegen lassen, wie ihm das schmecken würde – da sagte er ziemlich laut und mit noch tieferer Stimme als sonst: ›Ich habe mir nichts zuschulden kommen lassen. Du hast den Vorschlag gemacht und den Plan ausgeführt. Vergiss nicht, dass ich auch manches auffliegen lassen kann.‹ Es folgte oben Stille. Ich nenne es mal Schockstille. Und dann hat sie geschrien, er solle abhauen.«

Irma machte sich Notizen. »Ist die Unterhaltung fortgesetzt worden?«

»Keine Ahnung«, sagte Herr Rudorf. »Die zwei sind in die Wohnung gegangen, die Balkontür ist eingeschnappt.«

»Haben Sie gehört, wann der Mann das Haus verlassen hat?«

»Kurz nachdem sie vom Balkon reingegangen sind, hörte ich seine Trippelschritte die Flurtreppe hinuntereilen.«

»Wann war das?«

»Es wird gegen elf oder eher noch etwas später gewesen sein.«

»Und haben Sie mitgekriegt, was Frau Zuckerle danach gemacht hat?«

»Die ist kurze Zeit nach ihm auch runtergelaufen, ziemlich rasch, aber mit ihrem festen soliden Tritt.«

»Konnten Sie feststellen, wo sie hingegangen ist?«

»Nein. Das hätte ich nur bei geöffnetem Fenster oder vom Balkon aus hören können. Ich war aber in der Wohnung. Es war kalt vorige Nacht.«

»Haben Sie Frau Zuckerle zurückkommen hören?«

»O ja. Sie war nach zehn Minuten schon wieder da. Das kann so kurz nach halb zwölf gewesen sein.«

»Und wann ist sie heute Morgen weggegangen?«

»Mit dieser Auskunft kann ich leider nicht dienen, Frau Kommissarin. Ich gehe sehr spät zu Bett und schlafe morgens besonders fest.«

»Das war's dann mal, Herr Rudorf«, sagte Irma. »Vielen Dank für Ihre Auskünfte. Wenn Ihnen noch etwas einfallen sollte, rufen Sie doch bitte im Präsidium an. Ich lege meine Karte neben das Telefon.«

»Und wie soll ich die lesen?«

»Ach so. Entschuldigung.«

»Lesen Sie mir die Nummer vor«, sagte Rudorf. »Langsam. Immer drei Zahlen zusammenfassen.«

Als Irma die ziemlich lange Nummer aufgesagt hatte, wiederholte sie der Alte rasch und fehlerlos. Mit sicheren Schritten begleitete er Irma zur Tür, hielt beim Abschied ihre Hand und raunte: »Nun mal mit der Sprache raus, Frau Kommissarin. Sie haben gesagt, Sie ermitteln in einem Mordfall. Ist Frau Zuckerle was passiert?«

Irma zögerte. Aber morgen würde es ja doch in der Zeitung stehen und in den Nachrichten kommen. »Frau Zuckerle ist wahrscheinlich nichts passiert, eher ihrem Liebhaber. Unsere Ermittlungen sind erst am Anfang.«

Bevor Irma das Haus verließ, steckte sie in Thea Zuckerles Briefkasten eine schriftliche Aufforderung, sich im Polizeipräsidium zu melden.

Sie traf Schmoll und Katz auf dem Riesling-Steg. Katz jammerte über kalte Füße und schien erleichtert, sich endlich Richtung Auto in Bewegung setzen zu können. Als sie gemeinsam hinunter zum Berger Bad gingen, erzählte Katz schlecht gelaunt von einer unergiebigen Befragung der Anwohner. Von den paar Leuten, die er hatte befragen können, habe niemand die Gosch aufgekriegt. Jeder habe Frau Zuckerle anders beschrieben: »Amol war se dreißig, amol fünfzig Jahre alt. Amol schwarz, amol blond. Amol ne Dickwampel, dann wieder a Bohnestang. En dere vornehme Wohnanlag scheint koiner dr ander zu kenne und sich koiner fier dr andere zu intressiere.«

Schmolls Recherchen waren genauso unergiebig gewesen, er knurrte: »Selbst die menschenverbindenden Rituale unserer bewährten Kehrwoche sind in dieser Wohnanlage außer Kraft gesetzt. Während sich im Normalfall die Einwohner jedes noch so großen Mietshauses beim Fegen kennen lernen, gibt es hier eine Hausverwaltung, die kehren lässt.«

Katz nickte verständnisinnig.

Schmoll blickte Irma herausfordernd an. »Du siehst auch nicht so aus, als ob deine Befragung der Durchbruch gewesen ist.«

»Vielleicht doch, jetzt lass uns erst mal einsteigen, dann erzähl ich euch alles im Auto.«

Nach Irmas Bericht, mit dem sie kurz vor dem Parkplatz am Präsidium zu Ende war, reckte Katz beide Daumen hoch. »Also wirklich, Eichhörnle! Dem haschte ja mächtig de Zunge glupft.«

Schmoll zog die Mundwinkel runter und die Augenbrauen hoch, machte sein langes Gesicht, das meistens Erstaunen, diesmal Begeisterung bedeutete. »Das sieht tatsächlich so aus, als ob wir eine heiße Spur hätten. Ich bin gespannt, was Frau Zuckerle für Augen macht, wenn wir sie mit den Aussagen von Herrn Rudorf konfrontieren!«

»Des bringt's«, sagte Katz. »Megastreit eine Stunde vorm Tod von ihrm Liebhaber ond gemeinsamer Aufbruch. Vielleicht zur Grünanlage? Vielleicht ieber des Brückle!«

»Ja«, sagte Irma, »wenn wir diese geheimnisvolle Dame nur erst gefunden hätten.«

»Hast du dich um ihr Vorleben gekümmert, Katz?«, fragte Schmoll.

»Da isch fei nix. Weil se koi Vorstraf hot, gibt's auch koi Akte über se.«

»Jetzetle«, sagte Schmoll, »dann ist für heute Feierabend. Ist inzwischen nach neun. Bis morgen und guts Nächtle.«

Vier

Dienstag, 8. Dezember

In der Nacht war die Temperatur unter den Gefrierpunkt gefallen und hatte die regennassen Wege in eisige Rutschbahnen verwandelt. Irma ließ ihr Fahrrad daheim und schlitterte durch den Killesberg-Park hinunter zum Pragsattel. Nachdem sie sich dreimal auf den Hosenboden gesetzt hatte, ging sie zu Schneckentempo über und kam schließlich eine halbe Stunde zu spät zum Dienst.

Schmoll saß am PC und studierte die Melderegisterauskünfte von Baden-Württemberg. Dabei belferte er Informationen über Frau Zuckerle vor sich hin: »Genauer Vorname: Dorothea. Geboren 1967 in Cannstatt. Staatsangehörigkeit: deutsch. Familienstand: ledig. Beruf: Altenpflegerin.« Er drehte sich zu Irma und Katz um. »Dorothea Zuckerle ist nicht in der Neckarstraße, sondern seit fünfzehn Jahren in der Brückenstraße in Cannstatt gemeldet. – Deswegen lasst euch mal gar nicht erst häuslich nieder und fahrt zur Brückenstraße. Womöglich ist Frau Zuckerle dort wieder eingezogen, weil sie mit ihrem Zahndoktor Krach hatte, wie der blinde Herr Rudorf erzählt hat. Vielleicht weiß sie noch gar nicht, was passiert ist.« Er rieb seine Glatze und knurrte: »Es wäre verdammt wichtig, diese Zuckerle zu vernehmen. Wenn jemand was weiß, dann sie. Sollte die Dame auch dort nicht zu finden sein, dann klappert die Nachbarschaft ab. Es muss sich doch jemand an sie erinnern, wenn sie so lange in dem Haus gewohnt hat.«

»Wenn wir wenigstens ein Passfoto von ihr hätten«, meinte Irma. »Soll ich vorher aufs Bürgerbüro in Cannstatt gehen und mir eine Kopie von Frau Zuckerles Ausweis machen lassen?«

»Das ist nicht nötig«, sagte Schmoll. »Ich werde das Passfoto per Mail beim Einwohnermeldeamt anfordern. Die schicken es als Bilddatei.«

»Het mer gestern scho mache solle«, sagte Katz.

»Gestern war noch nicht abzusehen, dass diese Frau ein gesichtsloses Phantom bleibt«, verteidigte Schmoll das Versäumnis.« Er machte, wie immer, wenn er sich festgefahren hatte, ein paar Kniebeugen. Schnaufte durch und sagte: »Während ihr unterwegs seid, muss ich in Ruhe nachdenken. Vielleicht kommt mir endlich ein Geistesblitz, was an der Sache nicht stimmt. Irgendwas stimmt nicht. Entweder mit der zickigen Witwe Bäumle oder mit der Frau namens Zuckerle.«

Katz fuhr über den Burgholzhof, kurvte über den Hallschlag die Altenburger Steige hinunter und bog in die Brückenstraße ein. Das Haus, in dem Thea Zuckerle gemeldet war, hatte eine vergammelte Jugendstilfassade. An Klingeln und Briefkästen waren keine oder unleserliche Namensschilder. Nirgends Gardinen an den Fenstern. Eingangstür mit Brettern verrammelt. – Das Haus stand leer.

Es sei eine Schande, regte sich Katz auf, die paar Häuser aus der Bäderglanzzeit, die im Krieg nicht vom Bombenhagel über Cannstatt erwischt worden seien, nun abzureißen.

»Vielleicht wird das Haus renoviert«, tröstete ihn Irma. »Fragen wir mal in der Nachbarschaft rum, ob jemand unser Suchobjekt gekannt hat.«

»Ohne Foto und koin blasse Dunscht, wie des Zuckerle aussieht, isch des koi Sach.«

»Wir haben zumindest den Namen und ihr Alter«, sagte Irma. »Fang einfach mal an. Ich geh rasch zum Bürgerbüro, vielleicht kann sich dort jemand an sie erinnern und mir eine Personenbeschreibung geben.«

Während Katz mit dem Klingelputzen begann, lief Irma den kurzen Weg bis zur Wilhelmsbrücke, die über den Neckar zur Cannstatter Altstadt führt. Am Ende der Brücke überquerte sie die Schöne Straße, die an dieser Stelle alles andere als schön, sondern nur stark befahren war, und geriet auf einen kleinen kopfsteingepflasterten Platz, der nach Cannstatts berühmtem Poeten Thaddäus Troll benannt war. Belustigt umrundete sie einen schwarzbronzenen Kerl, der dort breitbeinig und grinsend auf einem Granitstein saß und eine Ente unter den Arm geklemmt hielt. Ein Schildchen erklärte, dass das *Dr Entaklemmer* sei.

Das märchenhaft anmutende Haus mit dem knallrot gestrichenen Fachwerk, das dem Entenklemmer gegenüberstand, war laut Infotafel die Weinstube Klösterle. Irma wechselte auf die andere Seite der Marktstraße und geriet mitten ins Markttag-Getümmel. Zwischen Blumen- und Gemüseständen kam sie an einem Brunnen vorüber, dessen Wasserspeier unverkennbar eine Weinpresse war. Nein, diese Schwaben, dachte Irma, wo sie nur können, wird ans Viertele-Schlotzen erinnert. Durch eine Gasse zwischen dem Rathaus und der Stadtkirche fand Irma schließlich zum Cannstatter Bürgerbüro.

Da sie sich als Kripokommissarin auswies, wurde sie sofort zu der zuständigen Dame vorgelassen und arbeitete die Liste ihrer Fragen bezüglich Dorothea Zuckerle ab. Leider erfolglos. Selbst das Passfoto war ein Flop.

Die schwäbischen Urwaldtrommeln zwischen Bürgerbüro und Rathaus funktionierten sehr gut, so dass sich nach einer Viertelstunde der Bezirksvorsteher zu diesem Meeting gesellte und sich nach dem Stand der Ermittlungen erkundigte. Irma merkte, wie es ihn wurmte, dicht an der Grenze seines Bezirks einen Mordfall zu haben: »Ich ersuche Sie dringend, Frau Eichhorn, sagen Sie Hauptkommissar Schmoll einen Gruß von mir, und ich erwarte, dass er alles daransetzt, den Fall so schnell wie möglich aufzuklären. Die Spekulationen in der heutigen Presse über den frei herumlaufenden Mörder müssen aufhören. Die Bevölkerung soll wieder ruhig schlafen können!«

Irma versicherte, die Kripo würde selbstverständlich ihr Bestes tun und bereits auf Hochtouren an dem Fall arbeiten.

Dieses Grußwort des Bezirksvorstehers an Schmoll war dann auch das Erste, was Irma zwei Stunden später in der Teamsitzung vortrug. Danach erzählte Katz von der Pleite bei der Suche nach Frau Zuckerles ehemaliger Wohnung. Er zupfte verdrießlich an seinem Schnauzbärtchen herum und berichtete, er habe von Nachbarn erfahren, das Haus stünde seit zwei Jahren leer und der Eigentümer habe kein Geld, es zu renovieren. »A Frau Zuckerle isch niemand bekannt gwese.« Katz wippte nervös auf den Absätzen. »Die meischte Leit dort henn koi Deutsch könne.«

Schmoll nickte. »Fast die Hälfte von Cannstatts Einwohnern sind Ausländer. Aber offenbar verstehen sie sich untereinander und auch mit den Schwaben recht gut. Zumindest kommen wir dort verhältnismäßig selten zum Einsatz. Doch nun weiter im Text.« Er erteilte dem Leiter der Spurensicherung das Wort.

Der Spursi-Müller war auch nicht gerade gut drauf. Das konnte jeder daran erkennen, wie er seinen Truthahnhals aus dem Kragen reckte und ungeduldig losleierte: »Meine Leute haben auf und unter der Brücke jeden Dreckklumpen und jeden Stein umgedreht, ohne etwas zu finden, das irgendwie auf die Spur des Mörders führen könnte. Im Bereich des Gleisbettes, im Gebüsch und auf den umliegenden Grünflächen und Gehwegen haben wir sämtliche Zigarettenkippen, Knöpfe, Tempotaschentücher und ähnliche Raritäten eingesammelt und ins Labor geschickt.«

»Schuhspuren?«, fragte Schmoll.

»Keine Chance. Die unzähligen übereinanderliegenden und ineinander verschobenen Spuren auf dem Weg entlang des Fundortes sind unmöglich auseinanderzuhalten. Auf dem Grünstreifen, wo die Leiche am Baum hing, fanden sich weder Fußabdrücke noch andere Anhaltspunkte, die auf weitere Personen schließen lassen.«

»Fingerspuren am Brückengeländer?«

»Da befinden sich so viele verschiedene, als ob sich jeder, der darüberspaziert ist, irgendwann mal daran festgehalten hat. Na ja, es ist ja auch ein hübscher Blick hinüber zum Berger Bad. Wir lassen alle Spuren auswerten, die nicht älter als 24 Stunden sind.«

»Ond Spure an dr Leich?«, fragte Katz.

»Die Spuren an der Kleidung, an Händen und im Gesicht stammen alle von derselben Person, es wurde aber nichts Vergleichbares in der Datenbank gefunden. Die DNA von den Gewebepartikeln unter den Fingernägeln der Leiche und die des schwarzen Haares, das am Mantelkragen hing, wird nicht vor morgen früh feststehen.«

»Na, wenigstens das.« Irma gab einen Erleichterungsseufzer von sich. »Warten wir ab, bis die DNA-Analysen fertig sind, dann können wir sie mit der des mutmaßlichen Täters vergleichen – falls wir endlich einen finden.«

Irmas Story von dem Blinden, der Dr. Bäumle und Frau Zuckerle gehört, aber eben nie gesehen hatte, riss niemanden vom Hocker und schien Irma nun selbst etwas fad zu sein.

Schmoll rieb seine Stirn. Aber alles, was seine kleinen grauen Zellen hergaben, waren unausgegorene Vermutungen. »Jetzetle!«, sagte er. »Mal langsam und von vorn: Von der Ehefrau des Toten wissen wir, dass es ihn nachts nach Berg in die Neckarstraße verschlagen hat, weil dort Frau Zuckerle wohnt. Allerdings ist sie in der Brückenstraße gemeldet. Soweit zurückzuverfolgen ist, wurde Dorothea Zuckerle in Cannstatt geboren und hat unter wechselnden Adressen immer in diesem Stadtteil gewohnt.«

Jetzt prustete Katz los und japste: »A echts Cannstatter Zuckerle!«

Plötzlich dämmerte es bei Irma. Nachdem sie hier in Stuttgart ständig Namen wie Kächele, Vögele, Lederle und so weiter hörte, hatte sie sich über den Namen Zuckerle nicht gewundert.

»Wenn ich das richtig verstehe«, sagte sie unsicher, »gibt es einen Wein, der Cannstatter Zuckerle heißt.«

»Du merkscht au alles«, sagte Katz schadenfroh.

Aber nun mischte sich Schmoll ein: »Gib gefälligst sachgemäße Auskünfte, Katz. Cannstatter Zuckerle ist keine Rebsorte, sondern bezeichnet die Lage des Weinbergs. Cannstatter Zuckerle kann ein Trollinger oder auch ein

Riesling sein. Hat jemand etwas gegen diese Tatsache einzuwenden?«

Es kamen keine Einwände. Denn außer Irma war man hier unter Schwaben, die in Sachen Weinbau Bescheid wussten.

Offenbar froh, ein Thema außer Mord und Totschlag auf dem Tisch zu haben, rief einer der Spurensicherer: »Mei Opa hot an Zuckerle-Weinberg zwische Cannstatt und Mühlhausen. Südterrassen zum Neckar. Des Zuckerle isch sehr steil. Es kann net mit Maschine bearbeitet werde. Mr muss alles von Hand mache.«

»Was sich natürlich im Preis niederschlägt«, sagte jemand und kicherte.

Irma merkte, dass ihre Kollegen die Eigenschaften des Cannstatter Zuckerle bereits auf die Dame dieses Namens übertrugen. Und als nun Katz mit süffisanter Stimme ergänzte: »Des Cannstatter Zuckerle isch elegant und fruchtig, lieblich und blumig«, wieherte die ganze Mannschaft los.

»Schluss mit de Fissimadenda! Bleibt gefälligst bei der Sache!«, donnerte Schmoll und verkniff sich das Grinsen. »Wir sind ein Ermittlungsteam und kein Blödelklub! Um endlich zu wissen, wie diese zurzeit unauffindbare Thea Zuckerle aussieht, habe ich beim Einwohnermeldeamt ein Passfoto von ihr angefordert.«

»Ond?«, fragte Katz. »Isch des net komme?«

»Doch«, knurrte Schmoll. »Aber die Datei lässt sich noch nicht öffnen. Du weißt doch, dass solche Bilddateien aus datenschutzrechtlichen Gründen verschlüsselt verschickt werden.«

Katz stand auf. »I geh mol nachsehe, ob die Mail mit dem Kennwort inzwische akomme isch.«

»Wenn es da ist«, rief Schmoll ihm nach, »druck das Bildnis der geheimnisvollen Dame aus und bring's her.«

Irma hatte das Foto bereits im Bürgerbüro gesehen und grinste sich eins.

Als Katz zurückkam, grinste er auch und reichte das vergrößerte Passbild dem zunächst sitzenden Kollegen. Der rollte mit den Augen und gab es weiter. Als es bei Schmoll ankam, zog sich seine hohe Stirn in Wellblechfalten. Er starrte in dunkle Rehaugen, über die haselnussbraune Haarfransen zipfelten. Die vollen Lippen waren zu einem verschmitzten Lächeln verzogen.

»Ihr Lächeln ist sympathisch«, sagte Irma, die aufgestanden war und Schmoll über die Schulter schaute.

Schmolls Faust fiel mitten in dieses sympathische Lächeln. Er blaffte los: »Laut der Melderegisterauskunft ist Thea Zuckerle zweiundvierzig. Diese Hübsche hier ist höchstens zwanzig!«

»Mei Oma tät sage: Lieber a Laus em Kraut als gar koi Fleisch«, sagte Katz.

»Lass uns jetzt mit deiner Oma zufrieden«, knurrte Schmoll und wandte sich an Irma: »Hast du dich nach ihrer Arbeitsstelle erkundigt?«

»Ich habe eine Stunde lang Altersheime abtelefoniert. Die dreizehnte Nummer war der Treffer. Seniorenheim *Waldfrieden* in Botnang. Ein Privatheim mit zwanzig Plätzen. Dort hat Frau Zuckerle über zehn Jahre lang gearbeitet. Vor zwei Jahren hat sie gekündigt.«

»Hast du jemanden ausfindig gemacht, der sie kennt?«, fragte Schmoll.

Irma schüttelte den Kopf. »Die Heimleiterin Frau Wittich war recht kurz angebunden. Als ich ihr gesagt habe, dass wir im Mordfall Bäumle ermitteln, hat sie endlich in den Akten nachgesehen. Ihr werdet es nicht glauben!« Irma machte eine spannungsträchtige Pause. »Thea Zuckerle hat Joachim Bäumles Vater gepflegt!«

»Na, so ebbes.« Katz zupfte aufgeregt an seinem Lippenbärtchen. »Und dadurch hot se dem sein Sohn, der jetzt unsre Leich isch, kenneglernt ond sich an den nagmacht.«

Schmoll klatschte sich auf die Glatze und zog die Brauen hoch. »Ist der alte Bäumle eines natürlichen Todes gestorben?«

»Frau Wittich versicherte mir, in seiner Krankenakte stünde als Todesursache Herzstillstand. Er hatte einen Herzfehler.«

Schmoll rieb sich die Hände. »Ich fasse zusammen. Arme Altenpflegerin lernt reichen Zahnarzt kennen. Sie kann endlich ihren anstrengenden Beruf an den Nagel hängen, weil sie nun jemanden hat, der ihr ihren Lebensunterhalt und ein nobles Appartement gegen gewisse Gegenleistungen bezahlt. Die Frage ist nur: Konnte er das wirklich bezahlen, oder erst, nachdem er den Papa beerbt hat?«

So, wie sich Schmoll reckte und seine Nasenflügel blähte, sah ihm Irma an, dass er den nächsten Mord witterte.

Katz hob die Augen zur Decke, als ob er eine Erleuchtung hätte, und haspelte aufgeregt los: »I hab mi bei dr Immobiliengesellschaft schlau gmacht. Die Wohnung in der Neckarstraß isch vor zwoi Johr von Dr. Joachim Bäumle gekauft worde. Ohne Ratezahlung. Locker 240 000 Euro auf oimal. Als Mieterin isch Thea Zuckerle eintrage.«

Schmoll trommelte den Takt des Radetzkymarschs auf die Tischplatte. Diesmal die energische Variante. Furioso! »Heilix Blechle! Wir müssen in Erwägung ziehen, dass die Krankenpflegerin bei Papa Bäumles Tod nachgeholfen hat. Nachgeholfen, um ihren Galan finanziell flüssiger zu machen.«

Katz sah in die Runde. »So ebbes ist scho meh als oimal vorkomme.«

Schmoll nickte. »Wir müssen herausfinden, woran Herr Bäumle senior gestorben ist. Wenn die Sache heiß wird, dann gibt es eben eine Exhumierung. Hoffentlich ist der alte Bäumle nicht durchs Krematorium gejagt worden.« Schmoll lehnte sich zurück. »Katz, du fährst jetzt zur Neckarstraße und prüfst nach, ob Frau Zuckerle wieder da ist. Wenn nicht, dann guck dich noch mal in dem Haus um.«

Katz protestierte: »Was soll des bringe, wenn mer no koi Genehmigung für die Wohnungsdurchsuchung habet?«

»Der Herr Staatsanwalt hat abgelehnt«, knurrte Schmoll.

»Er hält die Aussage eines Blinden für einen unzureichenden Beweis.«

»Des nenn i Vorurteile gege Behinderte!«, belferte Katz.

»Reg dich ab, Katz«, sagte Schmoll. »Wenn Frau Zuckerle nicht da ist, kommst du wieder ins Büro und fütterst den Computer mit den bisherigen Ermittlungsergebnissen und den Vernehmungsprotokollen. – Und Eichhorn, du fährst nach Botnang, fragst die Heimleiterin aus und sondierst das Umfeld, in dem der Vater unsrer Leiche unter Thea Zuckerles Pflege dahingeschieden ist. Und hör dich auch unter den Heimbewohnern um! Sicher findet sich jemand, der den alten Bäumle noch gekannt hat. Ich wette, du findest dort neue Erkenntnisse, die für eine Durchsuchungsgenehmigung der Zuckerle-Wohnung ausreichen.«

Mit einem »Sodele, bis später« wurde von Schmoll die Sitzung abrupt beendet. Jeder wusste, er würde jetzt in seinem Büro ein paar Kniebeugen absolvieren. Das war sein Ausgleichssport, dem er frönte, bevor er nachdachte.

Katz blickte aus dem Bürofenster den dahinjagenden Wolken nach, grinste und stellte Irma die hinterhältige Frage, ob sie nach Botnang ihren geliebten Drahtesel besteigen würde.

»Halt die Klappe, du alte Spottdrossel! Euer Klima hat mich total verzärtelt. Eigentlich sollte ich mich abhärten und wirklich mit dem Rad fahren – aber du wirst es nicht glauben, heute nehme ich tatsächlich die Straßenbahn.«

»Fahr bis zum Charlotteplatz ond steig in die U 4, die schaukelt di durch de Stuagarter Weschten, ond du bisch in ra halbe Stond an Ort und Stell.«

»Da wäre ich auch als Reingeschmeckte draufgekommen«, erwiderte Irma gereizt. »Ich kenne inzwischen den Stuttgarter Nahverkehrsfahrplan auswendig.«

Katz zeigte zum Fenster: »Guck mol, Eichhörnle, wie's regnen tut. Mei Oma sagt: Wer bei so me Wetter net krank wird, isch net gsund.«

»Da soll sich deine Oma halt warm anziehen!« Irma schlüpfte in ihre schwarze Daunenjacke, knöpfte sie bis unters Kinn zu und zog die Kapuze über die Ohren. Mit einem »Also, tschüss denn« joggte sie die Treppen runter und in Richtung Haltestelle Pragsattel davon.

Endhaltestelle Botnang. Irmas erster Eindruck war: Wieder so ein schwäbisch-dörflicher Stadtteil, dem Wohnblöcke und Hochhäuser einen Hauch von Großstadt geben. Wieder ein Vorort in einem Talkessel, umgeben von bewaldeten Bergen.

Bis zum Seniorenheim *Waldfrieden* waren es zehn Minuten Fußmarsch. Waldfrieden, dachte Irma, das klingt irgendwie nach anonymer Bestattung. Hätte ich mich nicht doch anmelden sollen? Doch kleine Überrumpelungen bewirken manchmal Wunder. Man erfährt meist mehr. Echt ungemütliches Wetter heute. Aha, hier ist's ja schon.

Sie klingelte an einer renovierungsbedürftigen Villa und musste ziemlich lange warten. Endlich öffnete eine hagere Frau mittleren Alters, die Irma dem Pflegepersonal zuordnete. Erst nachdem Irma ihren Kripoausweis gezückt hatte, war die Hagere bereit, sie zu Frau Wittichs Büro zu führen. Schon auf diesem kurzen Weg über eine Treppe und einen schmalen Flur erschnupperte Irma den Uringeruch, der in Konkurrenz mit Desinfektionsmittel lag. Außer, dass hin und wieder trockener Husten durch die geschlossenen Türen drang, war es seltsam still im Haus.

Frau Wittich, die ihre wabbelnde Fülle vergeblich mit einem voluminös drapierten, buntgemusterten Schal zu kaschieren versuchte, gab sich selbstbewusst und herablassend. Auf Irmas erste Frage, wo denn die alten Leutchen seien, antwortete sie: »Es ist zu teuer, bei der Kälte den großen Gemeinschaftsraum auf Zimmertemperatur zu halten. Die Schlafräume sind immer leicht geheizt, und wem das nicht reicht, der kann sich im Bett aufwärmen.«

Irma hatte zwar keine Erfahrung mit Altenheimen, aber dass das nicht normal sein konnte, schien klar.

Frau Wittich gab sich zugeknöpft und erklärte: »Als der frühere Heimleiter vor etwa zwei Jahren in Ruhestand gegangen ist und ich seine Arbeit übernommen habe, war Herr Bäumle schon gestorben. Frau Zuckerle hatte bereits gekündigt und war nicht mehr im Dienst. Ich habe beide nicht kennengelernt.«

»Dann sagen Sie mir wenigstens den Namen und die Adresse ihres Vorgängers, damit ich mich mit ihm in Verbindung setzen kann.«

Frau Wittich putzte mit müden Bewegungen ihre Brille am Saum ihres bunten Schals und seufzte: »Kummer.«

»Sie haben Kummer?«

»Der Heimleiter heißt Kummer. Gotthilf Kummer.«

»Und wo wohnt er?«

Sie setzte ihre Brille auf und suchte betont langsam einen Ordner aus einem unteren Regal heraus. Sie blätterte und nannte Irma eine Adresse in Fellbach. Während Irma die Straße und Hausnummer in ihr Notizbuch schrieb, fragte sie, ob es im Heim jemanden gäbe, der noch Kontakt zu Herrn Kummer habe.

Frau Wittich hielt sich drei Finger gegen die Schläfe und spreizte den kleinsten ab. »Da fällt mir ein: Unser ältester Heimbewohner, Otto Lobsam, hat mir erzählt, Herr Kummer würde die Adventszeit und den ganzen Januar bei seinem Sohn in Toronto verbringen. Wahrscheinlich ist er schon abgereist.«

»Pech«, sagte Irma, dachte: wenn es denn stimmt, und bohrte weiter: »Aber vom Personal wird sich doch bestimmt jemand an Frau Zuckerle erinnern?«

»Ich habe niemanden von den früheren Angestellten übernommen. Diese Leute waren derart lange hier beschäftigt gewesen, dass jeder von ihnen auf seine Weise nachlässig und faul geworden ist. Unter meiner Leitung wurde das Heim völlig neu koordiniert: Personalreduzierung. Gestraffte Arbeitsmethoden. Notwendige Rationalisierungen. Verstehen Sie?«

»Nicht ganz«, sagte Irma. »Aber führen Sie mich doch bitte zu Herrn Lobsam. Vielleicht hat er Herrn Kummers Urlaubsadresse. Ich denke, Herr Lobsam kann mir auch Auskünfte über den verstorbenen Herrn Bäumle senior und Frau Zuckerle geben.«

Über Frau Wittichs Züge glitt ein Trauerflor. »Das tut mir nun aber wirklich leid. Otto Lobsam ist vorige Woche gestorben.«

»Tja«, sagte Irma, »tut mir auch leid.«

Frau Wittich versuchte, sich zu verdrücken: »Ich habe noch einige wichtige Dinge zu erledigen. Können Sie mich jetzt entschuldigen?«

»Kann ich nicht.« Irma lehnte sich zurück und fixierte Frau Wittich, die wieder auf ihren Schreibtischstuhl gesunken war. Sie hatte ihre Trauermiene bereits wieder abgelegt und beschäftigte sich damit, ihre Brille auf- und abzusetzen. Irma dachte: Alte wichtigtuerische Ziege! Und dann sagte sie laut und nachdrücklich: »Ich ermittle in einem Mordfall, Frau Wichtig – eh, Wittich. Sie haben die Pflicht, der Kripo bei der Aufklärung zu helfen. Also beantworten Sie mir bitte noch ein paar Fragen.«

Frau Wittichs energische Stimme wechselte zu Jammertönen. »Was hat das alles mit meinem Heim zu tun? Herr Bäumle ist doch nicht ermordet worden, sondern sein Sohn. Das verstehe ich nicht!«

»Brauchen Sie auch nicht zu verstehen. Aber jetzt nehmen Sie mal die Akten von dem Jahr, bevor Herr Bäumle gestorben ist, und suchen mir alle Heimbewohner heraus, die damals schon hier waren und ihn gekannt haben müssen.«

»Das dauert.« Frau Wittich seufzte und sah auf die Uhr. »In einer halben Stunde gibt es Mittagessen, vorher müsste ich in der Küche nach dem Rechten sehen.«

Irmas Geduldsfaden war kurz vor dem Zerreißen. »Wird schon nichts anbrennen! Soll ich mir die Namen selbst aus den Akten oder dem PC heraussuchen?«

»Bemühen Sie sich nicht.« Frau Wittich erhob sich und ging zum Aktenschrank.

Es fanden sich nur noch zwei Personen, die Herrn Bäumle senior gekannt haben konnten. Alle anderen waren inzwischen gestorben oder in Heime mit Pflegestufe 3 verlegt worden.

»Also«, sagte Frau Wittich, »außer Frau Blume und Herrn Kraft kann ich Ihnen niemanden anbieten. Beide sind fortgeschritten senil und deswegen sollte ihnen Aufregung erspart bleiben. Ich muss darauf bestehen, dass sie pünktlich ihr Essen einnehmen und Mittagsschlaf halten. Danach können Sie sie meinetwegen befragen.«

Als Irma darauf hinwies, sie hätte hier Ermittlungen in einem Mordfall zu führen und außerdem nicht unbegrenzt Zeit, sagte Frau Wittich in beleidigtem, vorwurfsvollem Ton: »Sie bringen den geregelten Tagesablauf meines Seniorenheimes durcheinander!«

Diese Bemerkung schüchterte Irma keineswegs ein, sondern ließ sie hellhörig werden. Sie überlegte, weshalb Frau Wittich sie loswerden wollte und säuselte harmlos und unterwürfig los: »Ach, wenn ich nun einmal hier bin, komme ich einfach mit zu Tisch und unterhalte mich ein bisschen mit den alten Herrschaften.« Sie schenkte Frau Wittich ein Lächeln aus Zuckerwatte. »Vielleicht ist ja auch ein Happen für mich dabei. Ich bin seit heute Morgen um sieben im Dienst und habe fürchterlichen Hunger.«

Da in diesem Moment der Gong zum Essen rief, blieb Frau Wittich nichts anderes übrig, als Irma mit in den Speiseraum zu nehmen. Von dort verschwand Frau Wittich in der Küche, um noch einige Anweisungen zu geben, wie sie sagte.

Sie war zurück, als die große, knochige Frau Blume und der kleine, wackelig tapsende Herr Kraft, der sich auf ein Gehwägelchen stützte, im Speiseraum eintrafen. Frau Wittich machte Irma mit den beiden Alten bekannt und sie setzten sich an einen der fünf Vierertische.

Als Irma scheinheilig die Fleischküchle und den Kartoffelbrei lobte, sagte Frau Blume wie aus der Pistole geschossen: »So große Portionen gibt's sonst nie.«

Irma merkte, wie Frau Wittich der alten Blume unter dem Stuhl gegen das Schienbein trat und dabei mit unschuldiger Miene gurrte: »Es freut mich, Frau Kommissarin, wenn es Ihnen und meinen Schutzbefohlenen schmeckt.«

Herr Kraft schnitzelte mit zittrigen Händen die Fleischküchle in Häppchen, um sie seiner Zahnprothese anvertrauen zu können. Er schaufelte sich Kartoffelbrei rein, als ob er Angst hätte, jemand könne ihm seinen Teller wieder wegnehmen. Irma schloss daraus, dass er ausgehungert war.

Verflixt, dachte sie, nun bin ich einem Mord auf der Spur und entdecke, wie mir scheint, wieder mal so ganz nebenbei ein anderes Strafdelikt. Auf alle Fälle muss ich die städtische Aufsichtsbehörde benachrichtigen, damit hier jemand nach dem Rechten sieht.

Während des Nachtischs, für jeden eine kleine Banane, entgingen Irma nicht die verschwörerisch drohenden Blicke, die Frau Wittich den beiden Alten zuwarf. Hoppla, dachte Irma, gibt es da was, über das die zwei mir nichts erzählen sollen?

Irma setzte ihre unschuldigste Miene auf und erfand ihre Tante Emma, die einen Platz in einem Altersheim suchte. »Und deshalb, Frau Wittich, würde ich mir gern mal eins der Zimmer ansehen, da ich nun einmal hier bin.«

Frau Wittich putzte eifrig ihre Brille und flötete: »Da können Sie nachher mit Frau Blume nach oben gehen.« Sie stand auf, behauptete, sie habe noch alle Hände voll zu tun und rauschte davon.

Herr Kraft räusperte sich, schob sein Gebiss in Position und krächzte: »Was die wohl zu tun hat, außer zu errechnen, wie sie uns so knapp wie möglich hält?«

Frau Blume hob ihren gichtknotigen Zeigefinger: »Hier waren andere Zeiten, als Herr Kummer noch das Heim geleitet hat. Da war nicht nur das Essen, sondern auch das Pflegepersonal besser.«

»Pflegepersonal! Damit sind wir beim Thema«, sagte Irma. »Ich brauche ein paar Auskünfte über eine Altenpflegerin namens Thea Zuckerle.«

»Die Thea!«, krähte Herr Kraft begeistert, »das war ein lustiges Haus. Eine wirklich liebe Frau. So hübsch und charmant! Zum Anbeißen.«

»Na ja«, sagte Frau Blume, »liebevoll war sie besonders zu den Männern. Ich glaub, der Fischer Oskar und der Maier mit ai – Gott hab sie selig – haben ihr recht viel Bares hinterlassen.«

»Auch Herr Bäumle?«, fragte Irma.

»Ha, ha, ha«, machte Herr Kraft. »Der hat ihr kein Geld, sondern seinen Sohn hinterlassen.«

Frau Blume legte ihr Gesicht in grüblerische Runzeln. Sie blinzelte und raunte: »Wissen Sie, Frau Kommissarin: Die Thea hat magische Kräfte und Macht über die Männer. Ich schwöre Ihnen, sie ist eine Hexe.«

»Also Blume«, krächzte Herr Kraft aufgebracht, »übertreib nicht! Hexe! Thea war einfach hinreißend, und nur deshalb konnte sie jeden um den Finger wickeln. Wir haben sie alle geliebt und vermissen sie sehr. Aber sie wollte ja unbedingt ihren zarten Zahnarzt heiraten.«

»Wann war das?«

»Kurz nachdem der alte Bäumle gestorben ist. Zwei Jahre wird es her sein.«

»Thea hat ihn bis zu seinem Tod gepflegt?«

»Ja«, sagte Kraft. »Aufopfernd. Sie hätte nicht gekündigt, solange er gelebt hat.«

»Das kann ich mir denken«, sagte Irma. Sie machte sich Notizen und begriff, dass diese Informationen auch nicht das Gelbe vom Ei waren. Trotzdem war sie sich ganz sicher: Da stimmte irgendwas nicht.

Sie bedankte sich bei den zwei alten Leuten für die Auskünfte und fragte Frau Blume, ob es ihr recht sei, wenn sie nun ihr Zimmer ansehen würden.

»Aber natürlich«, sagte sie. »Sie werden staunen, Frau Kommissarin.«

Hatte der letzte Satz ironisch geklungen?

Frau Blumes Zimmer war im zweiten Stock. Die alte Frau blieb in der offenen Tür stehen und rang fassungslos die Hände: »Ich glaub es nicht. Das Bett ist gemacht. Der Teppichboden gesaugt. Die Fenster, aus denen ich heute Morgen kaum den Wald sehen konnte, sind geputzt!« Sie blickte in ein Minibad: »Auch die Wanne und das Klo sind sauber. Und frische Handtücher! Hier waren die Hutzelmännlein, während ich zum Essen gewesen bin.« Sie fasste an den Heizkörper. »Sogar die Heizung ist aufgedreht!«

»Ist das sonst anders?«, fragte Irma.

»Wir würden im Dreck verkommen.« Frau Blume seufzte. »Wer kann, versucht selbst ein bisschen was zu tun, und wir helfen einander so gut, wie's geht. Das Geld, was dieses Heim kostet, ist rausgeschmissen. Denen, die nie genug kriegen können, vor die Füße geworfen.«

»Wem?«

»Zum Beispiel der Wittich.«

Irma verabschiedete sich von Frau Blume, war froh, der Heimleiterin nicht noch einmal in die Arme zu laufen, und nahm sich vor, der heuchlerischen Dame eine Razzia von der Aufsichtsbehörde auf den Hals zu schicken, an der sie zu beißen haben würde.

Als Irma endlich wieder in der Straßenbahn saß und ihre Notizen durchsah, fiel ihr siedendheiß ein, dass sie ihre wichtigste Frage an die zwei Alten vergessen hatte. O weia, deswegen bin ich doch hauptsächlich hier rausgefahren!

Die eingebildete Wittich und die traurigen Zustände in dem Heim sind mir an die Nieren gegangen, und dabei habe ich vergessen, mich nach dem Aussehen dieser Thea Zuckerle zu erkundigen. Wie bring ich das nun meinem guten Schmoll bei?

Aber Schmoll fragte nicht danach, er schwebte gerade auf Wolken, weil er die Genehmigung für die Durchsuchung des Appartements in der Neckarstraße durchgesetzt hatte. Der

Staatanwalt hatte sie erteilt, da der Altenpflegerin Thea Zuckerle eine verdächtige Verbindung nachgewiesen werden konnte: die Verbindung zwischen dem Zahnarzt, dessen Geliebte sie gewesen war, und seinem Vater, den sie im Altenheim gepflegt hatte. Und die nun beide tot waren.

Schmoll beschloss, die Aktion morgen als erste Amtshandlung zu starten.

»Und wenn die Zuckerle inzwischen wieder in ihrer Wohnung aufgetaucht ist?«, fragte Irma.

Schmoll grinste. »Das wär natürlich noch besser. Dann wird die Dame um sieben aus dem Bett geklingelt und wir können sie gleich mal fragen, ob sie weiß, wo ihr Zahnarzt abgeblieben ist.«

Fünf

Mittwoch, 9. bis Freitag, 11. Dezember

Als Irma kurz nach sieben Uhr in der Neckarstraße eintraf, war Katz schon da und Thea Zuckerles Wohnung bereits von einem Beamten der Feuerwehr geöffnet worden.

Die Spurensicherer begannen mit ihrer Arbeit.

Irma hatte noch nie eine derart extravagante Einrichtung gesehen. Im Wohnzimmer: schwarzlederne Sitzgarnitur auf hellem Tropenholzparkett. Großformatiger TV-Flachbildschirm. Stereoanlage. Mannshoher Ständer mit CDs, ausnahmslos Jazz und Panflöte. Alle anderen Möbel präsentierten sich in weißem Furnier. In einer Regalwand waren Bronzekatzen in allen Größen und Stellungen aufgereiht. In weißen Porzellanleuchtern standen schwarze Kerzen. Aus Rauchglasvasen blühten weiße Calla und Lilien. Dazwischen standen lange Bücherreihen. Krimis. Nur Krimis: komplette Sammlungen von allem, was Agatha Christie, Edgar Wallace, Raymond Chandler und Henning Mankell geschrieben hatten. Dazu eine ansehnliche Reihe von Regionalkrimis aus Baden-Württemberg.

Im Schlafzimmer lagen schwarze Hochflorbrücken. Die Kissen und Decken des französischen Doppelbetts waren mit schwarzglänzender Bettwäsche bezogen.

Alles verdoppelte sich in den verspiegelten Türen eines riesigen Kleiderschranks. In diesen Spiegeln sah Irma jetzt den Spursi-Müller und seinen Assistenten auftauchen. Sie glichen Gespenstern.

Irma lachte. »Mit euren weißen Overalls passt ihr perfekt ins Ambiente.«

Müller lockerte ein wenig den Kragen an seinem Truthahnhals und sagte: »Im Bad haben wir uns fast unsichtbar machen können, da ist nämlich alles weiß außer den Handtüchern.«

»Lasset mi rate, welche Farb die Handtücher habet«, sagte Katz.

»Wirst es nicht glauben, die sind nicht schwarz, sondern blutrot.«

»Hm«, machte Irma. »Kaum zu glauben, da doch sogar die Küche schwarz-weiß ist.

»Wenn es hier auch bemerkenswert exzentrisch aussieht«, stellte Müller fest, »so scheint die Wohnung schwäbisch gründlich geputzt worden zu sein, bevor sie verlassen wurde.«

»Keine Fingerspuren?«, fragte Irma enttäuscht.

»Die haben wir trotzdem gefunden«, beruhigte sie Müller. »Jede Menge. Aber nur zweierlei.«

»Die werde zu dere schwarz-weiße Dame und ihrm Lover, der jetzt onser Leiche isch, gehöre«, meinte Katz.

Irma schaute noch einmal ins Wohn- und Schlafzimmer. Im Kontrast zu all dem Schwarz und Weiß standen die großformatigen Gemälde, die beim Betreten der Räume den Blick an sich festsaugten. Im Wohnzimmer reckte ein gehörntes gelbes Tier seinen Kopf mit einem angstvollen Auge aus einem grauschwarzen Hintergrund. Auf dem Bild im Schlafzimmer war eine blaue Geige, die sich mit dem darübergelegten Bogen selbst zu spielen schien. Sie schwebte über beschneiten Dächern eines Dorfes.

Farbgewaltige, verwirrende Bilder, die Irma zu kennen glaubte. Aber sie konnte sich nicht erinnern, wo sie sie schon gesehen hatte. Während sie darüber nachgrübelte, rief Katz aus dem Nebenzimmer: »He, Irma, komm mal her.«

Vor diesem dritten Zimmer lag ein Eckbalkon, und es hatte tiefgezogene Fenster nach Südwesten. Die Wintersonnenstrahlen, die sich in den Raum verirrten, fielen auf eine Staffelei. Daneben stand ein Tapetentisch, auf dem Pinsel, Farben und Paletten aufgereiht lagen. Die Wand gegenüber dem Fenster war fast ganz von einem Kunstdruck bedeckt. Er hatte die Ausmaße des Originals. Irma erkannte das Bild, zu dem das gelbe Tier und die blaue Geige gehörten: der *Engelssturz* von Marc Chagall!«

Unterhalb des roten Engels, der mit ausgebreiteten Schwingen kopfüber in das Bild stürzt, blickte Irma in das angstvolle Auge des gelben gehörnten Tieres. Es scheint die blaue Geige zu küssen, die über verschneiten Dächern schwebt. Die anderen Wände waren kahl, als wollte der Künstler sich nicht ablenken lassen. Alle unvollendeten oder auch bereits fertig aussehenden Bilder standen auf dem Fußboden und lehnten an den Wänden. Jedes zeigte Einzelmotive aus Marc Chagalls Engelssturz: Den Mond mit dem orangenen Lichthof. Den zürnenden Rabbiner in seinem violetten Gewand. Die still brennende Kerze in dem patinagrünen Leuchter. Die in die Engelsschwinge hineingewobene Gestalt von Mutter mit Kind. Und immer wieder das gelbe Tier und die blaue Geige.

Katz hob ein Bild nach dem anderen hoch und verkündete mit fachkundigem Pathos, keines hätte eine Signatur oder eine Jahreszahl. Außerdem schien sich bei ihm durch den Anblick der Bilder eine Meinung verfestigt zu haben, die er jetzt kundtat: »Wer immer die Bilder gmalt hot, isch a Fanatiker. Ond ama echte Fanatiker isch au a Mord zuzutraue!«

»Aber vielleicht«, sagte Irma, »ist der Maler auch nur ein großer Träumer.«

»Träumerin«, sagte Katz, »denn des isch Frau Zuckerles Wohnung.«

»Aber sie ist Altenpflegerin – kann ein Mensch so begabt sein, solche Bilder zu schaffen, ohne eine künstlerische Ausbildung gehabt zu haben?«

Darauf wusste Katz außer »Koi blasse Dunscht« nichts zu sagen. Irma wollte später darüber nachdenken oder jemand Fachkundigen zu Rate ziehen. Jetzt galt es, in dieser Wohnung verdächtige Spuren zu finden, die zu Joachim Bäumles Mörder führten.

Doch am Ende brachte die Durchsuchung nicht viel Neues. Da Frau Bäumle die Liebesbeziehung ihres Mannes mit Thea Zuckerle bereits zu Protokoll gegeben hatte, war es nicht weiter verwunderlich, dass der Rasierapparat und eine elektrische Zahnbürste ihrem Mann zugeordnet werden konnten. Auch dass sich in allen Räumen seine Fingerabdrücke befanden, grenzte keineswegs an eine Sensation, sondern bestätigte nur bereits bekannte Fakten.

Leider wurde in der Wohnung nicht der geringste Anhaltspunkt gefunden, wo sich Frau Zuckerle zurzeit aufhalten könnte, und es ließ sich auch nicht feststellen, ob ein Koffer oder Kleidung fehlte. »Entweder isch dere was zugstoße oder sie isch verreist«, fasste Katz den Tatbestand zusammen.

Verreist schien logischer, weil in der Wohnung weder Ausweispapiere noch Führerschein und auch kein persönliches Adressbuch gefunden wurde. Einen PC, auf dem man Mails hätte finden können, gab es nicht. Ein Telefon auch nicht.

Nicht ein einziges Foto. Kein privater Brief. Keine Postkarte.

In den folgenden Tagen versuchte Irma zu ergründen, in welchem Zusammenhang die Gemälde und das Seelenleben dieses Künstlers stehen könnten. War das denn normal, immer die gleichen verstörenden Motive zu malen? Wodurch konnte diese Besessenheit, sich in derart seltsamer Form zu verwirklichen, ausgelöst worden sein? Warum ein stürzender Engel?

Irma legte der Polizeipsychologin einige von den Bildern vor. Sie konnte das Rätsel nicht lösen und auch nicht herausfinden, ob die Bilder von einer Frau oder einem Mann gemalt worden waren.

Als Nächstes fragte Irma einen Kunstverständigen um Rat. Er bestätigte dem Maler oder der Malerin überdurchschnittliches Talent und stellte fest, dass alle Gemälde in den letzten zwei Jahren entstanden waren. Um derartige Kopien herzustellen, versicherte er, sei bei einigem Talent durchaus kein jahrelanges Kunststudium nötig.

Irma musste einsehen, dass sie über die Bilder nicht weiterkam. Frau Zuckerle blieb ein Phantom.

Jeden Tag wurde geprüft, ob sie in ihre Wohnung zurückgekommen war. Vergeblich. In ihrem Briefkasten fanden sich stets nur Werbung und Prospekte verschiedener Reisebüros.

Katz durchforstete mehrmals täglich die polizeilichen Suchmeldungen, aber im ganzen Bundesgebiet tauchte keine unbekannte weibliche Leiche auf.

Frau Zuckerle war und blieb verschwunden.

Schmoll und seinem Team blieb nichts anderes übrig als abzuwarten, bis Frau Zuckerle tot oder lebendig wieder auftauchen würde. Beim derzeitigen Stand der Ermittlungen sah der Kommissar keine Möglichkeit, eine Suchmeldung herauszugeben. Frau Zuckerle war weder genügend verdächtig noch war auszuschließen, dass sie einfach in Urlaub gefahren war oder einen Verwandtenbesuch in einer anderen Stadt machte. Leider hatte bisher niemand herausfinden können, ob und wo sie Angehörige oder Freunde hatte. Ein Notizbuch mit Adressen und Telefonnummern war nicht gefunden worden. Die Nachbarn behaupteten, sie nicht zu kennen.

Fast eine Woche war vergangen, ohne dass die Kripo im Fall Riesling-Steg-Leiche weitergekommen war. Die Fäden, die Schmoll in den Händen hielt, verhedderten sich immer wieder, alle waren zu dünn und rissen, wenn er sie zu entwirren versuchte. Es war zu früh. Oder zu spät? Nach langem Brüten entschied sich Schmoll mit halbem Herzen für: zu früh. Solange keine Spur zu Thea Zuckerles derzeitigem Verbleib entdeckt würde, war es unmöglich, die Verbindungen zwischen ihr und dem Zahnarzt Joachim Bäumle zu überprüfen.

Die Soko steckte in einer Sackgasse. Das Team war nicht ausgelastet.

Nach einem gewaltig anstrengenden Sprung über seinen eigenen Schatten gab Schmoll grünes Licht für Irmas Aufbruch zu ihrer Ägyptenreise.

»Bis du zurück bist«, sagte er, »wird diese mysteriöse Frau wieder aufgetaucht sein. Und falls sie sich entlasten kann, müssen wir umgehend die Witwe Bäumle genauer unter die Lupe nehmen.«

»Hätten wir das nicht längst tun sollen?«, fragte Irma. »Ich finde, sie hat sich bei der Nachricht vom Tod ihres Mannes ziemlich seltsam verhalten. Auch als ich mit ihr in der Pathologie zur Identifizierung war, hat sie keinerlei Gefühlsregung gezeigt. Sie hat ihren Mann angeschaut, als ob sie sagen wollte: Geschieht dir recht!«

»Ich habe ihr bereits eine Vorladung geschickt«, sagte Schmoll. »Sie hat zurückgerufen, rumgezickt und behauptet, krank zu sein. Einen Tag später, hat sie gejammert, sie müsse sich erst um die Beerdigung kümmern. Da habe ich ihr klipp und klar gesagt, dass sie sich mit ihren Ausflüchten verdächtig macht. Jedenfalls hat sie nun für nächsten Dienstag zugesagt. Aber die läuft uns nicht weg. Ich gehe davon aus, dass keine Fluchtgefahr besteht. Wenn sie nicht antanzt, müssen wir ihr auf die Pelle rücken.«

»Selbst wenn wir davon ausgehen, dass Frau Bäumle körperlich nicht in der Lage ist, jemanden übers Brückengeländer zu werfen«, sagte Irma, »könnte sie jemanden dazu beauftragt haben.«

»Ond damit wäre mer bei meiner Killertheorie!«, frohlockte Katz. »Vielleicht verrät se ihrn Mordbube, den se angeheuert hot.«

Irma grinste. »Killer! Wir werden also, sobald Frau Bäumle näher durchleuchtet wird, nur noch mit Dienstwaffe unterwegs sein, damit uns ihr Killer nicht vom Riesling-Steg wirft.«

»Womöglich ist der Mörder ein Verrückter«, sagte Schmoll. »Rennt nachts besoffen durch die Grünanlage und schubst einen Unbekannten vom Brückle. Torkelt weiter und hat's schon vergessen, bis er daheim ist. Ist alles schon vorgekommen. Ich denke, wir machen für heute Feierabend.«

Katz druckste herum, bis Irma sagte: »He, ich sehe dir an, dass du noch was loswerden willst. Spuck's aus!«

»Ist nichts Dienstliches!«

»Sondern?«

»Du hosch versproche, mei Oma zu bsuche. Wenn du nach Ägypten fährsch, wird des da no ebbes vor Weihnachte? Mei Oma hot scho Gutsle backa. Sie moint: Ohne Bsuch ond Spaß wird dr Mensch an Essighafa.«

Irma, die sich wegen der Aussicht, die Reise nun doch antreten zu können, in einem Glücksrausch befand, sagte: »Wie wär's am Sonntag?«

Sechs

Sonntag, 13. Dezember

Im Grunde war Irma überhaupt nicht darauf versessen, ihren Kollegen Steffen Katz zu besuchen. Sie war aber gespannt, diesen Spruchbeutel von einer Großmutter endlich kennenzulernen. Es verging schließlich kein Tag, an dem Katz nicht seine Oma zitierte: »Mei Oma sagt: Ohne Kopf wär i scheener.« – »Mei Oma sagt: Wer nix glernt het, ka au nix vergesse.« – »Mei Oma sagt: ...«

Irma verstand den schwäbischen Dialekt inzwischen recht gut, aber als sie sich kürzlich an einigen Vokabeln versucht hatte, waren Schmoll und Katz vor Lachen fast geplatzt. Irma hatte ihnen ärgerlich vorgehalten: »Da ihr alles könnt außer Hochdeutsch, wieso soll ich dann perfekt Schwäbisch können?«

»Nun sei doch nicht eingeschnappt, Eichhörnle«, sagte Schmoll, und Katz tröstete: »Onsern ageborana Sound kann sowieso koi Reigschmeckter lerne!«

An dem verabredeten Sonntagabend landete Irma in der Ostendstraße im zweiten Stock eines Mietshauses aus den sechziger Jahren. In dem Zimmer, in das Katz sie führte, sah es genau so aus, wie sie sich die Wohnstube einer schwäbischen Großmutter vorgestellt hatte. Die mit bunten Streublümchen bestickte Tischdecke war mit einem etwas ramponierten Goldrandservice und Viertelesgläsern gedeckt. Die Anrichte schmückte ein rotgoldener Adventskranz, an dem drei Kerzen brannten. Auf dem grünen Plüschsofa bewegte sich etwas, das Irma für ein braunes Kissen gehalten hatte. Nun setzte sich das Kissen auf, beäugte sie neugierig und knurrte vor sich hin.

Katz erklärte: »Er hot hallo gsagt.«

»Hallo Mops«, sagte Irma. »Wie heißt du denn?«

Der Mops gähnte, und Katz antwortete: »Des isch a Mix-Mops. Er hoißt Nutella.«

»Nutella!«, kicherte Irma. »Lässt sich Nutella streicheln?«

»Denk scho«, meinte Katz. »Wenn er di net leide könnt, hätt er bellt. Er isch a zuverlässiger Menschakenner und außerdem die reinscht Alarmalag.« Er erzählte, dass Nutella schon zwei Mal Trickbetrüger, die zu Omas Wohnungstür rein wollten, in die Flucht gejagt habe.

Irma setzte sich neben Nutella aufs Sofa und schaute ihm hingerissen in sein rundes Gesicht: glänzende Knopfaugen, eine ulkige Hautfalte über der winzigen Steckdosennase, das Schnäuzchen mürrisch, obwohl der Schwanz freudig wackelte. Als Irma sein schokoladenfarbenes Fell streichelte, gefiel ihr das mindestens genauso gut wie dem Hund.

»Lass di net einhaare«, sagte Katz. »Hoffentlich hot mei Oma ihn abgsaugt.«

Irma sah ungläubig hoch. »Abgesaugt? Mit dem Staubsauger? Das lässt er sich gefallen?«

»Von meiner Oma lässt er sich alles gfallen. Er liebt se, und sie liebt ihn. Alle Möps haaret wie d' Sau.«

Nutella streckte sich aus und bettete seinen Kopf zwischen die Pfoten. Seine Knopfaugen schlossen sich und er begann zu schnarchen.

»Ich wusste gar nicht, dass ihr einen Hund habt«, sagte Irma.

»Des ischt a Sege für mei Oma. Sonst tät se gar nemme auf de Straß gehe. Beide sind zwar net sehr sportlich, ganget aber gern spaziere.«

»Das ist gut«, sagte Irma. »Möpse werden dick, wenn sie zu wenig Bewegung haben.«

»Du verstehscht ja ebbes von Hond«, stellte Katz fest.

»Bevor ich nach Stuttgart gezogen bin, habe ich jahrelang den Hund meiner Nachbarin ausgeführt. Er hieß Bismarck und war ein Schäferhund mit Dackelbeinen.«

»Dann könnet Se ja au dr Nutella mol ausfiehre!?«, kam eine Stimme von der Küchentür.

»Gern«, sagte Irma, ging Frau Katz entgegen und schüttelte ihr die Hand. »Danke für die Einladung.«

Oma Katz nahm in der Haltung eines Infanteristen, der einen Orden überreicht bekommt, das Alpenveilchen entgegen und gurrte: »Des wär aber net needich gwäh.«

Die hünenhafte Oma stand in seltsamem Kontrast zu der Gutbürgerlichkeit ihrer Wohnung. Sie trug eine mit bunten Haarklammern aufgesteckte Hochfrisur, schwarzglänzend und offensichtlich frisch gefärbt. Ihr Gesicht lag unter einer Make-up-Schicht, die nur unwesentlich die Falten kaschierte. Der knallrote Lippenstift war ein bisschen verrutscht. Sie schälte sich aus ihrer geblümten Kittelschürze und strich sich eine fliederfarbene Rüschenbluse über dem nicht vorhandenen Busen glatt. Ihre Beine steckten in orientalisch anmutenden Pumphosen, die Füße in Filzpantoffeln.

Irma hatte immer angenommen, Katz bekäme seine Bügelfaltenhosen und kleinkarierten Hemden von der Oma aufgezwungen – aber so cool, wie die Alte selbst aufgetakelt war, musste Irma nun annehmen, dass er sein Outfit freiwillig auswählte. Oder war das vielleicht ganz anders? War seine biedere Aufmachung eine Trotzreaktion gegen die Staffage seiner Oma?

Inzwischen war Oma Katz wieder in der Küche verschwunden.

Als ob Katz Irmas Gedanken gelesen hätte, sagte er: »Mei Oma war früher Statistin an der Oper, wahrscheinlich hot se deswega dr Drang, sich aufzubretzle. I kenn se net anders.«

Aus der Küche drang ein gebieterisches: »Steffen, kannsch auftrage.«

»Setz dich schon mal«, sagte er und ging in die Küche. Gleich danach tauchte Oma Katz mit einer Weinflasche auf, und Katz folgte mit der Terrine, in der schwäbische Maultaschen in der Brühe schwammen. Er platzierte die Terrine vorsichtig in die Tischmitte auf ein Rechaud, dann füllte er die Viertelesgläser mit Trollinger. Die Oma hob ihr Glas, rief »Proscht« und murmelte nach dem ersten Schluck: »Der Schwaben liebschter Tropfa! – Ond jetzt lasset eich's schmecke!«

Irma meinte, noch nie so gute Maultaschen gegessen zu haben. Das versicherte sie auch Frau Katz und ließ sich gern einen Nachschlag geben. Nutella saß seit Beginn der Mahlzeit neben Omas Stuhl und meckerte, fiepste und schimpfte, bis sie ihm hin und wieder ein Maultaschenzipfelchen hinhielt.

»Nutella hat wirklich ein erstaunliches Stimmrepertoire«, stellte Irma fest.

»Typisch Mops«, sagte Katz. »Mei Oma behauptet, er kann sogar Mama sage. Ond i wett, Möps hen's Betteln erfunde.«

Oma Katz hielt sich an den Wein. Irma wunderte sich, dass sie so viel vertragen konnte. Na ja, vertragen? Irgendwann nach dem dritten oder vierten Glas versuchte sie, Irma die Gefahren einer Ehe zu verklickern: »Wenn de Frauen verheiratet send, verdufte meischt d' Männer«, oder: »Ehe werdet em Hemmel gschlosse – deswega fallet nachher manche aus älle Wolka.«

Irma merkte belustigt, dass sie hier nicht als die Kollegin des Enkels, sondern als seine neue Flamme eingestuft wurde.

Nachdem sie dieses Missverständnis mit wohlgesetzten Worten aus der Welt geräumt hatte, entspannte sich Oma Katz, und die Gespräche nahmen ungezwungenen Charakter an. Das Geplänkel über Wetterlage, Omas Hühneraugen und Opernpremieren, die dreißig Jahre zurücklagen, ging Katz und Nutella nach einer Stunde auf den Keks. Also klinkte Katz sich aus und Nutella bezog Stellung vor der Tür und jaulte leise eine Mops-Arie vor sich hin.

»I gang no gschwend mit 'm Hund naus«, sagte Steffen. »Kommsch mit, Irma?«

»Gute Idee. Nach dem leckeren Essen wird mir ein Spaziergang guttun.«

Sie überquerten die Sickstraße und kamen ins Grüne. Katz erklärte, das sei das östliche Ende des Parks, der zur Villa Berg gehöre. Wenn man den Weg rechts hinauf nehmen würde, käme man direkt zu der Villa. Und wenn man den Park auf der linken Seite zügig umrunde, sei man in einer Viertelstunde bei dem Steg, unter dem vor einer Woche der tote Bäumle gelegen habe.

Sie brauchten sich nicht auf einen bestimmten Weg zu einigen, denn Nutella entschied die Richtung. Er zog die beiden geradeaus und dann links in den Wald. »Des isch sei Runde«, sagte Katz. »Die lauft 'r mittags mit meiner Oma.«

Irma und Katz gingen langsam. Sie warteten geduldig, wenn Nutella an seinen Lieblingsbäumen das Bein hob, und schwiegen sich an wie ein Ehepaar, das sich nichts mehr zu sagen hat.

Irma fand die ersten Worte: »Du hast es nicht leicht mit deiner Oma. Macht sie immer solche Sprüche, wenn du eine Freundin mitbringst?«

»Damit hot se mer bisher jede vergrault.« Katz erzählte Irma, dass er bei seiner Großmutter lebe, seit er mit fünf Jahren seine Eltern verloren habe. »Mei Oma will net akzeptiere, dass i erwachse gworde ben. Wenn i nur andeut, dass i gern a eigne Familie hätt, bekommt sie verwirrte Angstzuständ.«

»Ich bewundere dich, wie du das aushältst«, sagte Irma.

»Was bleibt mer weiter iebrich«, seufzte Katz. »Sie hot sich früher um mi gekümmert und jetzt, wo se alt wird, kann i se net alloi lasse.«

»Nein«, sagte Irma, »das kannst du nicht.«

Bevor Katz mit Nutella nach Hause ging, brachte er Irma zur Straßenbahnhaltestelle am Bergfriedhof.

An diesem Abend hatte Irma ihren Kollegen Steffen Katz, den sie manchmal nicht ganz ernst genommen hatte, von einer ganz neuen Seite kennengelernt und mordsmäßigen Respekt vor ihm bekommen. Gegen diese Oma ist ja Mama direkt pflegeleicht, dachte sie. Am Abend nach dem Besuch bei Katz rief Irma ihre Mutter an und nagelte sie für einen Weihnachtsbesuch nach Stuttgart fest. »Ich schick dir das Fahrgeld«, sagte Irma. – »Ja, ich freu mich auch!«

Das war schon fast ein Friedensschluss, zumindest aber ein Waffenstillstand.

Sieben

Dienstag, 15. Dezember

Helene Ranberg geriet über die Nachricht, die Reise könne nun doch stattfinden, vor Glück völlig aus dem Häuschen. »Ich könnte Ihren Hauptkommissar umarmen und abküssen!«, sagte sie am Telefon. »Oh bitte, Irma, tun Sie das für mich. Versichern Sie ihm, dass ich ihn von Stund an in mein Nachtgebet einschließen werde.«

Irma kicherte. »Umarmen und küssen müssen Sie ihn selbst, aber das mit dem Beten richte ich ihm gern aus. Das kann ihm bestimmt nicht schaden.«

In der Nacht hatte es Frost gegeben. Irma stapfte mit ihrem Tramp-Rucksack über den Killesberg. Verpackt in knöchelhohe Lederturnschuhe und Daunenanorak schien ihr Ägypten noch weiter weg zu sein, als es sowieso schon war. Der Park war ein Wintermärchen aus Raureif. Auf Mauern und Zäunen hockten flache Häubchen. Jedes Zweiglein trug behutsam weiß. Irma gefiel das so gut, dass sie am liebsten laut gesungen hätte. Sie verkniff es sich, weil sie die unwirkliche Stille um sich her nicht stören wollte. Auch im Tal am Pragsattel herrschte ungewohnte Ruhe. Da die wenigen Autos Schritttempo fuhren, vermutete Irma, dass die Straßen vereist waren. Über dem Polizeipräsidium tauchten die Weinberge aus der Morgendämmerung auf. Sie schliefen unter Häkelspitzen aus Reifkristallen.

Ab Pragsattel fuhr Irma mit der U 15 bis zur Mittnachtstraße, wo Helene in Festtagslaune zustieg. Irma half ihr, den Koffer, der durch Größe und Gewicht auf eine vierwöchige Nordpolreise schließen ließ, in die Bahn zu hieven.

Am Hauptbahnhof nahmen sie die nächste S-Bahn Richtung Echterdingen. Helene guckte die ganze Fahrt über schweigsam und mit verklärter Miene vor sich hin.

Doch am Flugplatz wurde sie überdreht und aufgeregt. »Meine Güte, Irma, ich hätte sicher schon beim Einchecken, oder wie das heißt, versagt. Wo müssen wir nun hin? Was ist denn ein Check-in? Und was ist ein Gate? Gott, bin ich froh, dass Sie mich begleiten!«

Irma lachte. »Und ich bin froh, mich wenigstens nützlich machen zu können. So eine Einladung bekomme ich nicht jeden Tag.«

Das Flugzeug hob pünktlich ab. Nachdem es die Wolken, die über Deutschland hingen, hinter sich gelassen hatte, herrschte klare Sicht.

Helenes Nase klebte am Fenster und sie kommentierte hell begeistert, was sie unten sah: Die Alpen. Die Adria. Athen. Die griechischen Inseln. Alexandria mit dem Nildelta. Kairo. Der Nil! Zwischen bernsteinfarbenen Wüsten wand sich ein blaues Band durch Palmenwälder und Felder. Irma unterdrückte einen Jubelschrei.

Nach dreieinhalb Stunden landete die Lufthansa-Boeing in Luxor. Als sie die Gangway hinunterstiegen, empfing sie ein trockener Wind wie ein warmer Fön. Er ließ Irmas Haarmähne zu Berge stehen und zerzauste Helenes weiße Löckchen.

Die stickige Abfertigungshalle wimmelte von Menschen, die zäh durch die Passkontrolle geschleust wurden. Endlich kam das Gepäck und Irma wuchtete Helenes Koffer, der wirklich verflixt schwer war, auf ein Transportwägelchen. Vor dem Abfertigungsgebäude erwartete sie der Reiseführer Ismail. Er lotste sie zu einem Bus, der schon fast voll besetzt war. Nachdem Ismail seine Reisenden begrüßt und durchgezählt hatte, sagte er den Satz, den sie ab jetzt jeden Tag mehrmals von ihm hören sollten: »Hat man eine Frage oder fällt noch was ein?« Da keiner was fragte und auch niemandem was einfiel, fuhr der Bus los – Richtung Luxor! Gegen elf Uhr gingen Irma und Helene mit ihrer Reisegesellschaft an Bord eines Nilschiffes. Es lag wie ein großes weißes Haus gegenüber dem Luxor-Tempel vor Anker.

Helene entschuldigte sich, weil sie nur noch Kabinen auf dem unteren Deck bekommen hatte. Doch wie sich herausstellte, war das im Moment völlig egal, weil das Schiff nur etwa fünfzig Zentimeter vom danebenliegenden entfernt lag. Irma zog enttäuscht die schweren Vorhänge wieder vors Fenster und knipste alle Lampen an. Die Kabine war mindestens so groß wie ein Doppelzimmer eines Mittelklassehotels. Französisches Bett. Vor dem Fenster ein runder Tisch mit zwei Sesseln. Einbauschrank. Schreibtisch. Bad sogar mit Wanne – alles bestens. Irma packte aus, verstaute ihre Siebensachen im Schrank und ging ins Bad. Unter der Dusche dachte sie, wie ungeheuer praktisch es doch war, mit dem Schiff von einer Sehenswürdigkeit zur anderen gebracht zu werden, weil das Hotel sozusagen mitfuhr und man nicht jeden Tag neu die Koffer packen und mit Bahn, Bus oder Auto weiterfahren musste.

Zehn Minuten später war sie bereit, sich in Spagettiträger-Top, Bermuda-Jeans und Sandalen der nordafrikanischen Klimazone zu stellen. Als sie die Kabine verlassen wollte, um Helene abzuholen, kam diese in langen Hosen und Rollkragenpullover hereingeplatzt und verkündete empört, in ihrer Kabine sei es saukalt. »Ist das normal auf einem Schiff: arktische Kälte und dazu schon mittags stockdunkle Nacht vor dem Fenster?«

»Es wird hell werden, sobald das Schiff ablegt«, sagte Irma beschwichtigend. Sie begleitete die aufgeregte Helene in die Nebenkabine, regulierte dort die Klimaanlage und überredete Helene, sich aus ihrem Wollpullover zu schälen und eine leichte Bluse anzuziehen.

Als Helene umgezogen war und ihre Schuhe suchte, fand sie die Schwimmweste unterm Bett und bestand darauf, sie anzuprobieren. »Man muss doch wissen, ob einem das Teil passt!« Sie drehte sich vor dem großen Schrankspiegel und knurrte: »In dem Ding sehe ich kleiner und dicker aus, als ich bin. Und so ein aufdringliches Orange tragen doch nur die Männer von der Müllabfuhr.«

Irma verkniff sich das Lachen und erklärte ernsthaft: »Das ist eine Signalfarbe, Helene. Wenn Sie als Schiffsbrüchige damit auf dem Wasser treiben, werden Sie leichter gefunden.«

Helenes Stiefmütterchengesicht wurde bleich und welkte: »Kann das Schiff untergehen? So wie die Titanic?«

»Untergehen kann jedes Schiff«, Irma musste nun doch grinsen. »Aber machen Sie sich keine Sorgen, Helene, es ist unwahrscheinlich, auf dem Nil einen Eisberg zu rammen. Sie können die Weste ganz beruhigt wieder ausziehen. Wir müssen jetzt los, sonst kommen wir zu spät zum Dinner.«

»Dinner«, sagte Helene ehrfurchtsvoll, schlüpfte aus der Weste und sah an sich herunter. »Meinen Sie, Irma, ich bin für ein Dinner elegant genug angezogen?«

»Natürlich«, sagte Irma. »Weißer Plisseerock und Blümchenbluse passen immer.«

Auch der Speisesaal lag hinter zugezogenen Vorhängen, war aber durch ein Dutzend Kronleuchter bis in die letzte Ecke lichtdurchflutet. Beim Anblick des gigantischen Buffets vergaß Helene die verhängten Fenster und sie flüsterte ergriffen: »Du meine Güte, Irma. Wie auf dem Traumschiff!«

Ein befrackter Kellner wies ihnen zwei gegenüberliegende Plätze am Ende einer Tafel zu, an der die TUI-Reisegruppe aus Stuttgart bereits vollständig versammelt saß. Man war dabei, sich gegenseitig bekannt zu machen. Es schwäbelte in allen Tonarten.

Neben Irma saß ein ungleiches Paar. Irma schätzte den Mann, der sich nun höflich vom Stuhl hochschraubte, auf etwa fünfzig. Seine gute Figur wurde nur durch einen leichten Bauchansatz ein wenig in Frage gestellt. Mit gewinnendem Lächeln gab er Frau Ranberg und Irma eine sanfte Hand, verbeugte sich wie ein Schulbub und sagte mit angenehmer Baritonstimme: »Engler.«

Die Frau neben ihm glich in ihrem Glitzerkleidchen einer Barbiepuppe. Sie ergänzte: »Dr. Markus Engler, Oberstudienrat für Geschichte am Stuttgarter Daimler-Gymnasium.«

Engler strich sich mit einer müden Bewegung sein volles, leicht ergrautes Haar zurück, legte seine sanfte Hand auf die Schulter der Barbiepuppe und sagte: »Meine Frau.«

Irma und Helene empfingen schnell nacheinander ein lasches Händchen und jede ein geflötetes »Hi.«

Irma sagte: »Eichhorn.« Und Helene sagte: »Ranberg. Wir kommen auch aus Stuttgart.«

Nachdem Irma und Helene Platz genommen hatten, fragte Herr Engler: »Ranberg? Sind Sie verwandt mit diesem Ranberg, der im Frühjahr in seiner Villa ermordet worden ist? Davon haben Sie sicher gehört? Das war doch Stadtgespräch in Stuttgart.«

Irma atmete auf, als Helene sagte: »Keine Ahnung. Ranbergs gibt es viele.«

Die Dame, die Irma gegenübersaß, stellte sich nicht mit vollem Namen vor, sondern gurrte mit verbindlichem Händedruck: »Sie dürfen mich gern Doro nennen. Wo wir doch für eine Weile im gleichen Boot sitzen und alle aus Stuttgart kommen, fände ich einen familiären Ton nett. Oder?«

Irma nickte ihr und auch den zunächst sitzenden Reisegefährten zu: »Ich heiße Irma und das ist meine Tante Helene.«

Die Barbiepuppe tastete prüfend über ihren platinblonden Bobschnitt und lispelte: »Ich bin die Sylvia!«

Wenn man derart mit der Zunge anstößt, dachte Irma, sollte man lieber nicht Sylvia heißen.

Die Dame, die sich Doro nannte, plauderte locker drauflos und berichtete, sie und das Ehepaar Engler hätten schon eine Woche am Roten Meer verbracht und im gleichen Hotel gewohnt. Sylvia ergänzte diese Information: »Wir haben uns in Sharm el Sheikh im Palasthotel Pharaonen-Club kennengelernt.«

Irma presste die Lippen aufeinander und dachte: Wenn sie noch einmal Sharm el Sheikh lispelt, pruste ich los!

»Haben Sie die Korallenbänke gesehen?«, fragte Helene.

»Getaucht sind wir nicht«, sagte Markus Engler. »Ich habe in den acht Tagen auf der faulen Haut gelegen, und die Damen haben die Wellness-Angebote des Hotels ausgenützt.«

»All inclusive«, schwärmte Sylvia.

»Im Pharaonen-Club haben wir Luxus pur genossen«, gurrte Doro. »Spezialitäten-Restaurants. Gala-Souper im Garten unter Palmen bei Kerzenlicht und Mondschein. Einfach traumhaft!«

Helene erkundigte sich, ob man im Roten Meer gut schwimmen konnte.

Doro räkelte sich. »Den Strand und das Meer haben wir eigentlich nur als Kulisse genutzt. Die meiste Zeit haben wir am Pool verbracht und uns von rassigen Araberboys mit Drinks und kleinen Leckereien verwöhnen lassen.« Sie ließ ihre Zunge über die Oberlippe flitzen. »Die Jungs haben uns sogar eingecremt.«

»Man sieht's«, sagte Helene. »Sie sind knusperbraun geworden.«

Das traf nur für Doro zu. Dr. Markus Engler hatte Reste eines Sonnenbrandes auf dem Nasenrücken und Sylvias Oberarme waren mit Hitzebläschen übersät. Doros Haut dagegen schimmerte wie goldbrauner Waldhonig.

Neben Doro saß ein bleicher Jüngling in senffarbener Safarikluft. Zwanzig Jahre, schätzte Irma, oder noch darunter. Sein blonder Bürstenhaarschnitt erinnerte an ein Weizenstoppelfeld und seine hellblauen Augen an einen Fisch, der mehr staunend denn angstvoll an der Angel zappelt. Der junge Mann stellte sich als Senmut Herzig vor. Er erzählte eifrig, er studiere in Heidelberg Ägyptologie und Philosophie. »Ersteres bin ich meinem Vornamen schuldig. Der Ägypter Senmut war Baumeister und Geliebter der Pharaonin Hatschepsut, Tochter des Thutmosis I., 18. Dynastie.«

Irma entging nicht, dass Senmut es genoss, neben Doro zu sitzen. Er himmelte sie hingegeben und, wie er wahrscheinlich meinte, unauffällig an. Schmachtende Blicke, die

Doro völlig ignorierte, weil sie ihrerseits damit beschäftigt war, dem sanften Engler schöne Augen zu machen. Irma schätzte Doro auf etwa vierzig und beobachtete fasziniert, wie sie ihren etwas zu fülligen, aber ansehnlichen Körper präsentierte: Von ihrer samtenen Honighaut, die verschwenderisch mit Goldschmuck behängt war, ließ sie großzügige Details sehen. Unbestritten wirkungsvoll war auch die anmutige Geste, mit der sie ab und zu ihre Zigeunerlocken in den Nacken warf. Ihre dunklen Augen konnten feurig oder verträumt blicken. Unter einer etwas zu fleischigen Nase arbeiteten sinnliche Lippen, wurden von einer hurtigen Zunge befeuchtet und verzogen sich mit und ohne Grund zu einem Lachen, das ansteckend war. Alle am Tisch sahen hingerissen zu Doro, wenn ihre schmeichelnde Altstimme in gurrendes Glucksen ausbrach und sich in helles Jubelstakkato steigerte. Trotz ihrer barocken Form bewegte sie sich elegant und schwungvoll. Wenn sie auf hochhackigen Sandaletten zum Buffet stöckelte, verfolgten sie begehrlich-lüsterne Männerblicke.

Inzwischen herrschte kollektive gefräßige Stille am Tisch. Ab und zu war ein »Prost« zu vernehmen, wenn jemand sein Bierglas hob. Jeder schlemmte eifrig, um seinen überladenen Teller anstandshalber wenigstens teilweise zu leeren und sich die nächste Portion holen zu können. Irma und Helene bildeten da keine Ausnahme. »Der Schiffskoch ist ein Fünf-Sterne-Profi«, schwärmte Helene.

Während des Desserts, wahlweise Vanilleeis mit Erdbeeren, x verschiedene Torten und exotische Früchte, kam Ismail, der gemeinsam mit den anderen Reiseleitern in der hintersten Ecke des Saals gegessen hatte, an den Tisch und lud zu einer Vorstellungsrunde in die Bar ein.

Die Bar lag auf dem ersten Oberdeck. Während Helene lässig wie die Queen, die zum Staatsempfang unterwegs ist, über die geschwungene, teppichbelegte Treppe emporstieg, ließ sie das hochpolierte Messinggeländer durch die Finger gleiten und hauchte: »Echte Schloss-Atmosphäre!«

Die Bar war eine weitläufige Gruft, niedrig und duster. Die Fenster, hinter denen der Blaue Nil, Palmen und Tempel lagen, waren auch hier mit dicken Vorhängen verhüllt.

Von den vierzehn Personen der Reisegruppe fand sich gerade mal die Hälfte ein. Ismail komplimentierte sie in eine der Nischen mit ominösen Plüschsesseln vor winzigen Glastischen, auf denen gelbgrünliche Welcome-Drinks platziert waren.

Nachdem Ismail das Reiseprogramm erläutert hatte, fragte er: »Hat man eine Frage oder fällt noch was ein?« und bat, ohne auf eine Antwort zu warten, die Anwesenden, sich nun miteinander bekannt zu machen.

Es folgten mehr oder weniger ausführliche Lebensbeichten. Sylvia lispelte, sie sei Mannequin und wolle demnächst Modedesignerin studieren, was Irma für eine glatte Lüge hielt. Irma log aber ebenfalls, behauptete, als Verkäuferin bei Breuninger zu arbeiten und ergänzte: »Exquisit. Herrenunterwäsche.« Helene gab als Beruf Rentnerin an. Senmut kratzte verlegen sein Weizenstoppelfeld und nuschelte was von Studienreise.

Ein älteres händchenhaltendes Ehepaar bezeichnete sich als Pensionäre auf Goldener Hochzeitsreise. Der andere Opa, Fritz Staps, war mit seiner Tochter Annette unterwegs. Wenn Annele, wie er sie nannte, nicht gerade an den Fingernägeln kaute, gähnte sie. Die Reise war zur Feier der Geschäftsübergabe des traditionellen Beerdigungsinstituts Staps & Co. an die nächste Generation, nämlich an die Tochter Annele, angetreten worden.

Helene raunte Irma zu, dass Anneles wehmütig blickende graue Augen in diesem Beruf geschäftsfördernd seien. Irma raunte zurück, dass der sanfte Herr Oberstudienrat durch Abwesenheit glänze und auch die schöne Doro fehle. »Ich hätte gern erfahren, wie sie mit Nachnamen heißt und was sie von Beruf ist.«

»Muss gut verdienen, wenn sie sich so eine Reise leisten kann«, spekulierte Helene.

Irma sagte: »Ich überlege die ganze Zeit, wo ich dieses Lächeln, das sie draufhat, schon einmal gesehen habe.«

»Ganz einfach«, sagte Helene. »So lächelt Christine.«

»Ich kenn keine Christine.«

»Christine Neubauer, die Schauspielerin«, sagte Helene.

Als Irma und Helene endlich aufs Sonnendeck kamen, grillte sich der jüngere Teil ihrer Reisegruppe bereits in Badehosen und Bikinis auf den Liegen, die dicht an dicht in Reih und Glied die Mitte des Decks ausfüllten. Irma und Helene steuerten einen der Sitzplätze aus Korbmöbeln an, die unter Sonnenschirmen an der Reling standen.

»Oh! Endlich Urlaub«, jubelte Irma und lehnte sich ans Geländer.

Helene ließ sich in eins der Sesselchen fallen, bettete ihre Beine auf ein zweites und stieß eine Serie von Glücksseufzern aus. Sie wühlte in ihrer großen Handtasche und hielt Irma einen Fotoapparat unter die Nase: »Nun schauen und staunen Sie, was ich mir geleistet habe, Irma! Universeller Weitwinkel, 18-fach Superzoom, intelligente Automatik! Jetzt werde ich dieses Wunderwerk der Technik einweihen!« Helene erhob sich und hielt ihren Apparat den Säulenreihen des Luxor-Tempels entgegen. Nachdem sie mindestens ein Dutzend Mal den Auslöser gedrückt hatte, besah sie sich die Fotos auf der kleinen Mattscheibe und ließ sich hochbefriedigt zurück in ihren Korbsessel sinken.

Der Tempel lag nur durch einen schmalen Uferstreifen und die Straße vom Schiff getrennt und blickte mit 3000-jähriger Gelassenheit auf die wuselnden Menschenmassen und die Autos und Busse, zwischen denen magere Araberpferdchen trabten und bunte Kutschen mit lärmenden Touristen zogen. Peitschenknallen. Pausenloses Klick-klack der Hufe auf Asphalt. Autohupen. Flimmernde Luft.

»Wollen wir heute Abend mit so einer Kutsche fahren?«, fragte Helene. »Es sieht sehr lustig aus.«

Helenes Begeisterung wurde von einer Stimme unterbrochen, streng und trotzdem unsicher: »Sehen Sie nicht, wie furchtbar sich die Tiere plagen müssen? Ich habe gezählt, jedes fünfte Pferdchen lahmt.«

Irma zuckte die Schultern. »Im Reiseführer steht, diese Kutschfahrten sind oft der einzige Verdienst, den die Leute hier haben. So ein Gespann muss ganze Familien ernähren.«

»Ja, richtig«, sagte Senmut Herzig und drückte empört seine hübschen blauen Fischaugen raus. »Die Ägypter leben von den Touristen. Sie fahren die Fremden in Kutschen spazieren, putzen ihre Schuhe, tragen ihre Koffer und schicken ihre Kinder auf die Straßen, damit sie Souvenirs verkaufen. Kleine Jungen verdingen sich für einen Bettellohn als Kabinenboys oder Küchenhilfen auf solchen Luxuslinern wie unserem. Das große Geld machen die, denen diese Schiffe, die Busse und Hotels gehören. Das Volk ist immer noch genauso bitterarm wie früher, als es für die Pharaonen die Pyramiden, Tempel und Paläste bauen musste.«

»Natürlich haben Sie recht«, sagte Irma. »Aber wir können nichts tun, außer ihnen großzügig Bakschisch zu geben. Wenn wir nicht hier wären, ginge es ihnen noch schlechter.«

Helene musterte Senmut böse: »Wollen Sie uns unseren erhebenden Zeitvertreib, unter ägyptischer Sonne den Luxor-Tempel zu bewundern, verderben, junger Mann? Wieso sind Sie auf dem Schiff, wenn Sie eine solche Reise für niederträchtig halten?«

»Entschuldigung«, sagte Senmut erschreckt, »aber das musste mal gesagt werden. Ich habe die sozialen Strukturen Ägyptens studiert und hielt manches für übertrieben. Nun, da ich hier bin, macht mich der Anblick dieser Zustände betroffen.«

»Dann geben Sie nächstens Ihr Geld für die Armen aus und gondeln nicht als Tourist in solchen Ländern herum. In Ihrem Alter hätte ich mir derartige Extravaganzen gar nicht leisten können«, giftete Helene.

»Ich habe die Reise als Preis für eine Studienarbeit über die Pharaonin Hatschepsut gewonnen. Ich bin sozusagen dienstlich hier«, verteidigte sich Senmut Herzig. Er zeigte über den Nil zu dem palmenbestandenen Ufer, hinter dem in der Ferne kahle zimtfarbene Felswände aufstiegen. »Zwischen diesen Bergen liegt das Tal der Könige. Südlich davon im Tal der Königinnen hat vor über 3000 Jahren der Architekt Senmut für Hatschepsut den Totentempel gebaut. Morgen wird uns Ismail hinführen.«

»Ja, weiß schon«, knurrte Helene. »Morgen in aller Herrgottsfrühe. Dass ich im Urlaub um fünf Uhr aufstehen muss, hatte ich mir eigentlich nicht erträumt.«

»Ismail sagt, über die Mittagszeit kann es heiß werden«, lenkte Irma ein. »Wir werden zeitig schlafen gehen, damit wir morgen früh fit sind.«

»Das Kutschenfahren ist mir vergangen«, sagte Helene. »Aber ich will nach dem Abendbrot den Mond über dem Nil aufgehen sehen.«

Irma lachte. »Gut, da bin ich dabei!« Sie blickte sich um. »Wo ist denn unser herziger Senmut abgeblieben? Der hat sich doch tatsächlich klammheimlich verdrückt.«

»Komischer Kauz, der Kleine«, sagte Helene.

Irmas Frage: »Machen wir einen kleinen Rundgang über unser Promenadendeck?« wurde von den Rufen: »Teatime! Teatime! Teeeatiiime!«, die von der Bar übers Sonnendeck schallten, übertönt.

»Promenieren Sie mal ohne mich«, sagte Helene. »Ich sorge inzwischen für unser englisches Teestündchen.«

Als Irma nach der Umrundung des Sonnendecks zurückkam, wartete Helene schon mit Tee und Gebäck auf sie.

»Super«, sagte Irma. »Wieso habe ich schon wieder Hunger?«

»Das ist die Luftveränderung.« Helene schob ihr den Teller mit den Butterhörnchen hin. »Haben Sie auf Ihrem Spaziergang jemanden von unsrer Reisegruppe getroffen?«

»Der sanfte Oberstudienrat liegt zwischen seiner Gattin und Doro am Pool. Das goldene Hochzeitspaar spielt Sechsundsechzig. Er schimpft die ganze Zeit. Die Temperaturen sind ihm zu hoch, das Essen zu fett und seine Frau zu mager.«

Helene schüttelte ihr weißes Lockenhaupt. »Ich habe ihn bisher nur meckern hören. Es ist mir ein Rätsel, wie es die Frau fünfzig Jahre lang mit so einem Bruddler ausgehalten hat. Wie heißen die noch gleich?«

»Das hab ich auch vergessen.«

»Dann taufe ich ihn jetzt Opa den Bruddler!«, sagte Helene. »Und was macht die Jugend?«

»Die schlafen und werden mit verbrannter Haut aufwachen, weil die Sonne inzwischen unter jedes Schattensegel sticht.«

»Im Grunde sind doch alle Traumschiff-Passagiere sehr nett und entspannt«, beschied Helene und knabberte zufrieden am Teegebäck.

»Mag sein«, sagte Irma. »Nur der Beerdigungsinstitutsmensch wirkt alles andere als entspannt. Er ist ständig unterwegs und mir vier oder fünf Mal über den Weg gerannt. Er scheint der Ansicht zu sein, auf einem Kreuzfahrtschiff müsse man unentwegt hin und her kreuzen.«

»Ich schlage vor, ihn Opa den Hippeligen zu nennen.«

»Meinetwegen.« Irma gähnte. »Sein Annele ist die Ruhe selbst, es schläft.«

»Braves Kind«, sagte Helene. »Haben Sie auch den kleinen neunmalklugen Senmut getroffen?«

»Der sitzt hinten am Bug und kritzelt wie wild in ein dickes Schulheft. Ich dachte, er führt Reisetagebuch, aber er sagte, es sei Lyrik. Hat mir gleich den Anfang seines Gedichtes vorgelesen: Im Land der Pharaonen stehen Säulen und Pylonen ... und dann fragt er mich, was sich auf Nil reimt. Da hab ich die Flucht ergriffen.«

»Nil?«, sagte Helene versonnen. »Krokodil. Automobil. Konzil. Senil. Sexappeal ... Da kommt Doro mit dem sanften Oberstudienrat!«

Weil Irma mit dem Rücken zum aktuellen Bordgeschehen saß, gab Helene weitere Informationen: »Wo er wohl seine Barbiepuppe abgehängt hat? Also, diese Doro präsentiert sich von den lackierten Fußnägeln bis zu den glänzenden Haarspitzen außerordentlich gepflegt. Wie sie ihre weibliche Üppigkeit kleidsam zu umhüllen weiß! Sie hat jetzt etwas weißes Fließendes an. Mit Wahnsinns-Dekolletee, versteht sich. Jetzt legt der Oberstudienrat seine Hand auf ihren Schokoladenarm. Sie gehen an die Bar.«

»Ach ja«, sagte Irma und machte sich nicht die Mühe hinzusehen. Sie trank ihren Tee aus, gähnte und schlug vor, in die Kabinen zu gehen und ein bisschen zu schlafen.

»Da haben Sie recht«, stimmte Helene zu. »Schließlich sind wir seit sechs Uhr unterwegs, und morgen sollen wir schon um fünf aus den Federn.«

Irma wurstelte ihre Haarmähne zusammen, steckte sie auf dem Hinterkopf fest und stand auf. »Wir müssen uns erst allmählich von minus 5 Grad auf plus 25 gewöhnen.«

»Ich finde es nicht zu heiß«, sagte Helene. »Ich hab in Ägypten mindestens 40 Grad erwartet.«

»So heiß wird es nur in den Sommermonaten. Aber ich habe gehört, selbst da spürt man die Hitze nicht so wie bei uns. Es liegt an der trockenen Wüstenluft.«

Helene breitete die Arme aus. »Es weht ständig ein Windhauch durchs Niltal. Ein Wind wie Samt und Seide. Er liebkost die Haut wie zärtliche Fingerspitzen oder weiche Lippen.«

»Oha«, sagte Irma. »Sie sollten Senmut beim Dichten helfen.«

Helene lächelte geschmeichelt. »Ich war schon immer ein romantischer Typ, konnte es nur nie ausleben. Holen Sie mich zum Abendessen ab?«

»Gern«, sagte Irma.

* * *

An dem Morgen, an dem Irma Eichhorn und Helene Ranberg nach Ägypten abgereist waren, platzte gegen zehn Uhr eine aufgeregte Frau ins Präsidium herein und verlangte jemanden zu sprechen, der für den Mord am Riesling-Steg zuständig sei. Sie stellte sich bei Schmoll mit Regina Schwarz vor und sagte, sie habe sachdienliche Mitteilungen zu machen.

»Na dann setzen Sie sich mal und teilen mit«, forderte Schmoll sie auf.

Frau Schwarz holte eine flache Hustenbonbondose aus ihrer Tasche und legte sie mit wichtiger Miene vor Schmoll und Katz auf den Schreibtisch.

»Was sollen wir mit den Bonbons?«, fragte Schmoll irritiert.

Doch da hatte Katz schon den Deckel geöffnet und sagte: »A Armreif uff Watte! Was isch mit dem?«

Frau Schwarz straffte sich. »An dem Tag, als die Leiche am Riesling-Steg gefunden worden ist, habe ich diesen Armreif auf dem Parkplatz am Berger Bad gefunden.«

»Aha«, sagte Schmoll. »Können Sie diesen Vorgang etwas genauer beschreiben?«

»Ich kam von der Straßenbahn. Es war kurz vor sechs Uhr und ich hatte Frühdienst. In der Herren-Sauna. Ich bin dort Raumpflegerin und zuständig für die Aufgüsse.«

»Ond da habet Se vorher no schnell dr Parkplatz nach Schmuckstücke abgsucht?«, sagte Katz und grinste spöttisch.

»Den Armreif habe ich nur bemerkt, weil die Steine im Schein eines Autoscheinwerfers aufgeblitzt sind. Echte Diamanten, hat meine Tochter gesagt.«

»Woraus schließt Ihre Tochter, dass es echte Steine sind?«, fragte Schmoll. »Glassteine funkeln doch auch.«

»Susanne hat Fachkenntnisse«, erklärte Frau Schwarz. »Sie arbeitet in der Schmuckabteilung im Kaufhof. Ihr war sofort klar, dass es sich um eine Kostbarkeit handelt. 585er Gold, hat sie gesagt, und echte Diamanten!«

Schmoll beugte sich vor und betrachtete den massiven Goldreif in der mit Verbandswatte ausgelegten Bonbondose und brummte: »Es ist eine Schlange!«

»Ja. Die grünen Augen sind Turmaline. Es ist ein seltenes, wertvolles Stück! Das Sicherheitskettchen ist zerrissen«, erläuterte Frau Schwarz.

»Und wieso kommen Sie erst nach einer Woche mit dem Fundstück zu uns, wenn Sie glauben, es hat etwas mit dem Mord zu tun?«

»Ich hab erst gestern in der Zeitung gelesen, dass die Polizei eine Belohnung für sachdienliche Hinweise zum Mord am Riesling-Steg ausgeschrieben hat. 1000 Euro, nicht wahr? Da habe ich gedacht, ein ungewöhnliches Fundstück in der Nähe des Tatorts ist ein sachdienlicher Hinweis. Bekomme ich die Belohnung?«

»Selbstverständlich«, sagte Schmoll. »Allerdings nur, falls das Armband wirklich etwas mit dem Mord zu tun hat. Als Erstes müssen wir herausfinden, wem es gehört.«

»Und Finderlohn?«

»Wenn der Armreif bei den Ermittlungen nicht hilfreich ist, leiten wir ihn ans Fundbüro weiter. Sollte sich der Besitzer melden, stehen Ihnen fünf Prozent vom Wert des gefundenen Gegenstandes zu.«

Frau Schwarz wurde weiß. »Nur fünf Prozent?«

»Dafür gibt es eine Gesetzesregelung.«

»Und wenn sich kein Besitzer meldet?«

»Dann bekommen Sie Ihr Fundstück nach gegebener Zeit zurück. – Vielen Dank jedenfalls, dass Sie es uns gebracht haben.« Er stellte Frau Schwarz eine Quittung aus und entließ sie mit dem Hinweis: »Wir melden uns bei Ihnen, wenn sich ein Zusammenhang mit dem Mord ergeben sollte.«

Frau Schwarz ging enttäuscht von dannen, und Schmoll sichtete unverzüglich die Akte der Witwe Bäumle. Er nahm das Familienfoto vom fünfundsiebzigsten Geburtstag des alten Bäumle heraus, betrachtete es mit der Lupe und seufzte befriedigt. Mit einer Pinzette griff er sich das Schlangenarmband aus der Bonbondose und ließ es in einen Plastikbeutel der Spurenermittlung fallen.

Zwei Stunden später erschien Frau Bäumle im Präsidium. Unter einem Fuchspelzmantel trug sie ein elegantes schwarzes Wollkleid. Ihre anderthalbstündige Verspätung entschuldigte sie mit dem Hinweis auf Migräne. »Ich bin, obwohl ich meine Tabletten genommen habe, immer noch von heftigen Kopfschmerzen geplagt und hoffe, Sie werden nicht von mir verlangen, Ihnen stundenlang Rede und Antwort zu stehen.«

Schmoll wunderte sich, dass sie keinen Anwalt verlangte oder gleich einen mitgebracht hatte. Aber sie sagte unwirsch, sie habe nichts verbrochen und deswegen bräuchte sie auch keinen Rechtsbeistand.

»Wir unterstellen Ihnen keine Schuld«, versuchte Schmoll sie zu beschwichtigen. »Wir haben nur ein paar Fragen. Da es um einen Mordfall geht, müssen wir das Gespräch aufzeichnen.«

Frau Bäumle äugte auf das Aufnahmegerät und protestierte, aber schließlich fauchte sie: »Tun Sie, was Sie nicht lassen können!«

Schmoll bereute, dass er Irma hatte abreisen lassen. Mit Frauen wie dieser Bäumle konnte er schwer umgehen. Zu seinem Ärger sprach sie affektiert gestelzt und erstickte beharrlich jeden schwäbischen Ton im Keim. Katz, der den Tonträger anstellte und sich deswegen ums Hochdeutsche bemühte (»Also, dann wollen mir mal anfangen, Frau Bäumchen«), war bei dieser Befragung wenig hilfreich.

Irma hätte jetzt Kaffee angeboten, und ihr wäre irgendein Geplänkel von Frau zu Frau eingefallen, um die Kandidatin locker zu machen.

Frau Bäumle saß selbstbewusst und kerzengerade auf dem Besucherstuhl. Sie zerrte an ihren knochigen Fingern und ließ die Gelenke knacken. Ein Geräusch, bei dem sich Schmolls Nackenhaare aufstellten. Ist das hektische Fingerknacksen nun Nervosität, überlegte er, oder will sie damit ihre Mitmenschen nervös machen? Diese Frau ist raffiniert und schwer durchschaubar. Zugleich hörte er ihre ungeduldige, hohe Stimme: »Ich hoffe, Herr Hauptkommissar, Sie werden mich nicht bis Mittag hier festhalten!?«

Schmoll brummte in seiner tiefsten Basslage zurück: »Nicht länger, Frau Bäumle, als bis Sie unsere Fragen beantwortet haben. Zum Beispiel noch einmal diese: Wo waren Sie in der Nacht vom 6. zum 7. Dezember zwischen 22 Uhr und einer halben Stunde nach Mitternacht?«

»Daheim! Wie ich Ihnen bereits gesagt habe.«

»Sie waren weder an diesem oder einem anderen Tag in Berg in der Nähe des Riesling-Stegs?«

Katz hatte den Eindruck, Frau Bäumle sei eine Nuance bleicher geworden, bevor sie endlich mit mehreren empörten Fragezeichen in der Stimme hechelte: »In Berg? Am Riesling-Steg? Was soll ich denn da?«

»Nachforsche, was Ihr Gemahl do treibt«, sagte Katz.

Schmoll holte das Familienfoto vom fünfundsiebzigsten Geburtstag des Schwiegervaters der Frau Bäumle aus der Akte und schob es ihr hin. Der alte Bäumle, der recht rüstig aussah, wie Schmoll fand, stand zwischen seinem schmächtigen Sohn und seiner magersüchtig wirkenden Schwiegertochter, die gequält lächelnd ihre Hand auf seinen Arm gelegt hatte.

Diese Schwiegertochter setzte jetzt die Brille auf, sah kurz auf das Bild und sagte: »Reicht es Ihnen nicht, dass ich in Ihrer Pathologie war und meinen Mann identifiziert habe? Mir jedenfalls reicht es. Der Anblick war absolut unzumutbar.«

»Tut mir leid«, sagte Schmoll, »das musste sein. Aber auf diesem Bild ist Ihr Mann ein ganz angenehmer Anblick. Und Sie auch, Frau Bäumle. Sogar Ihren Schlangenarmreif hatten Sie damals noch.« Er tippte mit dem Bleistift auf eine Stelle des Fotos: auf Frau Bäumles Handgelenk. Danach nahm er das Klarsichttütchen und hielt es ihr vor die Nase.

Frau Bäumle schnappte nach Luft und begann ihre Finger durchzuknacken. »Dieser Armreif ist mir kürzlich abhanden gekommen. Er ist sehr wertvoll. Mir fällt ein Stein vom Herzen, dass er wieder aufgetaucht ist.«

Katz blickte genauso entgeistert zwischen dem Armreif und dem Foto hin und her wie Frau Bäumle, die sich inzwischen gefasst hatte und in forderndem Tonfall sagte: »Ich kann doch verlangen, mein Eigentum zurückzubekommen?«

»Selbstverständlich«, sagte Schmoll, »aber erst, wenn Sie uns gesagt haben, wann und wo Sie diesen Armreif verloren haben.«

Frau Bäumle zuckte die Schultern und sagte hastig: »Er ist mir gestohlen worden. Der Dieb muss ihn verloren haben.«

Schmoll zog die Mundwinkel nach unten und die Augenbrauen hoch und machte sein Bulldoggen-Gesicht. »Hat ihn der Dieb verloren oder Sie selbst?«

»Der Dieb.«

»Haben Sie einen Verdacht, wer der Dieb gewesen sein könnte?«

»Ja.«

»Aha«, sagte Schmoll. »Und wie heißt er?«

»Kowalzki. Leo Kowalzki.«

»Und wo wohnt Herr Kowalzki?«

Sie zuckte die Schultern.

»Wenn Sie wisset, wie er hoißt, müsset Sie ihn kennt habe ond au sei Adress«, mischte sich Katz ein.

»Leo Kowalzki hat sich als Detektiv ausgegeben. Ich habe seine Werbung zufällig im Internet gefunden. Er hat für mich gearbeitet.«

»Sie haben Ihren Mann beschatten lassen?«

»Ich wollte endlich wissen, wo sich Joachim rumtreibt.«

»Hat es Herr Kowalzki herausgefunden?«

»Ja, sonst wüsste ich nicht, dass mein Mann Thea Zuckerle besucht hat. – Sind Sie jetzt fertig?« Sie presste mit theatralischer Geste ihre Hände gegen die Schläfen. »Mein Kopf zerspringt gleich! Geben Sie mir meinen Armreif wieder und sorgen Sie dafür, dass Kowalzki für den Diebstahl bestraft wird.«

Sie griff nach dem Plastiktütchen, doch Schmoll legte seine Pranke darauf. »Das kostbare Stück müssen wir noch ein Weilchen dabehalten. Und wir haben noch Fragen an Sie.«

»Ich bin völlig fertig von Ihrer Fragerei. Kann ich ein Zigarillo rauchen?«

»Meinetwegen«, sagte Schmoll. »Aber bitte am offenen Fenster.«

»Bei der Kälte?«

»Dann rauchet Se äbe net«, sagte Katz. »I hol Ihne an Kaffee.«

Frau Bäumle steckte sich, ohne weiter zu fragen, mit zittrigen Händen ein Zigarillo an. Schmoll ließ sie gewähren, bis Katz mit dem Kaffee kam, den Becher vor ihr abstellte und sagte: »Mir solltet au no Ihre Fingerabdrück habe.«

Frau Bäumle knallte die Tasse, die sie gerade hochgehoben hatte, zurück auf den Tisch. »Jetzt hört sich aber alles auf.« Sie sprang auf und kreischte: »Muss ich mich hier wie eine Verbrecherin behandeln lassen?«

»Nun setzen Sie sich mal wieder hin, Frau Bäumle«, sagte Schmoll in seinem väterlichen Tonfall. »Sie werden ja nur als Zeugin befragt. Wenn Sie unschuldig sind, können Ihre Fingerabdrücke den Beweis dafür liefern.«

Nachdem Katz mit Frau Bäumle vom Erkennungsdienst zurück war, wo sie ihr Finger auf Glasplatten scannen lassen musste und eine Speichelprobe genommen wurde, fuhr Schmoll mit der Befragung fort: »Wann und wo hat dieser Leo Kowalzki Ihnen das Armband gestohlen?«

Sie presste die Lippen zusammen, dann sagte sie mit fester Stimme: »Am Sonntagabend. Es lag auf der Anrichte.«

»Leo Kowalzki war in Ihrer Wohnung?«

»Ich habe ihn nicht eingeladen. Er kam, um von mir das Honorar für die Beschattung und die Fotos zu fordern. Ja, genau. Er hat den Schmuck gestohlen, während ich das Geld aus dem Tresor genommen habe.«

»Wie leichtsinnig von Ihnen, diesen Detektiv, von dem Sie nicht einmal die Adresse wissen, in Ihr Haus zu lassen und dann auch noch in seinem Beisein den Tresor zu öffnen«, sagte Schmoll scheinheilig besorgt.

Frau Bäumles Fingergelenke knackten. »Es war an dem Abend, an dem ich natürlich nicht ahnen konnte, wie unheilvoll er enden würde. Ich hatte Kowalzki noch einmal 100 Euro in Aussicht gestellt, wenn er mich zu dieser Thea Zuckerle führen würde. Ich wollte meinen Mann dort in flagranti erwischen. Eher hätte ich es nicht glauben können.«

»Und dann sind Sie mit Herrn Kowalzki nach Berg gefahren und in die Neckarstraße gegangen?«

»Nein«, sagte Frau Bäumle. »Wir haben uns abends kurz nach elf dort getroffen.«

Nun hat sie wenigstens zugegeben, in Berg gewesen zu sein, dachte Schmoll.

Das schien Frau Bäumle auch gerade klar zu werden, denn sie warf sich die Hände vors Gesicht und wimmerte, sie habe wahnsinnige Kopfschmerzen und müsse jetzt alleine sein.

»Okay«, sagte Schmoll. »Dann morgen um zehn Uhr. Wenn Sie sich den Weg zu uns sparen wollen, können wir auch zu Ihnen kommen.«

»Nein, nein«, wehrte sie ab. »Was sollen die Nachbarn denken. Sie können sich gar nicht vorstellen, was ich derzeit durchmache. Joachim war noch nicht unter der Erde, da ging das Gerede schon los. Und es wird immer schlimmer, seit das mit der Geliebten bei der Presse durchgesickert ist.«

»Sie wollen doch, dass wir den Mörder Ihres Mannes finden, Frau Bäumle? Das können wir nur, wenn Sie unsere Fragen beantworten.«

»Aber zehn Uhr ist mir zu früh. Sie wissen doch, morgens habe ich mit meiner Migräne zu kämpfen.«

Schmoll wusste, bei der Terminverschiebung ging es Frau Bäumle nicht um die Migräne, sondern sie brauchte Zeit. Entweder um sich weitere Lügengeschichten auszudenken oder sich endlich einen Anwalt zu besorgen. Der würde ihr hoffentlich klarmachen, dass Lügen kurze Beine haben. Schmoll hatte die Märchenstunden bei Frau Bäumle gründlich satt. Schroff sagte er: »Also, dann eben um vierzehn Uhr. Und bitte pünktlich.«

Frau Bäumle rauschte ab. Nicht mehr so forsch, wie sie das Büro betreten hatte, aber doch erstaunlich selbstgefällig.

»Da bin i aber jetzet aus alle Wolke gfalle«, maulte Katz. »Koi blasse Dunscht han i ghabt, dass du den Armreif uff dem Foto entdeckt hosch.«

»Entschuldige, es war einfach keine Zeit, dich auf dem Laufenden zu halten«, sagte Schmoll. »Jetzt guck nicht wie 'n Glas saure Gurken, sondern check die Datenbank durch, ob dieser Meisterdetektiv dort verewigt ist.«

Es stellte sich heraus, dass Leo Kowalzki nichts auf dem Kerbholz hatte. Zumindest nichts, wovon die Polizei wusste. Katz hatte auch Leo Kowalzkis Internetseite gefunden und ausgedruckt:

Privatdetektiv ermittelt und observiert im Großraum Stuttgart. Personen- und Objektschutz. Spezialisiert auf Eheangelegenheiten. Beschaffung von Beweisen. Auch Damenbegleitservice.

Neben dem Text war ein Foto. Darunter Telefonnummer und E-Mail, aber keine Wohnadresse. Fünf Minuten später rief Schmoll bei Kowalzki an. Es meldete sich der Anrufbeantworter. Schmoll stellte einen detektivischen Auftrag zur Observierung seiner Frau in Aussicht, bat um Rückruf und hinterließ seine Privatnummer.

»Schlau eingfädelt«, sagte Katz respektvoll. »I hätt wahrscheinlich a Mail gschickt, ond da hätt dann des Polizeipräsidium als Absender em Briefkopf gstande.«

Schmoll klopfte den Takt des Radetzkymarschs auf die Tischplatte und betrachtete Leo Kowalzkis Gesicht, das ihm von der ausgedruckten Internet-Anzeige entgegenblickte. Ein runder Kopf mit kurzen Stachelhaaren. Kräftiger Hals auf muskulösen Schultern, über die ein Polohemd spannte.

»Ein Kraftprotz!«, sagte Schmoll. »Mir scheint, da müssen wir zu zweit hingehen.«

»Ond no a bissle Polizeischutz mitnehme«, schlug Katz vor.

»Okay«, sagte Schmoll. »Hoffen wir mal, der Herr meldet sich. Womöglich ist er von Frau Bäumle gewarnt worden. Die Sache mit dem Diebstahl halte ich nämlich für ein Märchen.«

Katz grinste, hielt die Daumen nach oben und sagte: »Meine Killertheorie!«

»Schon möglich. Aber jetzt werde ich den Herrn Staatsanwalt um eine Durchsuchungsgenehmigung für das Haus Bäumle angehen und auch gleich noch um einen richterlichen Beschluss für Bankauskünfte. Mich interessiert, was die feine Dame an Leo Kowalzki gezahlt hat.«

Acht

Mittwoch, 16. Dezember

Als früh um fünf Uhr das Telefon auf ihrem Nachttisch klingelte, zog sich Irma die Decke über die Ohren und kniff die Augen zu. Erst nach dem dritten Läuten angelte sie sich den Hörer und eine Stimme leierte in seltsamem, aber verständlichem Deutsch: »Hier Weckdienst. Frühstück in halber Stunde!« Oh nee, dachte Irma, fünf Uhr aufstehen! Habe ich nicht seit gestern Urlaub? Sie schlief wieder ein und wurde ein zweites Mal von Helenes Fäusten geweckt, die an die Kabinentür wummerten.

Irma schickte Helene zum Frühstück und versuchte, ihre Lebensgeister mit einer Wechseldusche zu wecken. Es half! Innerhalb einer Viertelstunde erschien sie im Speisesaal, mit nassen Haaren zwar, aber nach zwei Tassen Kaffee und einem Früchtemüsli war sie frisch und fit.

Um 6 Uhr 15 startete der Kleinbus mit Reiseleiter Ismail und seiner vollzähligen, doch größtenteils recht unausgeschlafenen Truppe zur ersten Besichtigungstour. Trotz des Umwegs über die außerhalb von Luxor liegende Nilbrücke hielten sie schon eine halbe Stunde später auf einem Parkplatz mit den Ausmaßen eines Fußballstadions. Sie waren in Theben-West angekommen. In dem zerklüfteten Gebirge, in dem sich die Nekropole der Pharaonen befindet.

Über einer Gespensterkulisse aus bizarren pfefferschwarzen Felsengipfeln erhob sich ein feuriger Ball und vergoldete die ihm zugewandten Felswände. Die Sonne Amuns!, dachte Irma. Wie vor Tausenden von Jahren steigt sie über die Totenstadt. Wirft ihr Licht auf der anderen Nilseite über die Tempel und Kolossalstatuen von Luxor. Über das Säulenhallenwunder von Karnak. Über die Heiligtümer des Gottes Amun, erbaut von denen, die hier liegen sollten im Tal der Könige.

Da schon mehrere Busse vor ihnen gekommen waren und laufend noch welche anrollten, ging es in dieser Totenstadt wenig feierlich zu. Touristenscharen aus aller Herren Länder lärmten und lachten. Alle strömten hinein in die Gräber berühmter Pharaonen und zuletzt zu Tutenchamun.

Ordner sorgten dafür, dass der Besucherstrom nicht ins Stocken geriet, sie klatschten in die Hände und riefen gebieterisch: »Weitergehen – go – passer – dawei ...«

Durch die Gänge hallten die Stimmen der Reiseführer und echoten dumpf von den mit Hieroglyphen und farbig bemalten Reliefs bedeckten Wänden zurück. »Tutenchamun! 1922 nach 3000 Jahren aus dem unversehrten Grab geholt. Weltsensation! Held: Howard Carter.«

Und dann drängte sich die Touristenmeute in Tutenchamuns Grabkammer vor seinem Sarkophag. »Der einzige Pharao, der sich wieder im Tal der Könige befindet«, sagte Ismail, und Irma dachte bestürzt: Die nackte Mumie haben sie wieder zurückgelegt nach der wissenschaftlichen Auswertung!

Und weiter ging's zum Tal der Königinnen. Kurze Zeit später befand sich die Stuttgarter Reisegruppe, eingebettet im Touristengetümmel, auf einem fußballfeldgroßen Platz. Alle Blicke klebten am Totentempel der Hatschepsut. Das langgestreckte Bauwerk lag wie ein Spielzeug aus Elfenbein vor einer steilen dunklen Felswand, die in den Himmel wuchs und die Welt abzuriegeln schien.

Helene zog es vor, sich wie die meisten älteren Touristen unter die Segel des Café-Zeltes zu setzen und ein kühles Getränk zu bestellen. Sie vertraute Irma ihren Fotoapparat an und betonte, dass er intelligente Automatik habe.

Irma stieg über die breite Rampe zum Tempel hinauf. Sie war enttäuscht, weil es auch hier kein einziges ruhiges Plätzchen gab, von dem aus sie die Landschaft und die Ausgrabungsfelder hätte betrachten können. Zuerst wurde sie von Senmut Herzig verfolgt, dem die Nähe zu Hatschepsut heute sogar lieber zu sein schien als die zu Doro.

Er erklärte Irma das berühmte Relief von Hatschepsuts Expeditionen ins Weihrauchland von Punt, dem jetzigen Somalia. Und dann beschrieb er ihr das Massaker von Luxor vom 17. November 1997, als ob er dabeigestanden hätte, während zweiundsechzig Menschen sinnlos niedergeschossen worden waren.

Als Irma Senmut endlich abgeschüttelt hatte, wurde sie von Bakschisch-Jägern bedrängt. »Foto von dir vor Hatschepsut-Tempel!?« Wenn Irma den Kopf schüttelte, stellten sich die Männer vor Säulen und Statuen in Pose. Irma musste zugeben, dass sie in ihren langen hellblauen Gewändern und den lächelnden braunen Gesichtern unter den schneeweißen Turbanen außerordentlich fotogen waren und drückte den Auslöser von Helenes Kamera. Dieses Ritual würde sie nun auf der ganzen Reise auf Schritt und Tritt begleiten: Bittende Augen. Fotoklicken. Ausgestreckte Hände. Bakschisch-Flüstern.

Gegen 12 Uhr war die Reisegruppe zurück auf dem Schiff und jeder hatte gerade noch Zeit, sich frisch zu machen, um pünktlich zum Dinner im Speisesaal zu erscheinen. Helene war von dem Besuch im Tal der Könige hell begeistert, aber Irma fühlte sich bedrückt. Sie saß still und appetitlos am Mittagstisch, an dem großes Palaver herrschte.

Doro war wieder der Mittelpunkt. Sie schwärmte von Tutenchamun und behauptete, wenn sie damals gelebt hätte, hätte sie den hübschen jungen Pharao verführt. Beim Nachtisch erzählte Doro von ihren Mückenstichen. Sie zog ihren sowieso schon großzügigen Ausschnitt auseinander. Und nachdem sie ausgiebig hineingeblinzelt hatte, gurrte sie mit verschämtem Augenaufschlag: »Wenn Sie wüssten, wo ich überall zerstochen bin!« Ein Seufzer folgte. »Ach nein, das kann ich wirklich nicht sagen, wo es juckt. Es gibt zurzeit fast keine Stelle meiner Haut, an der keine Hubbelchen sitzen.« Dabei streichelten Doros manikürte Hände über ihre delikatesten Körperteile, und ihre feurigen dunklen Augen verdrehten sich in scheinheiliger Verzweiflung. Irma konnte allen Männern bis zu den hintersten Plätzen ansehen, dass sie gern mal nachgeschaut hätten, wo's juckte!

»Die ist frivol«, flüsterte Helene, als sie zusammen mit Irma den Speisesaal verließ. »Jedenfalls keine feine Frau!«

Irma lachte und winkte ab. »Macht doch nichts. Wenigstens lockert sie unsere Schwaben-Gesellschaft ein bisschen auf. Es ist ihr Hobby, Männer anzumachen. Der Markus Engler, oder wie der Oberstudienrat heißt, ist jedenfalls rein weg von ihr.«

»Aber sie auch von ihm, da bin ich mir ganz sicher.« Helene lächelte wissend.

Irma legte sich in der Kabine aufs Bett und blätterte in ihrem alten, zerfledderten Buch über Tutenchamun. Verstört legte sie es beiseite und dachte: Einsam und schmucklos liegt er unter dem Marmordeckel seines Sarkophags. Sein Körper, den über 3000 Jahre lang seine goldenen Schreine beschützt haben, ist zerfallen. Die Schutzgöttinnen, die sein Herz bewahrten, sind mit allen Kostbarkeiten, die diesem jungen König gehört haben, im Museum in Kairo ausgestellt. Sein Gesicht, die hohe Stirn, die kräftige gerade Nase, die Lippen mit den feinen Konturen sind nur noch in seiner Goldmaske erhalten. In dieser Goldmaske, in die ich mich als Kind verliebt habe. Hier blickt sie tausendfach von Plakaten, Prospekten und Postkarten. Ich glaube, ich liebe Tutenchamun immer noch.

Irmas Stimmung hob sich erst wieder, als das Schiff ablegte. Da Helene dieses Ereignis verschlief, saß Irma allein und etwas abseits von den anderen Passagieren an der Reling. Leise, fast unmerklich hatte sich das Schiff auf seinen Weg nilaufwärts gemacht. Irma träumte mit offenen Augen und ließ die Ufer an sich vorüberziehen. Palmenwälder unter blauseidenem Himmel. Aus kleinen Siedlungen mit geduckten Häusern aus Nilschlammziegeln ragten weiße Minarette empor. Fellachen bestellten ihre Felder mit Ochsengespannen, genauso wie auf den uralten Wandbildern in den Grabkammern und Tempeln. Auf staubigen Straßen schwankten Kamele und Esel unter ihrer Last aus Bohnenkraut oder Zuckerrohr. An flachen Uferabschnitten, umringt von Scharen lärmender Kinder, arbeiteten Frauen. Schreiend bunte Gewänder blähten sich im Wind. Braune Arme glänzten vor Nässe. Sie hantierten mit Wäsche oder spülten Essgeschirr aus Aluminium. Stapelten die sauberen Töpfe, Pfannen und Teller zu glitzernden Türmen und trugen ihre Last wie silberne Kronen. Gingen zurück zu ihren Hütten in der gleichen königlichen Haltung wie die Figuren, die die Tempelwände schmückten.

»Auf dem Land ist das Leben auch schwer, aber die Welt noch in Ordnung. Hier draußen bettelt niemand um Bakschisch«, sagte eine bekannte Stimme. Senmut Herzig lehnte sich neben Irma an die Reling. »Ägypten ist ein Geschenk des Nils!«

»Das haben Sie hübsch gesagt, Senmut«, meinte Helene, die auf der anderen Seite von Irma aufgetaucht war.

»Der Satz stammt leider nicht von mir«, gestand Senmut und schüttelte bedauernd seinen Weizenstoppelkopf. »Herodot hat ihn gesagt. Im fünften Jahrhundert vor Christus.«

»Herodot, der Vater der Geschichtsschreibung«, sagte Irma.

»Herodot hin oder her«, beendete Helene den Dialog. »Jetzt ist Teatime!«

Nur ungern löste sich Irma von dem Zauber, der am Nilufer vorüberzog, und ging mit Senmut und Helene zum Deckrestaurant.

* * *

Bevor Schmoll an diesem Morgen im Präsidium erschien, war er schon in der Innenstadt gewesen. Er hatte mit dem richterlichen Beschluss für die Aufhebung des Bankgeheimnisses in der Tasche der Hypovereinsbank in der Kronprinzstraße einen Besuch abgestattet.

Schmoll erfuhr, dass sich Frau Bäumle vor zehn Tagen 2500 Euro in bar hatte auszahlen lassen und seither nicht mehr viel auf ihrem Konto lag.

»Meine Killertheorie!«, sagte Katz begeistert, als Schmoll ihn darüber informierte.

»Killertheorie!«, konterte Schmoll. »Du glaubst doch nicht im Ernst, dass jemand für Zweieinhalbtausend einen Mord begeht!«

Das musste Katz einräumen, gab aber zu bedenken, Frau Bäumle hätte vielleicht nicht mehr Geld ausgeben können. »Wenn se net no irgendwo an Sparstrumpf unter der Matratze hot, isch des Schlangearmband ihre letschte größere Wertanlag.«

»Ja«, sagte Schmoll. »Sie scheint nicht in Geld zu schwimmen. Eine Tatsache, die manche Menschen nicht vertragen können und alles dafür tun würden, um sie zu ändern. Wir müssen unbedingt Zeugen finden, die etwas über die Bäumles, ihre Ehe und ihre finanzielle Lage wissen.«

Da erzählte Katz ausführlichst, er habe gestern Abend endlich die Sprechstundenhilfe aufgespürt. Sie sei übrigens seit zwei Jahren einzige Mitarbeiterin in der Zahnarztpraxis gewesen. »Ina Locke«, sagte er, »isch a ausgesprocha nette Denge.«

»Du hast also nicht nur mit ihr telefoniert, sondern bist ihr direkt auf die Pelle gerückt.«

»Ha noi!«, sagte Katz. »I hab se en d' Pizzeria eiglade. Mit ama echte Kriminalkommissar, hot se gsagt, sei se noch nie esse gwäh.«

»Also dann wird sie dir ja einiges erzählt haben. Ich hoffe, du hast ihr die richtigen Fragen gestellt und nicht nur herausbekommen, wie sie heißt und wie alt sie ist.«

»Dreiazwanzig Joahr.«

Und als Schmoll ein ungeduldiges Stöhnen hören ließ, berichtete Katz eifrig, was die junge Dame ausgeplaudert hatte: Die Praxis liefe herzlich schlecht, weil der Doktor vor drei Jahren einen Prozess wegen eines Kunstfehlers am Hals gehabt habe.

Katz klopfte mit dem Daumennagel gegen seine Schneidezähne. »Wenn mir nur oi oinziger Zahn wehtue würd und i tät durch a Behandlung gleich elf Stück einbüße, bekäm i scho Mordgelüste!«

»Dann besorg dir von deiner neuen Freundin die persönlichen Daten des zahngeschädigten Herrn.«

»Hab i scho. War a zahngeschädigte Dame. Nemme ganz jong, aber sehr begütert. Ihr Mann hot a Elektro-Firma und an Großauftrag bei der SWR-Baustelle in Berg.«

»Ziemlich dicht am Tatort«, sagte Schmoll. »Verdammt, allmählich können wir uns vor Verdächtigen kaum noch retten!«

Katz legte Schmoll einen Zettel mit Namen und Adresse der neuen Verdächtigen auf den Schreibtisch und berichtete weiter, was er von Ina Locke erfahren hatte: Dr. Joachim Bäumle habe zwar den Prozess gewonnen, weil mehrere Gutachten bescheinigt hätten, dass die elf Zähne aus anderen Gründen ausgefallen seien, aber das habe Bäumle nicht viel genützt, weil er durch den Prozess einen Schuldenberg gewonnen und so gut wie alle Patienten verloren habe.

»Der Sache gehen wir nach«, sagte Schmoll. »Nur, wer soll ihr nachgehen? Hätte ich doch Irma keinen Urlaub gegeben! Der Praktikant, dieser Max oder Moritz oder wie der heißt – wie war noch gleich sein Nachname?«

»Kittel. Er heißt Moritz Kittel!«, half Katz. »Erstes Ausbildungsjahr auf der Polizeischule für den gehobenen Dienst erfolgreich abgeschlossen.«

»Also dass mir unser Dezernatsleiter so ein Praktikanten-Kittelchen zuteilt, ist der reine Hohn. Wie soll der denn Irma ersetzen?«

»Na ja«, sagte Katz zurückhaltend, »mer sind halt mit dem Fall zu lange em Dunkeln getappt.«

»Aber ich glaube, nun bewegt sich was«, sagte Schmoll hoffnungsvoll. »Meinst du, Katz, wir können den Kittel nach Gablenberg schicken, um das Alibi der zahngeschädigten Dame und ihres Gatten nachzuprüfen?«

»Klaro. Des macht der mit links. Dumm isch der net, nur schüchtern. Der wird scho noch auftaua.«

»Gut«, sagte Schmoll. »Gib ihm nachher die nötigen Instruktionen. Hat diese Nina Lücke sonst noch was ausgeplaudert?«

»Ina Locke! Se sagt, sie hot so manchen Streit zwische dene Bäumles mitgekriegt.«

»Weswegen haben sie gestritten?«

»Na, om was scho? Oms Geld. Frau Bäumle wollt was von dr Erbschaft, die ihr Mann beim Tod seines Vaters gmacht hot. Die Ina vermutet, der Doktor hot des Geld irgendwohin verschwinde lasse.«

Schmoll runzelte die Stirn. »Du hast hoffentlich nicht ausgeplaudert, dass wir inzwischen wissen, wo das Geld geblieben ist, nämlich in der Eigentumswohnung für diese Thea Zuckerle?«

»Also Boss, für wen hältsch mi denn?«

»Schon gut«, beschwichtigte Schmoll.

»Zuerst dachte ich«, sagte Schmoll in der Teamsitzung, »dieser Leo Kowalzki wäre eine Erfindung von Frau Bäumle. Sie wolle nicht wahrhaben, dass der verlorene Armreif ein Beweisstück gegen sie ist. Aber nun hat sie zugegeben, zur Tatzeit in Berg in der Nähe des Riesling-Stegs gewesen zu sein. Sie versucht hartnäckig, ihren Detektiv zu belasten, aber um ihn ernsthaft zu verdächtigen, müssen wir ihn finden und verhören. Bisher hat er sich nicht auf meinen Anruf gemeldet. Ich fürchte, wenn er Zeitung liest, wird er das auch nicht tun, sondern seine detektivischen Machenschaften erst mal aussetzen und untertauchen.«

Nachdem Schmoll rasch und hart seinen Lieblingsmarsch auf die Tischplatte getrommelt hatte, nahm er seinen Notizblock zur Hand und las vor: »Alle bisherigen Ermittlungsfakten ergeben keinen rechten Zusammenhang. Fest steht nur:

Erstens: Die Bäumles stecken, wenn außer dem Bankkonto nichts unter den Matratzen oder im Safe liegt, in Geldschwierigkeiten.

Zweitens: Der Zahnarzt Dr. Bäumle hat wegen eines angeblichen Kunstfehlers einen kostspieligen Prozess geführt. Der Prozessgegner ist ein weiterer Verdächtiger, dessen Alibi überprüft werden muss.

Drittens: Frau Bäumle hat an dem Tag, an dem ihr Mann starb, morgens 2500 Euro vom Konto abgehoben. Ob es allerdings stimmt, dass sie an diesem 6. Dezember Besuch von Leo Kowalzki gehabt hat, der sich diese Summe als Honorar abgeholt hat, muss noch geklärt werden.

Viertens: Durch den Fund des Schlangenarmbandes hat Frau Bäumle zugeben müssen, sich in der Mordnacht in der Nähe des Tatortes aufgehalten zu haben.«

Schmoll klappte seinen Notizblock zu. »Auf Grund dieser neuen Spuren, die sich ziemlich heiß anfühlten, können wir die Suche nach Thea Zuckerle vorerst einstellen. Mir scheint, wir waren auf einer falschen Fährte.«

»Und die Sache mit dem alten Bäumle?«, fragte Katz.

»Die können wir auch erst weiterverfolgen, wenn wir Frau Zuckerle gefunden haben. Eine zwei Jahre alte Leiche eilt nicht. Hat jemand einen Vorschlag, wie wir weiter vorgehen sollten?«

Nach betretenem, ratlosem Schweigen sagte Katz: »Ond wenn die Frau Schwarz, die des Schlangearmband gfunde habe will, genauso wie gedruckt lügt? Womöglich hot se den Armreif ganz woanders gfunde.«

Der stets schweigsame Praktikant Moritz Kittel, ein Junge mit großen Ohren und Harry-Potter-Brille, meldete sich mit schüchternem Handzeichen zu Wort: »Wieso sollte Kowalzki den Armreif klauen, ihn in die Hosentasche stecken, nur um ihn kurz darauf wieder zu verlieren? Und wenn er wirklich später den Doktor vom Riesling-Steg geworfen hat, dann ist er schließlich kriminell genug, auch Frau Bäumle umzubringen und danach den Safe auszuräumen.« Moritz hielt inne, offensichtlich war er über sich selbst erstaunt und erschrocken, so viel auf einmal gesagt zu haben.

Doch Schmoll nickte beipflichtend und sagte: »Eine etwas kriminalromanmäßige, aber durchaus ernstzunehmende Überlegung.«

Während der Praktikant noch in seinem Erfolg badete, kam die Frage, ob es nicht an der Zeit sei, bei den Bäumles die Wohnung und die Praxisräume zu durchsuchen.

»Der Herr Staatsanwalt hat der Durchsuchung erst zugestimmt, nachdem Frau Bäumle zugegeben hat, in der Mordnacht in der Nähe des Riesling-Steges gewesen zu sein«, sagte Schmoll. »Die Papiere sind kurz vor der Teamsitzung gekommen. Der Spursi-Müller und seine Mannen sind schon unterwegs. Hoffen wir, dass sie neue Erkenntnisse mitbringen und dadurch verschiedene Lügen der scheinheiligen Frau Bäumle aufgedeckt werden können. Die hat sich um Kopf und Kragen geschwätzt. Eine Lüge zieht bekanntlich weitere nach sich. Die Frau versucht verzweifelt, diesen Kowalzki in Mordverdacht zu bringen, um von sich selbst abzulenken.«

Schmoll schraubte seine Einsneunzig in die Senkrechte. »Jetzetle! Heute nachmittag kommt Frau Bäumle noch mal zum Verhör. Dann sehen wir weiter.«

»Warum nehme mer die alt Schell net fescht?«, fragte Katz.

»Die haut nicht ab«, hielt Schmoll dagegen. »Bevor wir keine stichhaltigen Beweise haben, können wir auch die schlimmste Lügentante nicht einfach verhaften. Vorrangig müssen wir alles daransetzen, Leo Kowalzki zu finden und ihm auf den Zahn zu fühlen. Scheint mir doch Dreck am Stecken zu haben, auch wenn ich ihm bei der jetzigen Beweislage den Mord nicht anhängen kann. Katz, lass mal überprüfen, ob der Kowalzki dem Bundesverband deutscher Detektive angehört.«

»Hab ich schon recherchiert«, meldete Moritz. »Kowalzki steht nicht auf der Mitgliederliste.«

Schmolls Finger trommelten wie üblich, wenn er nachdachte oder wütend war, auf die Tischplatte. Diesmal Furioso-Varianten. Dabei brummte er: »Setzt da ganz frech und locker vom Hocker eine Website ins Internet und pfuscht einem ehrenwerten Berufsstand ins Handwerk!«

Wahrscheinlich durch seinen Erfolg bei seiner ersten Wortmeldung ermutigt und um seine Sach- und Fachkompetenz zu demonstrieren, sagte Moritz: »In Deutschland gibt es keinen gesetzlichen Schutz der Berufsbezeichnung und des Berufsbildes für Detekteien. Solche schwarzen Schafe kann man schwer belangen.«

»Aber wenn krumme Sachen gemacht werden«, bellte Schmoll ihn an, »dann hat das Gesetz trotzdem was zu sagen. Falls der Kowalzki in dieser Hinsicht nicht ganz koscher ist, wird er erklären müssen, was seine Auftraggeberin wirklich von ihm wollte.«

Moritz zuckte zusammen und seine großen Ohren bekamen einen fliederfarbenen Stich.

»Fakt ist«, brummte Schmoll, »der liebe Kowalzki geht nicht ans Telefon und seine Adresse haben wir auch noch nicht ermitteln können. Im Telefonbuch steht er jedenfalls nicht.«

»Ich check die Melderegisterdaten durch«, sagte Moritz. »Vielleicht krieg ich dort die Adresse über die Telefonnummer raus.«

»Okay«, sagte Schmoll. »Das wird höchste Zeit! Erledige das. Bisschen dalli, bitte! – Ach ja, und hier ist die Adresse von dem Herrn mit der zahngeschädigten Frau. Fahr nach Gablenberg. Wir brauchen von beiden, dem Elektro-Fritzen und seiner Gattin, ein Alibi. Fall nicht mit der Tür ins Haus, sag, dass alle früheren Patienten des Toten befragt werden müssen.«

Moritz' Ohren bekamen Tomatenfarbe vor Begeisterung – das war endlich mal ein richtiger Kripo-Auftrag! Eine Viertelstunde später legte er Schmoll die Adresse von Kowalzki auf den Schreibtisch. Er nahm Haltung an und sagte: »Und jetzt fahre ich nach Gablenberg.« Er machte auf dem Absatz kehrt und war im nächsten Moment wieder draußen.

Katz sagte zu Schmoll: »Der Kloi isch vo dr fixe Truppe!«

Schmoll widersprach nicht und sah sich die Adresse an. »Kanalstraße«, sagte er. »Das ist im Bohnenviertel. Am liebsten würde ich sofort hinfahren und mir den Kerl vorknöpfen, statt mir weitere Schwindeleien von Frau Bäumle anzuhören.«

»Na, dann fahre mer doch!«, sagte Katz.

Schmolls Fingerkuppen trommelten ein Tremolo auf seine Glatze. »Wenn wir Kowalzki befragen, wird es sinnvoll sein, vorher Frau Bäumles Variante zu ihrer gegenseitigen Beziehung zu kennen.«

Bevor Frau Bäumle fast pünktlich im Präsidium eintraf, hatte ein Spezialist sich Zugang zum PC aus der Zahnarztpraxis verschafft und die Dateien bereits auswerten können. Schmoll hatte mit zwei Helfern den wichtigsten Teil der Aktenordner durchgesehen. Er legte seine Pranke auf den Berg der beschlagnahmten Papiere und verkündete: »Nichts als überzogene Konten und weit und breit kein Bares! Zumindest wissen wir nun, weshalb die Gnädige sich keinen richtigen Detektiv und auch keinen Anwalt leisten kann.«

Katz grinste. »Om wieder flüssig z' werde, könnt se sich des Ablebe ihres Ehemanns gwünscht habe.«

»Kann sein«, sagte Schmoll. »Vielleicht hat sie Kowalzki beauftragt, ihn aus der Welt zu schaffen. Aber bevor wir Kowalzki nicht haben und seine Fingerspuren oder DNA nicht mit denen aus Bäumles Wohnung und der Kleidung, die der Zahnarzt bei seinem Todessturz getragen hat, vergleichen können, sind das alles nur Spekulationen.«

Frau Bäumle kam hereingerauscht und schimpfte sich erst mal ihren Ärger über die Hausdurchsuchung von der Seele. Danach wirkte sie erleichtert und gefasst. Sie schälte sich aus ihrem Fuchspelzmantel, hielt ihn Schmoll hin und sagte: »Auf einen Bügel, bitte!«

Schmoll verzog keine Miene und hängte den Mantel an einen Haken, da kein Bügel vorhanden war. Dass ihr elegantes schwarzes Kostüm nicht der letzten Mode entsprach, merkte Schmoll natürlich nicht, aber ihn störte das schwarze Hütchen mit Schleier. So ein Schleierchen konnte viel verschleiern, zum Beispiel die Gemütslage der Befragten. Aber Frau Bäumle war nicht bereit, den Hut abzunehmen oder wenigstens den Schleier zurückzuschlagen. Sie sagte, sie sähe heute entsetzlich aus – die allmorgendliche Migräne sei besonders schlimm gewesen und plage sie auch jetzt noch. »Also machen Sie es bitte kurz, Herr Hauptkommissar. Ich habe Ihnen eigentlich schon alles berichtet. Und wenn's geht, lassen Sie das Ton-Dingsda aus.«

»Das muss leider laufen. Wenn Sie nichts zu verbergen haben, ist das ja nicht weiter schlimm«, sagte Schmoll in väterlichem Bass und stellte das Aufnahmegerät an. »Ich rate Ihnen, bei der Wahrheit zu bleiben, Frau Bäumle, womöglich müssen Sie Ihre Aussage später vor Gericht unter Eid wiederholen.«

Sie brauste auf: »Vor Gericht! Unter Eid! Wie kommen Sie mir eigentlich vor? Ich habe nichts verbrochen. Könnten Sie auf eine Witwe, deren Mann erst seit zwei Tagen unter der Erde liegt, gefälligst etwas Rücksicht nehmen?«

Schmoll sah zu Katz und legte andeutungsweise den Zeigefinger an die Lippen, worauf Katz gehorsam runterschluckte, was er Frau Bäumle fragen wollte: Wieso sie jetzt die trauernde Witwe spiele, nachdem sie den Beweis habe, dass ihr Mann sie betrogen hatte.

»Also, Frau Bäumle«, sagte Schmoll. »Fangen wir am besten dort an, wo wir gestern früh aufgehört haben: Sie haben sich mit Leo Kowalzki in Berg verabredet, um Gewissheit zu bekommen, dass Ihr Mann bei Frau Zuckerle war. Die Wohnung liegt, wie Sie bereits ausgesagt haben, in der Neckarstraße, was wir überprüft haben.«

»Exklusive Lage«, sagte Frau Bäumle und begann zu Schmolls Ärger wieder mit den Fingern zu knacken. Er hätte sich am liebsten die Ohren zugehalten. Als sie eine Hand fertig hatte, nahm sie sich die andere vor.

»Wo genau haben Sie sich mit Ihrem Detektiv getroffen?« Schmoll knetete ungeduldig sein Kinn, bis Frau Bäumle endlich antwortete: »Der offizielle Zugang zu dieser Wohnanlage ist zwar die Neckarstraße, aber die Häuser grenzen an die Grünanlage oberhalb des Berger Bads. Zu dieser Grünanlage gibt es einen Nebenausgang. Ein kleines Tor zwischen Sträuchern. Da die Wohnung gegenüber diesem Törchen liegt, hat Kowalzki Frau Zuckerle von dort aus observiert. Er hat sie fotografiert. Auch zusammen mit meinem Mann.«

»Haben Sie die Fotos dabei?«

»Nein. Die Bilder sind nicht spektakulär, weil sie außerhalb der Wohnung aufgenommen worden sind.«

Schmoll witterte die Gelegenheit, endlich ein Konterfei der Frau Zuckerle gefunden zu haben, aber da sagte Frau Bäumle schon: »Ich hab die Fotos weggeworfen.«

»Ond die Negativ?«, fragte Katz.

»Die habe ich auch vernichtet.«

Schmoll unterdrückte einen Seufzer und fuhr fort: »Sie haben also am Abend des 6. Dezember mit Kowalzki am Nebeneingang der Wohnanlage auf Ihren Mann gewartet.«

»Ja. So war es.«

»Um welche Uhrzeit genau?«

»Als ich auf dem Parkplatz am Neuner ausgestiegen bin, schlug es von der Berger Kirche elf. Ein paar Minuten später war ich am Treffpunkt. Kowalzki war schon da. Er hat mir die Etage gezeigt, in der sie wohnt.«

»Haben Sie Ihren Mann gesehen?«

»Wir mussten eine halbe Stunde in der Kälte warten, bis er endlich aus dem Haus gekommen ist. Durch das Törchen des Nebeneingangs.«

»Haben Sie sich ihm zu erkennen gegeben?«

»Nein. Er ist sehr rasch gegangen, fast gerannt. Mir war die Kehle zugeschnürt und meine Knie wurden weich. Hätte mich Kowalzki nicht gehalten, wäre ich umgesunken.«

»Und dann? Haben Sie gesehen, wohin Ihr Mann gegangen ist?«

»In Richtung der Brücke, die über die Stadtbahngleise führt.«

»Ja«, sagte Schmoll. »Darunter hat man ihn dann auch gefunden.«

»Aber die Straßenbahnfahrer hätten ihn doch sehen müssen!«

»Er lag nicht auf den Gleisen. Er lag auch nicht auf dem Gehweg daneben. Er ist ins Gebüsch gefallen und hat sich an einem abgebrochenen Baumstamm aufgespießt.«

»Das haben Sie mir noch gar nicht gesagt!«, rief Frau Bäumle empört und warf nun doch das Hutschleierchen zurück.

»Sie haben mich nicht danach gefragt, wie Ihr Mann umgekommen ist.«

Frau Bäumle reckte den Kopf und sagte entschieden: »Dieser Kowalzki hat ihn also umgebracht! Damit habe ich nichts zu tun. Ich habe nur den Auftrag zur Observierung gegeben.«

Schmoll ließ sich nicht beirren: »Wann haben Sie und Herr Kowalzki Ihren gemeinsamen Spähposten verlassen?«

»Kowalzki hat gesagt, ich hätte nun gesehen, was ich wollte, und hat das restliche Geld von mir verlangt.«

»Haben Sie es ihm gegeben?«

»Blieb mir nichts anderes übrig!«, zischte sie giftig. »Das ging ratzfatz. Ich hatte den Schein in der Manteltasche.«

»Wie viel hat er von Ihnen bekommen?«

»100 Euro, wie es ausgemacht war. Im Grunde war es viel zu viel für ein kurzes Treffen, das eigentlich zu nichts geführt und mich nur aufgeregt hat.«

»Und dann?«

»Kowalzki hat sich das Geld geschnappt und ist meinem Mann hinterhergelaufen.« Frau Bäumle ließ ihren rechten Daumen knacken, dass es Schmoll durch Mark und Bein ging. Danach zog sie ihren Hutschleier wieder über die Augen.

»Und wann sind Sie gegangen, Frau Bäumle?«

»Sofort. Mein Mann kann noch nicht weit weg gewesen sein. Ich bin rasch in die andere Richtung bis zum Parkplatz gegangen und von dort direkt nach Hause gefahren.«

»Gut«, sagte Schmoll und dachte: Wer's glaubt, wird selig. »Sie trauen Kowalzki den Mord zu?«

Frau Bäumle sprach mit großer Bestimmtheit: »Ich bin sicher, er hat meinen Mann von der Brücke geworfen! Das dürfte für Kowalzki eine Kleinigkeit gewesen sein. Er ist ein Muskelpaket, trainiert in einem Fitness-Club.«

»Kowalzki hatte koi Motiv, Ihrn Mann umzubringe. Es sei denn, Sie hen ihm no a größeres Sümmle versproche, damit er des für Sie erledigt«, warf Katz ein.

Frau Bäumle brauste auf: »Was unterstellen Sie mir! Außerdem wäre so etwas in meiner momentanen Finanzlage gar nicht möglich.«

»Als Witwe send Se ja jetzt wieder saniert«, sagte Katz trocken.

»Spotten Sie nicht noch über meine Witwenschaft«, sagte sie in weinerlichem Ton. »Vielleicht hatte mein Mann längst gemerkt, dass er beschattet wurde und hat Kowalzki zur Rede gestellt. Das ist ein aufbrausender Typ. Und dann ist das Unglück eben passiert. Vielleicht geschah es im Affekt, wie man so sagt. Oder es war eine Art Unfall.«

Schmoll hatte das obskure Gefasel satt und er wurde ziemlich laut: »Frau Bäumle, dann werde ich Ihnen jetzt mal die wahre Geschichte erzählen: Sie hatten den Auftrag zur Observierung dahingehend erweitert, Kowalzki als Ihren Rächer einzusetzen, sobald Sie sich von der Untreue Ihres Mannes mit eigenen Augen überzeugt hatten. Das nennt man Anstiftung zum Mord!«

»Wie meinen Sie das?«

»Kowalzki hat in Ihrem Auftrag gehandelt. Nicht Ihr Mann hat ihn zur Rede gestellt, sondern es war umgekehrt: Kowalzki hat die Gelegenheit genützt, den Mordauftrag sofort in die Tat umzusetzen. Wie viel Honorar haben Sie ihm dafür in Aussicht gestellt? War Kowalzki in Geldnot? Es gibt Menschen, die tun für Geld alles. Ist Kowalzki so ein Mensch? Oder sind Sie so ein Mensch?«

Frau Bäumle konnte offensichtlich nicht mehr folgen und sagte gedehnt: »Der Kowalzki ist so ein Mensch. Doch ich habe ihm nicht den Auftrag gegeben, meinen Mann vom Riesling-Steg zu werfen!«

»Ihr Auftrag lautete vermutlich nicht speziell, ihn vom Riesling-Steg zu werfen, aber vielleicht doch pauschal, ihn aus der Welt zu schaffen. Dazu hatten Sie zwei Motive: Rache, weil ihr Mann fremdgegangen ist, und Geldgier, um an sein Erbe zu kommen.«

Frau Bäumle schüttelte den Kopf. »Das ist Ihre Geschichte, Herr Hauptkommissar, aber nicht die wahre.«

»Und wie soll die wahre Geschichte lauten?«

»Fragen Sie Kowalzki!«

»Haben Sie ihn seit der Mordnacht gesehen?«

»Nein.«

Sie erschrak, als Katz, der an der Wand gelehnt und an seinem Bärtchen gezupft hatte, jetzt vortrat, sich zu ihr beugte und fast verschwörerisch fragte: »Send Se sich sicher, dass net dr Herr Kowalzki, sondern Sie selber den Armreif verlore habet?«

Und da gab Frau Bäumle das erste Mal eine ihrer Lügen zu: »Ich wollte nicht verdächtigt werden. Was kann ich dafür, dass mein Mann genau in dieser Nacht umgekommen ist? Aber da ich nun zugegeben habe, in Berg gewesen zu sein, kann ich auch zugeben, das Schlangenarmband selbst verloren zu haben. Das Sicherheitskettchen muss im Gebüsch hängengeblieben und gerissen sein.« Sie lächelte säuerlich. »Ich entschuldige mich für die kleine Unwahrheit.«

»Sie haben damit die Ermittlungen verzögert! Ist Ihnen klar, dass das strafbar ist?«

Sie antwortete nicht, sondern fragte, ob sie nun gehen könne.

»Gehen Sie.« Schmoll nahm den Fuchspelz vom Haken und half ihr hinein. Als sie verschwunden war, knurrte er:

»Ich habe das Gefühl, sie hat uns für das Geständnis ihrer kleinen Unwahrheit schon wieder andere Lügen aufgetischt.«

Nach drei Kniebeugen sagte er: »Wir müssen Leo Kowalzki finden!«

Schmoll hinterließ Moritz Kittel einen Zettel mit der Nachricht: *Wenn Gablenberg erledigt ist, Stellung im Büro halten, bis wir zurück sind. Verhörprotokoll Bäumle abtippen. Fahre mit Katz zu Kowalzki. Schmoll.*

Da es nach Schnee aussah, ließ sich Schmoll bruddelnd herab, die U-Bahn bis zum Charlottenplatz zu nehmen. Am Ende der Haltestelle führt die Treppe aus dem Untergrund direkt zur Kanalstraße. Das Erste, was hier ins Auge fällt, ist ein Giebelhaus mit ochsenblutrot gestrichener Fassade und grünen Fensterläden. »Das ist die Weinstube zur Kiste«, sagte Schmoll. »Die letzte Kneipe im Viertel, die die Zeiten im ältesten Wohnquartier Stuttgarts nahezu unverändert überdauert hat.«

»Warum hoißt des hier eigentlich Bohneviertel?«, fragte Katz seinen mit Stuttgarts Innen- und Außenleben hervorragend vertrauten Vorgesetzten.

Schmoll, der nichts lieber tat, als seine heimatkundlichen Weisheiten weiterzugeben, ließ sich nicht lange bitten: »Früher war das hier eine Arme-Leute-Gegend. In den Gärten wurde Gemüse, vor allem Bohnen, angebaut. Während der achtziger Jahre ist das ziemlich heruntergekommene Stück Altstadt saniert worden. Seither lässt es sich hier nicht nur gut wohnen, sondern es gibt auch jede Menge gemütliche Kneipen und im Sommer Gartenwirtschaften. Hab sie schon fast alle ausprobiert.«

Sie waren ein paar Meter weitergegangen, und Schmoll stoppte vor einem schmalbrüstigen Häuschen aus gelben Klinkern, das sich zwischen die Nachbargebäude quetschte. »Das ist das Schriftstellerhäusle«, sagte er. »Treffpunkt der Stuttgarter Literaten, die hier Stammtische, Werkstattgespräche und Lesungen abhalten.« Er blickte durch eins der niedrigen Fenster, sagte: »Die Stuttgarter Lyriker tagen« und setzte sich rezitierend wieder in Bewegung:

»Es schlagt eine Nachtigall.
Am Wasserfall.
Und ein Vogel ebenfalls.
Der schreibt sich Wendehals,
Johann Jakob Wendehals,
Der tut tanzen
bei den Pflanzen.«

Katz lachte. »An dir isch en Dichter verlore gange, Schmoll!«

»Das war nicht von mir. Das war von Mörike.«

»Red koin Saich!«

»Das ist kein Saich, Katz. Das ist das einzige Gedicht, das ich auswendig kann. Und es ist von Mörike!«

»Do war dr gute Eduard wahrscheinlich besoffe, als er's gschrieben hot«, sagte Katz.

»Deine Spürnase hat es erfasst. Mörike gibt zu, dieses herrliche Gedicht im Katzenjammer nach einer durchzechten Nacht geschrieben zu haben.«

»Katzenjammer!«, murmelte Katz. »Da verstand i was drvo!«

»Zurück zum Ernst des Lebens«, sagte Schmoll. »Hier ist das Haus, in dem Kowalzki wohnt.«

Katz drückte kräftig auf den obersten Klingelknopf. Als sich nichts rührte, arbeitete er erfolglos die restlichen Klingeln ab.

Gemeinsam erweiterten sie ihren Klingelputz auf die Nachbarhäuser. Aber die wenigen Bewohner, die sie antrafen, zuckten die Schultern, wenn ihnen Katz das Foto von Leo Kowalzki unter die Nase hielt.

»Wo sollen wir den Kerl nun suchen?«, fragte Schmoll entnervt. »Die Zuckerle verschwunden. Dieser Privatdetektiv nicht auffindbar und Frau Bäumle erzählt uns ein Märchen nach dem anderen.« Er war sauer und hatte Lust, seinen Frust irgendwo abzuladen. »Diese verdammte, vergebliche Rumrennerei!«, knurrte er Katz an, der genauso enttäuscht von dem erfolglosen Ausflug war. »Da hätte ich auch selbst nach Gablenberg fahren können. Hoffentlich hat dieser Praktikanten-Kittel nichts vermasselt.«

Katz knurrte zurück: »Ruf ihn doch a ond frag, wie's bei ihm gloffe isch.«

Schmoll zog sein Handy aus der Tasche. Als er eine Weile geredet, das heißt, eigentlich mehr zugehört hatte, bellte er in den Hörer: »Noi, den Kowalzki haben wir nicht angetroffen, der ist wahrscheinlich auch weggeflogen.«

»Ond?«, fragte Katz. »Was hat onser Praktikant erreicht? Hen der Elektrofritze ond sei zahngschädigte Frau Alibis?«

»Die befinden sich seit dem 6. Dezember auf Mallorca in ihrer Ferienwohnung. Also sind sie schon zwei Tage, bevor Bäumle ermordet wurde, in den sonnigen Süden abgezischt.«

»Wer sagt das?«

»Der Kittel. Das heißt, das sagt die Sekretärin des Firmen-Kompagnons. Aber stell dir vor: Unser cleveres Kittelchen hat sich schon von der Fluggesellschaft bestätigen lassen, dass das stimmt.«

»Umso besser«, meinte Katz. »Da habet mer zwoi Verdächtige weniger. Wenn mer bloß wüsstet, wo sich dr Kowalzki rumtreibt.«

In diesem Moment begannen die Glocken der Leonhardskirche zu läuten. »Schon 19 Uhr«, sagte Schmoll. »Ich hab Kohldampf zum Umfallen. Und saukalt ist's mir auch. Schauen wir mal, ob es in der Kiste schon was zu essen gibt? Mir steht der Sinn nach Zwiebelroschtbrate.«

Katz wusste, dass das weniger eine Frage als vielmehr ein Befehl seines Chefs war, und da er auch Hunger hatte, trottete er ergeben hinter Schmoll her.

Wenig später saßen sie in der niedrigen holzgetäfelten Stube und Schmoll erzählte, dass sich hier früher die Vertreter der Vierteles-Aristokratie an vier Tische gedrängt hatten: Ärzte, Rechtsanwälte, Theaterleute, Fabrikanten. »Für Polizisten gab's keinen Extratisch, die haben damals schon zu den Wenigverdienern gehört.«

Schmoll schien sich in der rustikalen Atmosphäre sauwohl zu fühlen. Er bestellte seinen Zwiebelrostbraten und Katz aß hausgemachte Maultaschen, geschmälzt, mit Kartoffelsalat, und sagte: »Meiner Oma ihre Maultäschle send besser ond net so teuer!«

Da sie ausnahmsweise ohne Auto unterwegs waren und eigentlich schon Feierabend war, spendierte Schmoll passend zu ihrem vorläufig ad acta gelegten Ermittlungsobjekt eine Flasche Cannstatter Zuckerle zu 25 Euro. Zwei Viertele für Schmoll, eins für Katz. Dabei wurde ihnen ordentlich warm und sie fanden ihre gute Laune wieder.

Doch als sie eine Stunde später vom Pragsattel durch einen Regenschauer zum Präsidium hinaufstapften, maulte Schmoll schon wieder: »Unser Kittelchen sitzt im warmen Büro und wir holen uns den Hund bei dem Wetter.«

»Meine Füß sen batschnass«, jammerte Katz mit klappernden Zähnen. »Die Irma hot's guet, die hockt unter ägyptischer Sonne, während mir in ägyptischer Finsternis ermitteln müsset.«

»Wieso ägyptische Finsternis?«, brummte Schmoll. »Ist doch normal, dass es im Dezember ab vier schon duster wird.«

»Ägyptische Finsternis herrscht, wenn mer wege em Sandsturm bloß zwoi oder höchstens drei Meter weit gucke kann – ond viel weiter könne mer in onserm Fall au net sehe.« Katz nieste, suchte vergeblich ein Taschentuch und schniefte: »Ägyptische Finsternis, 2. Buch Mose, Kapitel 10, Vers 22.«

»Ich wusste gar nicht, dass du bibelfest bist«, sagte Schmoll erstaunt.

»Bin i gar net. I hab mi em Internet über Ägypten schlau gmacht, weil da die Irma nagfahre isch.«

Beide waren ziemlich mieser Laune, als sie im Büro ankamen. Moritz Kittels große Ohren schimmerten rosa. Das lag nicht an der auf Hochdampf gedrehten Heizung, wie Schmoll zuerst annahm, sondern an freudiger Aufregung. Noch bevor Schmoll und Katz sich mit klammen Fingern aus den Jacken geschält hatten, rief Moritz euphorisch: »Ich weiß, wo Leo Kowalzki zu finden ist!«

»Da semmer gschpannt!«, muffelte Katz.

»Ich hab der Frau Bäumle ihr Verhörprotokoll getippt. Darin sagt die doch, der Kowalzki trainiert in einem Fitness-Club. Deswegen hab ich alle einschlägigen Institutionen in und um Stuttgart abtelefoniert. Der dreiunddreißigste Anruf war ein Volltreffer. Leo Kowalzki trainiert im Fitness-Center jonny m.«

Schmoll sah auf die Uhr. »Schaffen wir das heute noch? Wo ist denn dieser Fitness-Laden?«

»In der Heilbronner Straße«, sagte Moritz. »Zwei Stationen mit der Straßenbahn, die hält vor der Haustür.«

Schmoll vergab sein höchstes Lob, das er zu vergeben hatte: »Bischt a Käpsele, Kittel.«

Das Praktikantengesicht überzog sich mit Ketchup-Purpur und grinste irritiert. »Wieso Käpsele? Am liebsten wär's mir, wenn Sie mich Moritz nennen würden.«

»Okay«, sagte Schmoll.

»Hot des Fitness-Center jetz no offa?«, fragte Katz.

»Bis 24 Uhr«, sagte Moritz.

Weil Katz unentwegt nieste und schniefte und seine Wildlederschuhe bei jedem Schritt vor Nässe quietschten, schickte Schmoll ihn nach Hause.

Als er mit Moritz in der wohltemperierten Straßenbahn saß, zog er sich seine Mütze vom Kopf, strich nicht vorhandene Haare glatt und brummte: »Eigentlich recht angenehm, nicht immerzu das Auto anspannen und im Stau stehen zu müssen.«

An der Haltestelle Borsigstraße wäre Schmoll gern noch ein bisschen weitergefahren. Irgendwie konnte er heute Irmas Vorliebe für öffentliche Verkehrsmittel verstehen. Doch Straßenbahnfahren war das Äußerste, zu dem er bereit war – nie und nimmer würde er mit dem Fahrrad durch Stuttgart strampeln!

»Hoffentlich erwischen wir unseren Pappenheimer. Nicht dass er sich auch hier schon wieder verdünnisiert hat.«

»Ich hab mich doch nicht mit Kripo gemeldet«, sagte Moritz.

»Was hast du denn gesagt?«

»Dass ich ein früherer Sportsfreund von Leo Kowalzki bin und mal fragen wollte, ob er noch trainiert. Ich hätte seine Telefonnummer verlegt.«

»Und die hast du gekriegt?«

»Ja. Da war 'ne echt Nette am Apparat. Hat sich mit ›Fitness-Center jonny m. Sie sprechen mit Tatjana‹ gemeldet. Tatjana ist die Empfangsdame.« Moritz war äußerst zufrieden und reckte die Daumen nach oben. »Tatjana hat bereitwillig Kowalzkis Telefonnummer rausgerückt.«

Schmoll brummte: »Die Nummer haben wir zwar schon aus dem Internet. Aber doppelt hält besser.«

Damit waren sie vor dem Eingang des Fitness-Centers angekommen. In den zwei unteren Etagen des langgestreckten Gebäudes aus viel Glas und wenig Beton standen Autos der Marke Peugeot hinter Panoramascheiben. In den drei oberen Stockwerken befanden sich verschiedene Fitnessclubs. Schmoll nahm den Aufzug – was kümmerte ihn Fitness, wenn er schon den ganzen Tag auf den Beinen war. Die Hauptsache war, er würde Kowalzki erwischen. Zu seinem Praktikanten sagte er: »Heut wird's spät werden, bis du heimkommst.«

»Macht nichts«, versicherte Moritz.

Schmolls Sorgen waren unnötig gewesen, denn die Dame namens Tatjana, die noch immer den Dienst hinter der Empfangstheke versah, versicherte, Leo Kowalzki sei noch im Hause, im Moment zwar nicht im Gerätepark, aber in der Sauna.

Schmoll und Moritz hatten sich wieder als Freunde bezeichnet, die Kowalzki überraschen wollten. Als der dann endlich auftauchte, das Badetuch um den Hüften, die kurzen Haare am Kopf klebend und noch aus allen Poren dampfend, holte Schmoll seinen Dienstausweis aus der Tasche und sagte, er müsse ihm ein paar Fragen wegen des Todesfalls am Riesling-Steg stellen. Er habe gehört, Kowalzki sei in letzter Zeit öfter in dieser Gegend gewesen. Schmoll ließ sich von dessen verbindlichem Lächeln nicht täuschen. Seine langjährige Erfahrung verriet ihm, dass dieses Lächeln aufgesetzt war. Schmoll war sich sicher, dass Kowalzki Muffensausen hatte.

Leo Kowalzki zog sich das Handtuch enger um seinen Waschbrettbauch und bat höflich, sich vor der Befragung ankleiden zu dürfen. Das konnte Schmoll nicht abschlagen. Er ließ Kowalzki ziehen und postierte sich wie ein Wachhund in der Nähe des Ausgangs.

Nach einer Viertelstunde dachte er: Heilix Blechle! Der Lombaseggel hat sich aus dem Staub gemacht! Schmoll fragte Tatjana, ob es einen Hinterausgang gebe.

»Nein. Wieso?«

»Wenn er nicht durch einen anderen Ausgang entwischen konnte«, raunte Moritz mit wichtiger Miene seinem Chef zu, »werde ich jetzt die Trainingsräume durchsuchen.«

Schmoll zog ihn aus Tatjanas Hörweite und erklärte seinem Praktikanten: »Dürfen wir nicht ohne Durchsuchungspapiere. Wir haben bis jetzt keinerlei Beweise.«

»Das ist doch aber Beweis genug, wenn er einfach abhaut, sobald er einen Polizeiausweis sieht«, sagte Moritz. Die Farbe seiner Ohren wechselte von rosa zu lila. Dann gab er sich einen Ruck. Er zog seine Lippen in freundliche Position und näherte sich der Rezeption: »Tschuldigung. Wissen Sie, warum Herr Kowalzki nicht wiederkommt?«

Tatjana zog ihr Stupsnäschen kraus, winkte ab und redete weiter ins Telefon.

Nachdem sie endlich aufgelegt hatte, nahm Moritz noch einen Anlauf: »Kann man sich hier irgendwo verstecken?«

»Das ist ein Fitness-Center, da wird trainiert und nicht Versteck gespielt«, erklärte sie freundlich. »Ich sag Ihnen was, junger Mann: Hören Sie auf, hier rumzulungern. Wenn Sie keine Dienstleistungen in Anspruch nehmen wollen, wird's Zeit, dass Sie hier verschwinden.«

Nun griff Schmoll ein. Er trennte sich von dem Studium der Angebote für BMW (Bauch Muss Weg), BBP (Bauch Beine Po) und BS (Body Styling) und hielt Tatjana seinen Kripo-Ausweis unter die Nase.

Sie wurde sofort zugänglich und interessiert. Während Schmoll ihr sein Problem erläuterte, verdrückte sich Moritz in den zunächst liegenden Raum, in dem sich die Herrenumkleidekabinen befanden. Zum Missfallen der Fitnessjünger tappte er anschließend durch den gemischten Saunabereich, erklomm eine Wendeltreppe, merkte zu spät, dass er in die Ladysauna geraten war und floh noch eine Treppe höher, wo er in einem Trainingsraum landete. Dort spazierte er durch einen Gang zwischen verschiedenen seltsamen Gebilden aus Stahlrohren und Leder, an denen eifrige Fitnessjünger schweißtreibende Übungen vollführten. Moritz bestaunte das nur flüchtig im Vorübergehen, denn er war ganz damit beschäftigt, seine Augen hinter der Harry-Potter-Brille umherschweifen zu lassen, um Kowalzki irgendwo zu entdecken.

Völlig unerwartet wurde er von dem Gesuchten fast umgerannt. Leo Kowalzki, jetzt mit einem Trainingsanzug bekleidet, sprintete zum Treppenhaus, das, wie Moritz erst jetzt merkte, von jeder Etage aus zu erreichen war. Moritz hetzte zum Aufzug. Wartete vergeblich. Verlor kostbare Zeit. Hörte unten Leute reden und lachen, die wahrscheinlich die Tür offen hielten. Lieber die Treppen runter! Fünf Stockwerke. Drei Stufen auf einmal. Zwei Minuten später stand Moritz am Ausgang und sah sich vergeblich nach Leo Kowalzki um. Über die Heilbronner Straße konnte er nicht entkommen sein, denn dann würde er dort von Autos zermatscht auf der Fahrbahn liegen. Deswegen lief Moritz zur anderen Seite und sah eine Gestalt entlang des Parkplatzes vorbeihuschen. Moritz stürmte los und schrie: »Halt! Stehenbleiben!«, was bewirkte, dass die Gestalt schneller lief.

Leo Kowalzki schlug einen Haken nach rechts und flitzte auf der schmalen Straße unterhalb der Kleingärten der Krailenshalde weiter. Moritz hinterher. Nach etwa 100 Metern hatte er Kowalzki aus den Augen verloren. Moritz ging nun langsamer, beklagte, als Praktikant keine Dienstwaffe zu besitzen, obwohl ihm das auf dem schlecht beleuchteten Sträßchen nichts genützt hätte. Er schlich tapfer weiter, horchte und äugte vorsichtig, wie er es auf der Polizeischule gelernt hatte. Unvermutet für ihn stürzte sich Leo Kowalzki mit einem Kampfschrei aus dem Gebüsch und haute ihm seine Faust gegen den Kopf. Moritz sackte zusammen. Als er sich wieder aufrappelte, wuchs eine Beule durch seine Haare. Er gab auf und trottete entmutigt den kurzen Weg zurück zum jonny m.

Schmoll stand an der Empfangstheke und schäkerte mit der hübschen Tatjana. Sie machte ihn gerade mit einem Trainingsprogramm bekannt. »Bodypump«, erläuterte sie, »ist ein vorchoreographiertes Kraftausdauertraining zu motivierender Musik und viel Fun mit Langhanteln und verschiedenen Gewichtsscheiben.« Schmoll war ganz Ohr. Er wartete immer noch darauf, dass Kowalzki wieder auftauchen würde, und hatte seinen eifrigen Praktikanten total vergessen.

Moritz hielt ihm seinen Kopf, auf dem die Beule blühte, unter die Nase und erzählte, was passiert war.

Schmolls Bassstimme schmetterte »Heilandsakra!« durch die Empfangshalle. Dann brummte er: »Kommando zurück. Abmarsch ins Präsidium! Jetzt gebe ich noch die Fahndung nach dem Burschen raus, und dann machen wir Feierabend.«

Im abwärtsfahrenden Lift erklärte er Moritz: »Das Wunder an Bodypump ist der Wohlfühlfaktor.«

»Aha, Wohlfühlfaktor«, jammerte Moritz und fühlte nach seiner Beule, in der es schmerzhaft pochte und die langsam, aber stetig von Taubeneigröße zu einem Hühnerei anzuschwellen schien.

Neun

Donnerstag, 17. bis Samstag, 19. Dezember

Drei Tage lang fahndeten die Ermittler der Kripo Stuttgart erfolglos nach dem Mann, den Schmoll für den Hauptverdächtigen hielt: nach Leo Kowalzki.

Obwohl sich alle einig waren, dass Frau Bäumle wie gedruckt log, so schien es doch logisch: Wenn irgendjemand Dr. Bäumle von der Brücke geworfen hatte, dann konnte es nur Leo Kowalzki gewesen sein. Hätte man ihn erst gefasst und könnte ihn verhören, würde sich auch das Motiv nachweisen lassen. Inzwischen hatte das Team Informationen über Kowalzki zusammengetragen: Alter 28 Jahre. Keine Vorstrafen. Er stammte aus Thüringen und war seit vier Jahren in Stuttgart gemeldet. Hier hatte er sich mit Gelegenheitsjobs wie Nachtdiensten bei Tankstellen und als Möbelträger einer Umzugsfirma über Wasser gehalten. Katz gelang es, einige von diesen Arbeitgebern aufzustöbern und zu befragen. Alle schilderten Kowalzki als umgänglich und fleißig. Seltsam war, dass er nur in den Wintermonaten arbeitete. Im Frühjahr, kurz vor Ostern, hatte er regelmäßig gekündigt und sich erst im Spätherbst wieder gemeldet. Dieses Jahr allerdings hatte wegen der Wirtschaftsflaute niemand Arbeit für ihn gehabt.

Bei einem weiteren Besuch im Fitness-Center erfuhr Schmoll, dass Leo Kowalzki hier kein Kunde, sondern Aushilfstrainer war. Den Job versah er erst seit Anfang Dezember. Seine Dienstzeit lag in den vier letzten Abendstunden der Öffnungszeiten. Wenn er keine Kunden hatte, trainierte er selbst ein wenig – oder ging, wie am Abend seines Verschwindens, in die Sauna.

»Mir scheint«, resümierte Schmoll, »dieser Kowalzki lebt von der Hand in den Mund. Möglicherweise brauchte er dringend Geld. Die meisten Verbrechen werden begangen, um an Geld zu kommen.«

Nach diesen Ermittlungsergebnissen hatten sich Schmoll und seine Mitarbeiter auf das Mordmotiv Geldgier festgelegt. Ob Gier oder finanzielle Notlage, ließ man offen.

Leo Kowalzki war vor der Polizei geflohen, also musste er etwas Größeres auf dem Kerbholz haben. Zum Beispiel Mord. Kowalzki hatte Moritz Kittel tätlich angegriffen, das war Widerstand gegen Vollzugsbeamte. Deswegen zog niemand aus dem Team in Erwägung, die Schuld Kowalzkis in Frage zu stellen.

Nachdem der Verdächtige untergetaucht war, hatte Schmoll umgehend bei der Staatsanwaltschaft den Durchsuchungsbeschluss für Kowalzkis Wohnung beantragt. Am Freitag, den 18. Dezember, wurde die Dachwohnung in der Kanalstraße geöffnet. Katz, der die Aktion leitete, vermutete, dass die Stube mit den schrägen Wänden ein ehemaliger Speicher gewesen war. Direkt hinter der Eingangstür lag das Wohnzimmer: Das Mobiliar sah nach Sperrmüll aus, war aber gepflegt. Weil die kleinen Räume kalt wie Eishöhlen waren, schaltete Katz den elektrischen Nachtspeicherofen ein.

Es gab keine vollgestopften Schränke oder Truhen, aber Regale mit Büchern über Sport und Biologie, alte Klassikerausgaben und ein paar neuere Taschenbücher. Der PC war nicht verschlüsselt und enthielt keine persönlichen Dateien, wurde also scheinbar nur fürs Internet genutzt. Neben einem CD-Player stapelten sich Aufnahmen von Bands wie Peter Fox, Clueso, die irische Band U2 und Die Fantastischen Vier. In einem Ständer steckten circa zwei Dutzend CDs mit Mozartmusik: Klavier- und Violinkonzerte, Symphonien, Serenaden und Opernquerschnitte.

Der Spursi-Müller machte seinen Truthahnhals lang, studierte die CD-Titel und sagte: »Pop und Mozart. Komische Musikmischung.«

Katz fand das auch und gestand, dass er nichts mit Hip Hop am Hut habe. »Aber i kenn alle Opernchöre von Mozart. Die hört meine Oma ständig von ihrm Plattenspieler.«

Als Müller und seine Helfer auch mit der Durchsuchung des klitzekleinen Schlafzimmers und der Mini-Küche mit integrierter Dusche fertig waren, befand Müller: »Für eine Junggesellenwohnung fast zu ordentlich.«

Die magere Ausbeute waren Fingerspuren und ein paar Aktenordner mit persönlichen Unterlagen. Aus einem Bankauszug ging hervor, dass am 8. Dezember alle offenen Rechnungen (Miete, Wasser, Strom und Telekom) bezahlt worden waren. Also einen Tag nachdem Bäumle ermordet worden war und Kowalzki, wie die Witwe behauptete, Geld von ihr erhalten hatte.

Die Wohnung wurde amtlich versiegelt.

Am diesem Freitagabend brach der Winter über Stuttgart herein, und am Samstag war die Stadt im Schnee versunken. Das Verkehrschaos auf allen einfallenden Straßen zum Talkessel war perfekt. Nach Karambolagen rund um die Landeshauptstadt bildeten sich auf allen Autobahnen um das Stuttgarter Kreuz sowie auf den Bundesstraßen kilometerlange Staus.

Schmoll vertraute sich zähneknirschend den öffentlichen Verkehrsmitteln an und kam trotzdem anderthalb Stunden später als üblich in seinem Büro an. Auch Katz blieb auf der Strecke. Pünktlich war nur Moritz Kittel. Er war pflichtbewusst in einem Zweistundenmarsch von seinem Zuhause auf dem Freiberg bis zum Pragsattel gestapft.

Nicht nur das Polizeipräsidium, sondern ganz Stuttgart schien gelähmt zu sein. Erst im Laufe des Tages kam langsam wieder Bewegung in die Stadt.

Schmoll beschloss, sich selbst noch mal in Kowalzkis Wohnung umzusehen. Er nahm Moritz mit, vergaß aber wie meistens seine Dienstpistole, obwohl ihn sein Praktikant zurückhaltend, aber nachdrücklich daran erinnert hatte.

»Wenn dieser Fitness-Kerl womöglich in irgendeiner Kampfsportart ausgebildet ist, lässt der sich von Ihrer Statur nicht beeindrucken. So, wie der mich umgenietet hat, legt der jeden mit links nieder.«

Schmoll klingelte bei Frau Hess, die im ersten Stock wohnte und gestern auch Katz und die Spurensicherer ins Haus gelassen hatte. Durch die Gegensprechanlage krächzte eine Stimme: »Vorsicht! Schweinegrippe!«

»Hier ist die Kriminalpolizei«, sagte Schmoll. »Würden Sie uns bitte ins Haus lassen? Wir müssen noch mal zu Kowalzki.«

»Gehen Sie man gleich rauf, da ist heute jemand daheim«, sagte Frau Hess und drückte den Türöffner.

Moritz schob sich so rasch an Frau Hess' Wohnungstür vorbei, als habe er Angst, die Schweinegrippe könnte durchs Schlüsselloch kriechen. Und dann standen Schmoll und Moritz vor Leo Kowalzkis Wohnung. Das Siegel war abgerissen und hinter der Tür hämmerte Musik.

Moritz horchte, strahlte und schrie: »Fanta Vier!«

»Waaas?«, fragte Schmoll.

»Na, Die Fantastischen Vier!«, schrie Moritz. »Das sind die Stuttgarter Hip-Hop-Jungs! Die müssen Sie doch kennen! Im Sommer waren sie auf dem Cannstatter Wasen und haben ihr 20-jähriges Jubiläum gefeiert. Ein megageiles Konzert!« Er warf die Arme hoch und streckte die Finger zum Siegeszeichen: »Und ich war dabei! Absolut endkrass!« Moritz schien völlig vergessen zu haben, weswegen sie hier waren, und lauschte mit verklärter Miene dem Song, der durch die Tür hallte. »Aus Heimspiel!«, rief er. »Mein Lieblingshit: Sie ist weg.«

»Sie ist da!«, brüllte Schmoll, der die Tür aufgerissen hatte.

Schmoll und Moritz starrten in ein kindliches Gesicht. In große gelbgoldene Augen, dicht bewimpert und voller Erstaunen. Moritz dachte entzückt: Eulenaugen.

Scheinbar hatte sie gerade mitgesungen oder einen Schrei ausgestoßen, denn sie klappte nun in Zeitlupe den Mund zu. Dann hüpfte sie auf einem Bein und betrachtete mit Verrenkungen und mühsam Balance haltend ihre nackte Fußsohle und sagte: »Da hab ich mir doch beim Beaten einen Spreißel von den blöden Dielen eingezogen.«

Aber das verstanden weder Schmoll noch Moritz, weil jedes Wort in lauter Musik unterging. Schmoll steckte einen Daumen ins Ohr, drängte in die Wohnung und schrie: »Abstellen!« Dabei hielt er den Eulenaugen seinen Dienstausweis entgegen.

Sie zuckte die Schultern, humpelte durchs Zimmer und stellte den CD-Player ab. Dann schob sie Bücher und Zeitschriften vom Sofa, setzte sich und zog unter leisem Schmerzfiepsen den Spreißel aus ihrem Fußballen. Ihr Kopf war gesenkt und Moritz starrte hingerissen auf streichholzlange, schwarz-gelb gesträhnte Haarbüschel, die störrisch wie eine geschorene Pferdemähne in alle Richtungen standen.

Schmoll nahm derweil das Zimmer in Augenschein und fragte sich, wo zum Teufel hier die peinliche Ordnung geblieben war, von der Katz gesprochen hatte. Jetzt sah es aus wie bei Hempels unterm Sofa. Wo Schmoll hinguckte, lagen Klamotten, CDs, Zeitschriften und Bücher. Nachdem er sich mehrmals in den Luftschlangen, die von der weihnachtlichen Lichtergirlande herunterhingen, verheddert hatte, überlegte er, was das zu bedeuten hatte, da ja Silvester erst in zwei Wochen war. Schmoll blickte kurz aus dem Fenster in die Häuserschlucht der Kanalstraße und dann durch die offen stehenden Türen in die Küche und ins Schlafzimmer. Nachdem er festgestellt hatte, dass es dort genauso chaotisch aussah wie im Wohnzimmer, schaute er sich nach dem Mädchen um.

Es saß auf dem Sofa und Moritz klebte ihm gerade ein Heftpflaster auf die Fußsohle. Die Kleine lächelte ihn an und sagte: »Danke. Blutet nicht mehr.« Moritz lächelte wie ein Honigkuchenpferd zurück.

Schmoll räusperte sich, worauf sein Praktikant sofort Haltung annahm und ein dienstliches Gesicht zu machen versuchte. Derweil schlüpfte die Eulenäugige in geringelte Wollsocken. Sie zerrte energisch das apfelgrüne Sweatshirt mit der goldfarbenen Aufschrift *I love Mallorca* über die

Jeans und fuhr sich mit allen zehn Fingern durch ihre bunte Igelfrisur, was Schmoll als Kämmen interpretierte. Danach zwitscherte sie hochbefriedigt: »Finished! Erledigt«, und schenkte Schmoll einen vertrauensvollen Augenaufschlag, der eindeutig besagte, dass sie ihn hier für hauptzuständig hielt: »Wieso Polizei? Was wolln Sie denn?«

Schmoll setzte sich ihr gegenüber auf den einzigen Stuhl, den es in diesem Zimmer gab. »Als Erstes möchte ich wissen, wer Sie sind und wie Sie in diese Wohnung kommen?«

Sie lehnte sich zurück, bedachte Moritz, der neben Schmoll stand, mit einem Eulenblick und sagte leichthin: »Ich heiße Aline Kowalzki, oder einfach Line, und bin mit meinem Schlüssel in die Wohnung gekommen.«

»Wir wissen, dass Leo Kowalzki hier wohnt und wir wissen auch, dass er nicht verheiratet ist«, sagte Schmoll schroff – und Moritz dachte: Warum er die Kleine nur so anschreit? Die ist doch nun wirklich die Unschuld in Person. Wenn sie tatsächlich Frau Kowalzki sein sollte, kann sie mir leidtun – verheiratet mit so einem Muskelprotz von Fitnesstrainer! Moritz befühlte vorsichtig seine Beule, die noch druckempfindlich, aber fast abgeschwollen war.

Line klimperte mit ihren langen Wimpern und sagte schlicht: »Ich bin Leos Schwester.«

Moritz atmete erleichtert auf. Aber Schmoll kam in Fahrt: »Das soll ich glauben! Können Sie sich ausweisen?«

Line tänzelte zu einem Schränkchen, wühlte unter Zeitschriften und CDs und hielt schließlich triumphierend einen Reisepass hoch. Sie legte ihn vor Schmoll auf den Tisch wie ein Geburtstagsgeschenk.

Er blätterte darin und stellte fest: »Sie sind gestern Nacht aus Palma de Mallorca gekommen. Nach acht Monaten Aufenthalt.«

»Genau!«

»Haben Sie den ganzen Sommer über Urlaub gemacht?«

»Schön wär's«, sagte Line. »Leider nicht. Ich arbeite auf der Insel. Als Saisonkraft.«

»Was arbeiten Sie dort? Und wo genau?«

»Ich verdiene meine Brötchen als Zimmermädchen. Voriges Jahr hatte ich einen Job in Palma in einem Luxushotel, aber da waren mir die Gäste zu frech. In diesem Jahr habe ich es besser getroffen. Ich war in einem Landhotel in Alcudia. Dort urlauben hauptsächlich Rentner.« Sie kicherte. »Da passen die Omis auf ihre Opis auf.«

»Und Ihr Bruder? Wir haben festgestellt, er ist auch nur im Winter in Deutschland.«

»Da haben Sie richtig festgestellt«, bemerkte Line spitz. »Erstens müssen wir unsere Arbeitserlaubnis jedes Jahr von Deutschland aus neu beantragen, und zweitens gibt es im Winter auf der Insel weniger Arbeit.«

»Als was arbeitet Ihr Bruder dort?«

»Er ist Animateur in einem Clubhotel in Palma.«

»Das bringt genug ein, um davon leben zu können?«

»Wenn wir in Deutschland keinen Job bekommen, muss es sogar über die Wintermonate reichen. Der Hasenstall hier ist eine Art WG. Während wir auf der Insel sind, wird er im Sommersemester von Studenten übernommen. Dieses Jahr ist uns der Mieter entwischt, ohne zu bezahlen. Aber wir möchten die Wohnung trotzdem behalten.« Dann leise und wehmütig: »Man muss doch wenigstens zum Teil sesshaft sein. Oder?«

Nur Moritz hörte den verzagten Unterton, als sie weitersprach: »Und wenn man dann nach Hause kommt und die Bude ist versiegelt, ist das weiß Gott kein Spaß.«

»Aber Spaß ist erst recht nicht, wenn man das Siegel abreißt«, stellte Schmoll klar. »Haben Sie nicht gewusst, dass man in eine polizeilich versiegelte Wohnung nicht einfach eindringen darf?«

»Bisschen komisch kam mir das schon vor. Aber ich bin doch im Schneechaos und mitten in der Nacht in Stuttgart angekommen.« Sie zeigte auf die Lichtergirlande. »Ich wollte Leo überraschen. Wir wollen Weihnachten zusammen feiern.« Plötzlich brach ihr forscher Redefluss ab. Ihre Augen weiteten sich und sie flüsterte: »Aber Leo war nicht hier. Er ist auch bis jetzt nicht gekommen. Sagen Sie, was ist denn eigentlich los? Wieso taucht hier die Kripo auf?« Und dann wurde ihre Stimme flehend: »Leo ist doch nichts passiert? Bitte, sagen Sie, dass ihm nichts passiert ist!«

»Ihm ist nichts passiert!«, beteuerte Moritz, obwohl er gar nicht gefragt war und nach Schmolls Instruktionen stummer Beobachter sein sollte.

Schmoll kam sich mit seinen fünfzig Jahren irgendwie alt vor gegenüber diesen zwei halben Kindern und bestätigte: »Ihrem Bruder ist nichts passiert.« Aber kaum hatte Line aufgeatmet, machte er sie mit den widrigen Tatsachen bekannt: »Ihr Bruder wird dringend gesucht, da er wegen einer schweren Straftat aussagen muss. Er hat sich verdächtig gemacht, weil er vor der Polizei geflüchtet ist. Deswegen, Frau Kowalzki, ist es Ihre Pflicht, unverzüglich die Polizei zu verständigen, wenn er zurückkommt.«

Als Line Näheres zu wissen verlangte, meinte Schmoll, sie solle sich eine Zeitung kaufen.

Das fand Moritz ausgesprochen gemein. Er hätte etwas dafür gegeben, wenn er diesem Mädchen die Fakten schonend und behutsam hätte erklären können.

Schmoll war schon am Gehen, als er fragte: »Wie lange haben Sie Ihren Bruder nicht gesehen?«

»Er ist schon seit Ende Oktober wieder in Deutschland. Die Animateure sind nur in der Hauptsaison ausgelastet, und Leo versucht dann, in Stuttgart Gelegenheitsjobs zu finden.« Sie kicherte: »Voriges Jahr hat er beim Breuninger den Weihnachtsmann gespielt.«

»Okay«, sagte Schmoll und gab ihr seine Karte. »Wenn Sie etwas von Ihrem Bruder hören, bitte sofort anrufen. Er kann sich nicht ewig verstecken. Je eher wir mit ihm reden können, desto eher kann er beweisen, mit der Mordsache nichts zu tun zu haben.«

»Mordsache«, sagte Line tonlos und schob leise die Tür hinter Schmoll und Moritz zu.

Line setzte sich aufs Sofa und dachte nach. Eine halbe Stunde später war sie zu der Überzeugung gekommen, dass es, falls Leo noch in Stuttgart war, nur einen einzigen Ort gab, an dem er sich versteckt haben könnte. Sie zog den Kopf zwischen die Schultern, eine Geste, die sie unbewusst in schwierigen Situationen machte, und grübelte weiter: Dieser Ort ist jetzt im Winter eiskalt. An diesem Ort ist es einsamer als auf einem Friedhof. Leo muss dort hungern und frieren. Der Kriminalkommissar hatte gesagt, Leo sei seit zwei Tagen verschwunden. Mein Gott, dann muss Leo schon halb verhungert oder erfroren sein. Ich muss sofort Essen einkaufen. Ich muss Tee kochen. Wo ist die Thermoskanne? Hatten wir nicht irgendwo eine Wärmflasche? Taschenlampe nicht vergessen!

An der Straßenbahnhaltestelle verklickerte Schmoll seinem Praktikanten, er müsse hier eine Kehrtwende machen, während er, Schmoll, allein zurück ins Präsidium fahren würde. Moritz hielt das zuerst für einen von Schmolls manchmal undurchschaubaren Scherzen und kapierte erst bei weiteren Instruktionen, dass das ernst gemeint war: »Du legst oder stellst dich jetzt in der Kanalstraße auf die Lauer, um erstens festzustellen, ob die junge Dame das Haus verlässt und wo sie hingeht. Und zweitens, ob sich der Herr Bruder von irgendwoher anschleicht. Bei Ersterem bleibst du ihr auf den Fersen, bei Letzterem rufst du sofort im Präsidium an und forderst Verstärkung an. Alles klar?«

Diesmal, obwohl es sich um einen richtigen, wichtigen Kripoauftrag handelte, war Moritz nicht begeistert. Er fand diese Line, die so enthusiastisch seine Lieblingssongs von Fanta Vier hörte, hammermäßig sympathisch. Was sollte er ihr sagen, wenn sie ihn entdeckte? »Verdammter Scheißjob heute«, murmelte er und trippelte im Schnee, um warm zu bleiben. Der Winterräumdienst war der zwanzig Zentimeter hohen Schneeschicht bisher nicht Herr geworden. Die Fahrstraßen waren zwar halbwegs frei, aber Nebenstraßen und Gehwege waren nur notdürftig gestreut. Dass der Schnee in Stuttgarts Talkessel hartnäckig liegenblieb, passierte nur alle paar Jahre einmal. Es war kein Tauwetter in Aussicht.

Moritz stapfte in der Kanalstraße auf und ab. Es war ein Kunststück, dabei die Haustür, aus der Line kommen musste – wenn sie denn kam – im Auge zu behalten.

Sie kam früher, als er erwartet hatte. Offensichtlich ging sie einkaufen, und er folgte ihr wie ein Indianer auf dem Kriegspfad. Line schien in Gedanken zu sein und schaute weder nach rechts noch nach links. Moritz sah sie in die Bäckerei Nast gehen und kurze Zeit später mit einer riesigen Tüte herauskommen. Hätte Moritz nicht so heftiges Herzklopfen gehabt, das allerdings weniger von seiner Angst, von Line gesehen zu werden, sondern mehr von dem unerklärlichen Glück, sie zu sehen, kam, wäre er stutzig geworden. Er hätte sich überlegt, wofür sie derartige Mengen Brot oder Kuchen brauchte.

Als Nächstes kaufte Line am Kiosk eine Zeitung, stellte die Bäckertüte auf einen Fenstersims, lehnte sich gegen die Hauswand und blätterte. Was Moritz nicht wissen konnte und auch nicht erriet: Sie lehnte sich nicht an, weil das bequem war, sondern weil ihre Knie zitterten. So stand sie fast fünf Minuten und las. Dann rollte sie die Zeitung zu einer Papierwurst und schaute starr über den Autostrom der Hauptstätter Straße zu der rotbraunen Fassade des ehemaligen Waisenhauses. Moritz konnte nicht erkennen, dass die Eulenaugen in Tränen schwammen. Als Line dann eilig wieder zur Kanalstraße lief, dachte Moritz, sie habe nun von dem Rumstehen auf der zugigen Straße kalte Füße bekommen und beneidete sie, weil sie in die warme Wohnung gehen konnte, wahrscheinlich Kaffee kochte und frische Brötchen dazu aß.

Aber Line war nicht nach Kaffeestündchen zumute. Sie kochte Kräutertee und packte hektisch einen Rucksack. Als alles vorbereitet war, kamen ihr Zweifel. Eine Weile wusste sie nicht, ob das, was sie vorhatte, richtig sein würde. Die Zweifel hatten sich angeschlichen, nachdem sie in der Zeitung Leos Foto gesehen und gelesen hatte, dass er gesucht wurde. Gesucht, weil er unter Verdacht stand, den Zahnarzt Dr. Bäumle vom Berger Riesling-Steg geworfen zu haben. Noch einmal las sie die letzten Sätze der Suchmeldung: *Wer Hinweise geben kann, wo sich der mutmaßliche Mörder Leo K. aufhält, den erwartet eine Belohnung von 1000 Euro.* Es war der Ausdruck »der mutmaßliche Mörder«, der bei Line nun endgültig einen Schock auslöste. Sie kauerte sich aufs Sofa, begann zu zittern und konnte nicht mehr damit aufhören.

Irgendwann gelang es ihr, sich zusammenzureißen und ihre Gedanken wieder einzusammeln. Sie war in einer Zwickmühle. Wenn jemand sieht, wie ich zu Leo gehe, dachte sie, habe ich meinen Bruder verraten. Was bilden sich diese Kripomenschen eigentlich ein? Leo: ein Mörder! Das ist der krasseste Scheiß, den ich je gehört habe. Und deswegen werde ich jetzt zu Leo gehen und ihm sagen, er soll sich stellen. Um fünf, wenn es richtig dunkel ist, gehe ich los. Eine Stunde später bin ich hoffentlich bei ihm!

Es schneite weiter. Flocken dick wie Puffreiskörner taumelten auf die nassen, grauen Fahrstraßen und überzogen sie erneut mit freundlichem Puderzuckerweiß.

Als Line, die Kapuze tief ins Gesicht gezogen, Punkt 17 Uhr das Haus verließ, war es stockdunkel und bitterkalt. Sie hatte sich die Abfahrtszeiten aus dem Fahrplan herausgesucht, rannte nun die Treppen hinunter zur Haltestelle Charlottenplatz und sprang in die U 2 Richtung Neugereut. Sie stempelte die Fahrkarte und wollte sich auf dem nächstbesten Platz so klein wie möglich machen. Da sah sie Moritz, der auch in letzter Minute in den vorderen Wagen eingestiegen war. Sie tat, als habe sie ihn nicht bemerkt, registrierte aber, dass er sich Gott sei Dank ziemlich weit weg von ihr hinsetzte.

Die nächste Haltestelle, Staatsgalerie, lag noch unterirdisch. Line wartete ab, bis alle Leute ein- und ausgestiegen waren und schlüpfte, kurz bevor sich die Türen schlossen, auf den Bahnsteig. Sie rannte die Treppen hoch und befand sich nach ein paar Minuten im spärlich beleuchteten Schlosspark. Im gestreckten Dauerlauf raste sie am Planetarium vorbei und auf dem Ferdinand-Leitner-Steg über die Schillerstraße. Zweimal drehte sie sich um, sah keinen Menschen und hoffte, der junge Polizist sei nicht schnell genug aus der Bahn gekommen und weitergefahren. Denn es war Line vollkommen klar, dass er nicht zufällig in die gleiche Bahn wie sie eingestiegen war. Während sie am Schauspielhaus vorbeitrabte, dachte sie: Ich habe mich heute Nachmittag von diesem Harry-Potter-Brillen-Typ täuschen lassen. Ich glaubte, er sei nett, aber er ist genauso gemein wie dieser Schmoll. Wenn ich weitergefahren und zu Leo gegangen wäre, hätte er mich verfolgt. Dann hätte er seinen Boss angerufen und ihm gesteckt, wo er Leo abholen und verhaften kann. Falls der falsche Kerl aber doch ausgestiegen ist, hat er sich vielleicht nach rechts in die Unterführung zur Staatsgalerie gewandt. Und nun trabt er parallel zu mir die Kulturmeile entlang: Museum, Musikschule, Staatsbibliothek – zurück zum Bohnenviertel, um mich dort abzufangen.

Es waren zwar nur wenige Menschen unterwegs, aber Line fiel plötzlich ein, dass sich jemand wundern könnte, weil sie so rannte. Sie zwang sich, langsam zu gehen. Mechanisch setzte sie einen Fuß vor den anderen und grübelte weiter: Möglicherweise wartet dieser Kleiderschrank von Kripokommissar vor meiner Tür. Also brauche ich mich sowieso nicht zu beeilen, dort anzukommen. Das Schlimme ist, dass ich heute Abend nicht mehr zu Leo fahren kann. Ich muss ihm doch was zu essen und warme Sachen bringen! Und ich muss unbedingt mit ihm reden.

Line lief und lief: am Opernhaus entlang und am Landtag vorbei. Da die Wege unterm Schnee nicht zu sehen waren, stapfte sie quer über die Wiese an der Rückseite des

Neuen Schlosses entlang. Immer in Richtung Charlottenplatz. Seit sie von der Insel zurückgekommen war, fror sie fast ständig. Bevor heute die Kripo bei ihr aufgetaucht war, hatte sie im Wohnzimmer getanzt, um warm zu werden. Nach dem strammen Lauf war ihr jetzt warm. Sie überlegte fieberhaft, ob es wirklich ratsam sei, in die Wohnung zurückzugehen? Aber wo sollte sie sonst hin?

Jetzt war sie unter den Platanen am Löwenbrunnen angekommen und schreckte zurück, weil sich dort etwas bewegte. Zwei engumschlungene Gestalten, die sich warmarbeiteten. Line begann wieder zu rennen. Rannte direkt in die Unterführung der U-Bahn-Haltestelle Charlottenplatz, ging dann langsam und zielstrebig den Bahnsteig entlang zum andern Ausgang und stieg vor der Kanalstraße wieder an Stuttgarts Oberfläche. Sie spähte umher, bevor sie sich bis an das Haus heranschlich. Vorsichtig schloss sie die Tür auf und horchte ins Treppenhaus, dann flitzte sie leise ins Dachgeschoss. In der Wohnung blickte sie sich mit Zitterknien um. Es war niemand da. Sie seufzte erleichtert auf und schloss von innen ab. Nein, dachte sie, kein Licht anmachen. Ich bin einfach nicht zu Hause. Ich bin weg. Basta.

Sie stellte den Wecker, kroch ins Bett und zog die Decke über den Kopf. Heute wollte sie nichts mehr hören und sehen.

* * *

Während das Stuttgarter Kripo-Team, trotz fieberhafter Ermittlungen nach allen nur möglichen Seiten, auf der Stelle trat und Schmoll zunehmend sauer wurde, tuckerte fast 3000 Kilometer entfernt das Kreuzfahrtschiff, auf dem sich Irma Eichhorn befand, in gemächlichem Tempo den Nil aufwärts. An jeder Station ergötzte sich die Stuttgarter Reisegesellschaft gemeinsam mit den anderen Schiffspassagieren an diversen Tempelgängen und Stadtbesichtigungen. Nebenbei deckten sie sich auf orientalischen Basaren, in Goldschmiede- und Teppichläden mit Souvenirs ein.

Die restliche Zeit verbrachte man auf dem Schiff und faulenzte unter Sonnensegeln. Doch vor allem wurde viel und gut gegessen. Allerdings vertrugen das nicht alle. Der Speisesaal lichtete sich von Tag zu Tag mehr. Man tauschte Geheimrezepte aus gegen die heimtückische Krankheit, die *Der Fluch des Pharao* genannt wurde. Bereits am dritten Reisetag hatte es Sylvia Engler erwischt. Obwohl sie die ganze Nacht mit Brechdurchfall gekämpft hatte und der Schiffsarzt, der diese Krankheit nur zu gut kannte, ihr strenge Diät und Bettruhe verordnet hatte, wollte sie den Ausflug zum Edfu-Tempel nicht verpassen. Ihr hartnäckiger Wunsch war ein Foto, auf dem sie neben dem berühmten Horusfalken posierte. Aber bevor ihr angetrauter Oberstudienrat auf den Auslöser drücken konnte, sank Sylvia dem steinernen Falken vor die Klauen in den Staub.

Auf der Weiterreise nach Assuan lag Sylvia mit Fieber in der abgedunkelten Kabine. Markus Engler erzählte mit gramvoller Stimme allen, die es hören wollten – und auch denen, die es nicht hören wollten –, seine Kleine könne sich vor Schüttelfrost, Brechreiz und Durchfall nicht auf den Beinen halten. Nur dank der Hilfsbereitschaft Doros, die sich als Krankenschwester geoutet habe und sich rührend um Sylvia kümmere, könne er ab und zu auf dem Deck Luft schnappen.

Irma hatte längst gemerkt, dass der sanfte Oberstudienrat den größten Teil der kostbaren Zeit des Luftschnappens mit Doro verbrachte. Meist verschwanden sie in der Bar. Irma beobachtete sie mehrmals in einer dunklen Ecke, dicht beieinandersitzend bei Whisky und flüsternder Unterhaltung. Jeder andere aus der Reisegruppe hätte gedacht, sie teilten ihre Sorge um Sylvia. Nicht so Irma. Im Grunde war es ihr egal, ob die zwei sich auf Kosten der kranken Sylvia amüsierten. Es war etwas ganz anderes, was Irma herauszufinden versuchte.

Seit dem Tag, an dem sie auf dem Nilschiff ihre Mitreisenden kennen gelernt hatte, nagte ein Verdacht an ihr, den sie immer wieder von sich wies, weil ihr ein derartiger Zufall vollkommen idiotisch vorkam. Aber der Gedanke ließ sich nie ganz abschütteln und biss sich fest wie eine Zecke. So fest, dass Irma sogar nachts davon träumte. Diese Träume spielten in Stuttgart. Sie kreisten um die Leiche des kleinen Zahnarztes Joachim Bäumle – um den Mordfall, dessen Aufklärung so aussichtslos gewesen war, dass Schmoll ihr grünes Licht für die Ägyptenreise gegeben hatte. Bisher war keine Mail von Schmoll gekommen. Demnach hatte er auch keine Spur des Mörders gefunden.

Manchmal kam Irma in Versuchung, ihre fixe Idee Helene anzuvertrauen. Aber sie war sich sicher, Helene würde sie lauthals auslachen und für verrückt erklären. Helene war auch viel zu beschäftigt, da sie mit ihrer intelligenten Automatik unentwegt auf Fotosafari unterwegs und deswegen abends todmüde war und keine Lust zu langen Unterhaltungen hatte.

Irma hatte gedacht, dieses Land, durch das sie das Schiff den Nil hinaufbrachte, hätte nicht noch Schöneres zu bieten. In den Tempeln von Esna, Edfu und Ombra hatte sie tiefe Ehrfurcht empfunden vor denen, die diese steinerne Erhabenheit, diese Wunderwerke der Baukunst vor Tausenden von Jahren erschaffen hatten. Doch nun war das Schiff am ersten Nilkatarakt in Assuan angelangt, und angesichts dieser Traumlandschaft verflüchtigte sich Irmas verrückte Idee. Alle quälenden Gedanken wurden zu Schall und Rauch. Irma ließ sich verzaubern: von der Landschaft und von den Menschen. Angesichts der dunklen stolzen Nubier, die mit ihren ebenholzfarbenen Armen die riesigen dreieckigen Segel ihrer Feluken in die Brise setzten, schien sie erst wirklich in Afrika angekommen zu sein. Die Boote glitten dahin zwischen Inseln und entlang grüner Landzungen oder felsiger bernsteinfarbener Hügel. Sie schwebten lautlos über dem Nil durch eine grenzenlose Stille, die nur der Ruf des Muezzins zu durchbrechen wagte.

Bei der Aussicht vom Hochdamm über die glitzernde Unendlichkeit des Nasser-Stausees tauchten Irmas Gedanken hinab zu gefluteten Nubierdörfern, versunkenen Heimaten.

Verzaubert lief sie über die Agilkia-Insel, auf die die Philae-Tempel vor der Überflutung gerettet worden waren. Zersägt in transportfähige Teile und auf höher gelegenem Gelände wieder zusammengefügt – genauso wie der Tempel von Abu Simbel am südlichen See-Ende.

Nach dem Rundgang über die Insel saßen Helene und Irma auf der steinernen Bank vor einem abseits gelegenen Pavillon. Irma träumte in die Nil-Landschaft, und Helene studierte den Reiseführer. Ab und zu gab sie Kommentare ab, die sie nicht für sich behalten konnte. »Das Tempelchen, vor dem wir sitzen«, sagte sie zu Irma, »ist der Kiosk des Kaisers Augustus. Die Römer haben nämlich an den Philae-Tempeln weiterbauen lassen, nachdem sie den Ptolemäern das Land am Nil endlich abgejagt hatten.«

»Aha, interessant«, sagte Irma höflich und abwesend.

Helene steckte die Nase wieder ins Buch. Bei der nächsten Information legte sich ihr Stiefmütterchengesicht in Sorgenfalten und welkte ein wenig. »Wenn Sie glauben, meine liebe Irma, heutzutage gäbe es mehr Mord und Totschlag als früher, irren Sie sich. Im alten Ägypten hätten Sie wesentlich schwierigere Fälle zu lösen gehabt.«

»Okay«, sagte Irma. »Zum Beispiel?«

»Sie wissen, wer Osiris war?«

»Ein ägyptischer Gott. Jetzt mindestens viertausend Jahre alt.«

»So ungefähr«, sagte Helene und spickte noch mal ins Buch.

»Osiris war Bruder und Gatte der Fruchtbarkeitsgöttin Isis.«

Irma täuschte Entsetzen vor: »Also nein, diese Familienverhältnisse!«

»Es kommt noch schlimmer: Osiris wurde von seinem Bruder Seth umgebracht.«

»Hatte Seth ein Motiv?«

»Also nun hängen Sie nicht gleich die Kriminalkommissarin raus – von Motiv steht hier nichts. Nur dass Seth die Leiche zerstückelt und die Teile im ganzen Land versteckt hat.«

»Versteckt!? Die alten Ägyptengötter hätten ihre heiligen Gänse auf die Suche schicken können.«

»Was weiß ich denn?«, sagte Helene. »Jedenfalls hat Isis selbst nach den Leichenteilen ihres Gatten gesucht.«

»Und?«

»In Philae hat sie sein Herz gefunden.«

»War es noch brauchbar?«

»Natürlich. Hier in dieser trockenen Luft haben sich ja auch die Mumien über Tausende von Jahren gehalten.«

Irma grinste. »Und wenn sie niemand ausgebuddelt und geklaut hätte, könnte man sie heute noch als Organspender verwenden.«

»Jetzt bleiben Sie bitte bei der Sache, Irma. Isis fand hier das Herz – womöglich unter dieser Steinbank, auf der wir sitzen.«

»Hier?« Irma fischte unter der Bank rum.

»Ich bitte, bei ernsten Legenden nicht albern zu werden«, sagte Helene. »Hören Sie lieber zu: Isis suchte weiter landauf, landab. Schließlich fand sie so nach und nach alle verstreuten Teile ihres Gatten und Bruders und setzte seinen Leichnam wieder zusammen.«

»Find ich nett von Isis«, sagte Irma.

»Ja, ich auch. So sind wir Frauen eben. Aber, stellen Sie sich vor, dieser undankbare Osiris entschied sich fürs Jenseits und ließ die arme Isis im Diesseits sitzen.«

»Aber vorher«, sagte Irma, »wurde Isis sozusagen durch göttlichen Ausgleich schwanger und brachte den Gott Horus zur Welt – Horus mit dem Falkenkopf, dem die kleine Sylvia vor die Klauen gefallen ist.«

»Ach«, sagte Helene enttäuscht. »Sie kennen die Geschichte, dann hätte ich sie gar nicht zu erzählen brauchen.«

»Ich höre Ihnen einfach gerne zu, Helene.«

Helene lächelte geschmeichelt. »Aber da wir nun gerade von dem Falkengott Horus und dem Schwächeanfall der Oberstudienratsgattin sprechen – unsre drei schönsten Reisenden sind heute auf dem Schiff geblieben, weil der Oberstudienrat und Doro morgen nach Abu Simbel fahren wollen.«

»Und Sie, Helene, fahren Sie auch nach Abu Simbel?«

»Ich verzichte! Ha! Wecken 3 Uhr 30. Abfahrt 4 Uhr. Fünfzehn Busse für die Passagiere aller hier ankernden Schiffe. Im Konvoi dreihundertfünfzig Kilometer durch die Wüste. Mit Polizeischutz. Dann von 7 bis 9 Uhr Tempelgang beim großen Ramses. Dreihundertfünfzig Kilometer Rückfahrt, und um 13 Uhr zum Mittagessen sind alle wieder da. Das ist mir viel zu anstrengend. Ich habe Herrn Engler versprochen, mich um Sylvia zu kümmern, bis sie zurück sind.«

Irma hob das Kinn, das sie in die Hände gestützt hatte, setzte sich kerzengerade auf und warf ihren Pferdeschwanz in den Nacken. »Das haben Sie prima gemacht, Helene. Vielen Dank!«

»Wieso bedanken Sie sich?«, fragte Helene irritiert.

»Weil ich auch auf dem Schiff bleiben werde. Ich muss etwas erledigen, wenn alle anderen weg sind. Und wenn Sie Sylvia betreuen sollen, dann hoffe ich, Sie lassen mich auch mal kurz in die Engler'sche Kabine.«

»Natürlich. Aber das verstehe ich nicht!«

»Ich erkläre es Ihnen, wenn sich meine Vermutung bestätigen sollte.«

Zehn

Sonntag, 20. Dezember

Helene und Irma hätten den Aufbruch ihrer Reisegefährten gar nicht bemerkt, wenn Sylvia nicht gekreischt hätte. Ihre Stimme hätte auch Tote aufgeweckt.

Markus Engler klopfte bei Helene an die Kabinentür und sagte zwischen Tür und Angel, Sylvia habe ihre Nerven nicht mehr unter Kontrolle. Sie wolle ihn nicht weglassen. »Obwohl meine Kleine doch gestern einverstanden gewesen ist und mir sogar zugeredet hat, mit nach Abu Simbel zu fahren«, jammerte er. »Und nun macht sie Theater! Auch Doro hat sie nicht beruhigen können.«

»Man hört's«, sagte Helene. »Ihre Kleine schreit immer noch. Ist Doro bei ihr?«

»Nein. Wir müssen los, sonst fährt der Bus ohne uns ab. Sylvia hat gedroht, sich vom Deck in den Nil zu stürzen. Deswegen hat Doro die Kabine von außen abgeschlossen. Bitte, Helene, nehmen Sie den Schlüssel, schauen Sie gleich mal nach ihr.«

Helene konnte nicht darauf antworten, weil am Ende des Flures Doro aufgetaucht war und Markus Engler durch Gesten klarmachte, er solle endlich kommen. Er sagte: »Danke, bis bald« zu Helene und folgte Doro.

Helene schüttelte ungehalten den Kopf, zog sich den Bademantel über und ging unverzüglich zur Kabine des Ehepaares Engler. Das Schreien war inzwischen verstummt, aber Helene bekam die Tür nur schwer auf, weil Sylvia dahinterlag. Ein Bündel Nachthemd. Zusammengesunken. Bewegungslos. Das Gesicht gelb wie Kernseife. Helenes einziger Gedanke war: tot!

Sie rannte so schnell, wie sie in ihren Plüschpantoffeln konnte, zu Irmas Kabine, wummerte mit den Fäusten gegen die Tür und schrie: »Ein Fall für die Mordkommission!«

Irma dachte, sie träume und vergrub den Kopf tiefer ins Kissen. Doch als Helene nicht aufhörte zu klopfen, taumelte Irma aus dem Bett und öffnete ihr. Als sie Helenes verstörtes Gesicht sah, wurde sie schlagartig wach. Sie lief im Schlafanzug hinter Helene her, die ihre Hand gekrallt hielt und sie zu der Kabine der Englers zerrte.

Irma fühlte Sylvias Puls, flüsterte: »Lebt noch« und trug sie zum Bett. Dabei rief sie Helene zu: »Rasch, Helene. Tauchen Sie ein Handtuch in kaltes Wasser!«

Während Irma sie mit dem kühlen, feuchten Tuch abrieb, kam Sylvia zu sich und lispelte: »Durst.«

»Helene!«, kommandierte Irma. »Schauen Sie nach, wo die Getränke stehen.«

Kurz darauf meldete Helene: »Kein Mineralwasser. Keine Cola. Kein Bier. Im Barschrank steht nur eine halbvolle Flasche Whisky.«

»Dann holen Sie die Wasserflasche aus meiner Kabine. Steht auf dem Nachttisch.«

Irma überlegte, ob sie den Schiffsarzt anrufen sollte. Ließ es dann erst einmal, weil es Sylvia, nachdem sie ein paar Schlucke getrunken hatte, besserzugehen schien. Irma entschied sich, den Arzt nicht aus dem Bett zu scheuchen. Später würde es auch noch reichen.

Sie suchte im Nachttisch, dann im Bad nach Sylvias Medikamenten. Schließlich würde der Arzt doch etwas gegen den *Fluch des Pharaos* verschrieben haben. Bestimmt auch Antibiotika. Aber das Einzige, was Irma im Bad fand, war außer jeder Menge Kosmetika eine Dose, die kristallglitzerndes Pulver enthielt. Es sah aus wie Salz, nur grober und es roch komisch. Die Dose war mit arabischen Buchstaben beschriftet, aber mit einem großen roten A versehen. Es handelte sich eindeutig um Arzneimittel aus einer Apotheke.

Irma wollte Sylvia nichts geben, von dem sie nicht wusste, was es bewirkte. Es konnte ja auch ein Medikament des Oberstudienrates sein. Sie stellte die Dose beiseite und murmelte: »Nun brauche ich den Schiffsarzt doch sofort. Er wird mir was erklären müssen!« Sie griff zum Telefon. Wählte die Rezeption. Niemand hob ab.

Es war fast 6 Uhr, als Irma den Schiffsarzt endlich erreichte. Helene war inzwischen in ihrer Kabine gewesen und hatte sich angezogen. Sie war gerade zurück, als der Arzt, ein behäbiger älterer Araber, eintraf.

»Ich gestern Morgen erst hier«, sagte er. »Da schien mir die Dame auf Wegen der Besserung.«

Er besah sich Sylvias Zunge, drückte ihr auf dem Bauch herum und prüfte ihren Blutdruck. »Wenig Druck«, sagte er. Er hielt seine Hand auf ihre Stirn. »Fieber noch da. Antibiotika nicht helfen.« Da Sylvia apathisch die Augen schloss, wandte er sich an Irma: »Patientin muss viele, viele Mineralwasser nehmen zu sich. Auch Cola gut für Kreislauf. Etwas Zwieback oder Fladenbrot – und Ruhe. Nix Aufregung.«

Irma hielt dem Arzt die Dose mit dem weißen Pulver unter die Nase. »Was ist das?«

Er schraubte sie auf, roch und riss erschreckt die Augen auf. »Diese Dose Sie bitte weit wegstellen. Gute Arznei, aber Gift für jetzige Zustand von Madam Engler.«

»Was ist das für Pulver?«, fragte Irma.

»So genannte Bittersalz. Abführmittel. Wenn zu viel, böse Nebenwirkungen, auch bei gesunde Mensche.« Er beugte sich zu Sylvia: »Hat sie genommen davon? Diese Salz macht sie noch mehr krank – und Wirkung von Antibiotika gehen kaputt!«

Sylvia blickte verwirrt zwischen dem Arzt, Irma und Helene hin und her. Da die drei mit betroffenen Gesichtern um ihr Bett herumstanden und Fragezeichen in den Augen hatten, begann Sylvia zu weinen und schluchzte stoßweise Worte hervor: »Doro ist doch Krankenschwester. Sie muss doch wissen, was mir hilft.«

Irma hielt ihr die Dose hin und fragte ungläubig. »Doro hat Ihnen diese Arznei gegeben?«

Silvia putzte sich die Nase und schniefte: »Sie sagte, es ist Antibiotika. Es schmeckt schrecklich. Doro meinte, je schlechter eine Arznei schmeckt, desto besser hilft sie. Aber die Bauchkrämpfe und der Durchfall wurden immer schlimmer.« Sylvia japste und schien nun völlig erschöpft vom Sprechen. Sie rollte sich zusammen wie ein Embryo, biss sich in den Handrücken und keuchte: »Durst.«

Irma stützte ihr den Kopf hoch und gab ihr zu trinken.

Der Arzt zuckte die Schultern und murmelte: »Mich rätselt und grauset.«

Als er sich verabschiedete, drückte ihm Irma die Dose mit dem Bittersalz in die Hand: »Nehmen Sie das am besten mit und erklären Sie Herrn Engler heute Abend, warum es seiner Frau immer schlechter geht.«

Er versprach es hoch und heilig, entfernte sich mit betretener Miene und beteuerte: »Nicht meine Schuld. Ich nix kann dafür.«

Irma überließ Helene die Aufsicht an Sylvias Krankenbett, lief in ihre Kabine und vertauschte endlich den Schlafanzug mit Jeans und T-Shirt. Dann ging sie in den Speisesaal. Dort saß die kleine Gruppe der Ausflugsverweigerer beim Frühstück.

Opa der Bruddler warf seiner seit fünfzig Jahren angetrauten Ehehälfte gerade vor, ihm diese einmalige Fahrt nach Abu Simbel ausgeredet zu haben. »Ich dir ausgeredet?«, hörte Irma die Frau sagen. »Du warst es doch, der nicht mitten in der Nacht aufstehen wollte!«

»Mein Annele hat sich die Fahrt jedenfalls nicht ausreden lassen«, mischte sich Opa der Hibbelige ein und wechselte zum dritten Mal seinen Platz am Tisch. Er entdeckte Irma, die mit dem Kellner verhandelte, und rief: »Und Sie, junge Frau!? Wieso sind Sie nicht bei den Ramses-Tempeln?« Er entließ ein fröhliches Wiehern und gluckste: »Ich hätte schon auf Ihr Tantchen aufgepasst!«

»Ich hab verschlafen«, sagte Irma, bestellte beim Kellner drei Flaschen Mineralwasser, Fladenbrot und zwei Portionen Frühstück in Englers Kabine und verließ fluchtartig den Speisesaal.

Irma und Helene frühstückten in Sylvias Krankenzimmer. Sylvia benahm sich wie ein ausgetrockneter Schwamm, der sich gierig vollsog. Helene brachte sie sogar dazu, ein Stück Fladenbrot zu essen und war erleichtert, dass sie es bei sich behielt.

Während Helene weiter bei Sylvia blieb, ging Irma in den Internetraum. Zuerst stellte sie befriedigt fest, dass keine Mail von Schmoll gekommen war. Also gab es auch keinerlei Neuigkeiten in dem aktuellen Mordfall. Sie schloss ihre Mailbox, ging zu Google und gab Bittersalz ein. Nachdem sie die Seiten gelesen hatte, war sie sicher, dass Doro ihren Beruf verfehlt hatte.

Als Irma zur Kabine der Englers zurückkam, war Sylvia eingeschlafen und Helene saß wie ein Wachhund neben ihr. Irma war auf hundertachtzig. Es gelang ihr nur, sich zusammenreißen und nicht zu schreien, weil sie Sylvia nicht wecken wollte. »Wenn Doro wirklich Krankenschwester ist, muss sie wissen, dass Bittersalz ein so genanntes salinisches Abführmittel ist und gefährliche Nebenwirkungen hat. Kann dieser Depp von einem Oberstudienrat derart in diese Doro verschossen sein, dass er nicht mitkriegt, was die mit seiner Frau macht?«

Während Helene diese Nachrichten erst einmal verkraften musste, markierte Irma eine Stelle in dem Ausdruck über salinische Abführmittel. Sie sagte Helene jedoch nicht, dass sie mit diesen Informationen fast zwanghaft eine makabre Gedankenbrücke gebaut hatte: eine Verbindung zwischen Sylvias Krankheit zu einem anderen Todesfall.

»Lies mal«, sagte Irma zu Helene und gab ihr den Internetausdruck mit den markierten Stellen.

Helene las:

Überdosen salinischer Abführmittel wie Laxantien und Bittersalz führen zu Blutdruckabfall und Muskelschwäche bis hin zu Reflexausfällen. Die Wirkung anderer Medika-

mente wie Herzmittel, Blutdrucksenker oder Antibiotika wird unterdrückt.

»Dann ist Sylvias Zustand kein Wunder«, sagte Helene und las weiter:

Bei Patienten mit Herzinsuffizienz kann die Verabreichung zu lebensgefährlichen Komplikationen führen. Die Krankheitssymptome verstärken sich und eine Medikation z. B. mit Digitalisglykosiden bleibt erfolglos.

Helene legte entsetzt die Hand auf den Mund und flüsterte durch die Finger: »Ist Sylvia herzkrank?«

»Soviel ich weiß, nicht«, sagte Irma. »Aber ich glaube, jemand anderes ist an einer solchen unnötigen und gefährlichen Behandlung mit Laxantien gestorben.«

»Kenn ich den ›jemand anderen‹?«

»Nein.«

Helene verzog ihr Stiefmütterchengesicht in den Welkstatus. »Ich kann's nicht leiden, Irma, wenn Sie die Kripo-Ermittlerin raushängen und so geheimnisvoll tun.«

»Es ist ein Verdacht – wenn ich es genau weiß, dann sag ich es Ihnen. Versprochen.«

»Wann?«

»Nicht bevor wir wieder in Stuttgart sind und ich Schmoll und die Staatsanwaltschaft dazu gebracht habe, eine Obduktion an einer bestimmten, schon vor etwa zwei Jahren dahingeschiedenen Person vornehmen zu lassen.«

»Diese Person ist doch schon von den Würmern gefressen«, sagte Helene mit schaudernder Stimme.

»Die moderne Gerichtsmedizin kann Wunder bewirken.«

»Na ja, Wunder«, maulte Helene. »Die Hauptsache, es liegt hier auf dem Schiff keine Leiche rum. – Gehen Sie mal ruhig aufs Sonnendeck und schlafen noch etwas. Ich halte hier die Stellung, bis der Verein zurück ist. Ab Mittag kann sich der Ehegatte wieder um seine Angetraute kümmern, mit oder ohne Doro. Dann muss ich mir auch 'ne Mütze Schlaf gönnen. Aber das Wichtigste ist, Irma: Sie sollten Doro den

Marsch blasen und sie fragen, was sie sich dabei gedacht hat, Sylvia derart gefährliche Abführmittel einzutrichtern.«

»Das wird der Arzt machen. Er hat es mir versprochen«, sagte Irma. »Ich möchte diese Doro weiter unauffällig beobachten. Sie darf keinesfalls wissen, dass ich meine Brötchen bei der Kripo verdiene.« Irma warf Helene einen verschwörerischen Blick zu: »Ich kann mich doch darauf verlassen, dass das unter uns bleibt?«

»Selbstverständlich«, sagte Helene. »Regen Sie sich nicht auf. Sie sind im Urlaub. Ich werde jetzt aus reiner Christenpflicht hier im Schiffsbauch neben Sylvia sitzenbleiben und ihre Genesung überwachen. Damit ich nicht einschlafe, lese ich ein bisschen.«

»Was lesen Sie denn?«

»Agatha Christie: *Tod auf dem Nil.*«

Der Bus mit den Ausflüglern kam pünktlich zum Mittagessen zurück. Alle wirkten übermüdet und sie waren durchgeschwitzt, da die Klimaanlage im Bus den Geist aufgegeben hatte.

»Ja, ja, es war wunderwunderschön. Diese kolossalen Statuen!« – »Ein herrlicher Tempel! Ziemlich mit Menschen überfüllt, leider!« – »Über sieben Stunden Wüstenfahrt ist eigentlich kein echter Spaß.« – »Eine Zumutung waren die Polizeikontrollen. Schlimmer als am Flugplatz.« – »Man muss sie gesehen haben, die berühmten Tempel von Abu Simbel!«

Sylvia schlief seit drei Stunden, und Helene war am Ende des zehnten Kapitels von *Tod auf dem Nil* angekommen, also ebenfalls gerade beim Tempel von Abu Simbel gewesen. Dort hatte es, sozusagen unter den Augen des wackeren Hercule Poirot, fast eine Leiche gegeben. Die schöne und steinreiche Linnet Doyle war knapp dem Tode entgangen. Erst vor kurzem hatte sie ihrer früheren besten Freundin deren Heißgeliebten weggeschnappt und befand sich nun mit ihm auf Hochzeitsreise. Das ist ja in der heutigen Zeit so üblich, dass die jungen Leute ›Bäumchen wechsel dich‹ spielen, dachte Helene, aber dass die verlassene Geliebte penetrant auf allen Stationen der Hochzeitsreise auftaucht und Zoff macht, kommt mir genau wie Hercule Poirot inzwischen spanisch vor. Kein Wunder, dass der schlaue Detektiv fürchtet, er wird auf diesem Schiff bald über eine Leiche stolpern.

Helene seufzte erleichtert und stufte ihren Entschluss, nicht mit nach Abu Simbel gefahren zu sein, als goldrichtig ein. Wenn das vor hundert Jahren schon so ein gefährlicher Ort gewesen ist, dann wird es jetzt dort noch schlimmer zugehen. Ich kann nur froh sein, dachte sie, mit einer Kriminalkommissarin unterwegs zu sein. Aber Irma hat sich ja heute Morgen auch fast wie Poirot benommen. Waren das Andeutungen über irgendwelche Mordanschläge? Oder? Ich glaube, ich sollte nicht so viele Krimis lesen.

Helene schrak zusammen, als Oberstudienrat Engler in der Kabine erschien. Ohne anzuklopfen – schließlich war er ja hier zu Hause. Sie legte das Buch zur Seite und den Finger an die Lippen. »Sie schläft noch.«

Doch da schlug Sylvia die Augen auf. Sie setzte sich auf und lispelte: »Hallo Schatz. Mir geht es viel besser.«

»Das freut mich, meine Kleine. Nachher kommt Doro und gibt dir deine Arznei.«

Sylvia sah entsetzt und hilfesuchend zu Helene, und diese sprang auf und stemmte die Hände in die Hüften. Sie stand da wie ein Henkeltopf, der gleich überkocht. »Ich bewege mich hier nicht aus der Kabine, bevor Sie, Herr Engler, mit dem Arzt gesprochen haben. Sie sollen ihn sofort in seinem Ambulanzzimmer aufsuchen. Es geht um Leben und Tod!«

Dem sanften Oberstudienrat wich die Sonnenbräune aus dem Gesicht. »Leben und Tod? Sylvia hat sich doch erholt heute Morgen.«

»Gehen Sie zum Doktor«, sagte Helene in einem Befehlston, der sonst wirklich nicht ihre Art war. Ihr Stiefmütterchengesicht straffte sich vor Strenge zu fast faltenfreier Blüte. »Gehen Sie zum Doktor, Herr Engler, und lassen Sie sich die Sache erklären!«

Leider erfuhren weder Irma noch Helene, ob die Aussprache mit dem Arzt stattgefunden und Herrn Engler die Augen geöffnet hatte. Aber sie sahen ihn an diesem Tag nicht mehr in Gesellschaft Doros. Das heißt, sie tauchten beide weder bei den Mahlzeiten noch auf dem Promenadendeck auf. Einige Feinfühlige der Stuttgarter Reisegruppe bekundeten ihre Vermutung, dass nun Markus Engler und die nette Doro auch vom *Fluch des Pharao* heimgesucht worden waren. Doro fehlte vor allem den Herren. Die Tischrunde und die abendliche Bargesellschaft waren ziemlich trist.

* * *

An diesem 20. Dezember, einem Sonntag, war auch Aline Kowalzki morgens um vier Uhr aufgestanden und mit der ersten U 1 Richtung Fellbach gefahren. Die Bahn war fast leer. Trotzdem setzte sich Line in unmittelbare Nähe der hintersten Tür und beugte den Kopf tief über ihren Rucksack, als suche sie etwas. Ihre auffällige Igelfrisur war unter Leos schwarzer Skimütze verborgen.

Nach fünf Stationen musste Line an der Haltestelle Mineralbäder umsteigen. Zehn Minuten Warten auf die U 14. Hier in der Nähe sollte also der Tatort sein. Was hatte Leo eigentlich in dieser Gegend zu suchen gehabt? Line war versucht, das kleine Stück bis zum Riesling-Steg zu gehen und sich die Stelle, an der Leo angeblich den Mann übers Geländer geworfen hatte, anzusehen. Aber der schmale Weg, der dort hinführte, war schlecht beleuchtet und ihr graute davor. Während sie unschlüssig auf dem Bahnsteig stand, krochen ihr die zehn Minusgrade unter die Haut, und bevor sie sich für den Abstecher zum Riesling-Steg entschlossen hatte, fuhr die Bahn ein.

Froh, wieder im Warmen zu sein, dachte Line beklommen an Leo, der irgendwo in dieser Kälte ausharren musste. Noch sechs Haltestellen, und um 5.09 Uhr hatte Line ihre Endstation erreicht: Rathaus Münster. Die Haltestelle lag dicht am Neckar. Es war noch stockdunkel, aber die Sterne, die in der Innenstadt durch die Lichter und Autoabgase verblassten, funkelten hier tausendfach über dem dunklen Fluss und den Weinbergen. Wenn nur der eisige Wind nicht gewesen wäre. Line spürte ihre Finger zu Eiszapfen werden. Sie zog den Kopf in den Kragen, vergrub die Hände in den Jackentaschen und trabte los. Als sie den Fluss auf dem Münstersteg überquert hatte, lag nur noch ein kurzer Fußmarsch vor ihr. Links des Weges floss der Neckar, auf der anderen Seite, jenseits der schmalen Straße, lagen die terrassierten Hänge des Zuckerbergs. Kahle Weinreben rankten sich wie dicke braune Würmer um die gespannten Drähte.

Am Tor zum Weinberg hing ein Schloss. Die Kette war zertrümmert. Line fragte sich, ob es Leo gewesen war, der das Tor gewaltsam geöffnet hatte. Sie stapfte die schmale schneebedeckte Treppe bis zur dritten Terrasse hoch. Was für ein Glück, dachte sie, dass das Häuschen nicht so weit oben ist. Leise klopfte sie an die Tür, pochte lauter und rief seinen Namen. Rief: »Ich bin's – Line.«

Endlich hörte sie, wie innen der Riegel zurückgeschoben wurde. »Line?«

»Leo!« Rasch und leise trat sie ein, zog die Tür hinter sich zu und verriegelte sie wieder. Sie umarmten sich stumm in tiefer Dunkelheit. Als wäre das eine riesige Anstrengung für ihn gewesen, begann Leo zu keuchen und nach Luft zu ringen. Line konnte ihn nicht sehen, aber sie fühlte, wie sein Körper schlotterte, und hörte seine Zähne klappern.

Hastig fischte sie die Taschenlampe aus dem Rucksack. Leo hatte sich halb sitzend, halb liegend auf der Bank zusammengekauert. Seine Haut war grau. Sein Atem ging mühsam und die ausgestoßene Luft kondensierte zu kleinen zerfransten Säulen über seinem Mund. Leos Augen wanderten müde und teilnahmslos über Lines Gesicht und dann zu den Holzwänden und dem vereisten Fenster.

Mit klammen Fingern packte Line den Rucksack aus. »Komm, Leo, trink einen Schluck Tee. Mit Honig. Schön heiß. Bitte trink. Es wird dir guttun. Hier, ich habe auch einen Schlafsack dabei, kriech hinein, deine Decke ist doch viel zu dünn. Schau mal, Brezeln und Rosinenschnecken, die du so magst.«

Line redete und redete und bekam keine Antwort. Sie flößte ihrem Bruder ein paar Löffel Tee ein, wickelte ihn in den Schlafsack, weil er unfähig war, hineinzukriechen. Seine Haut war eiskalt, und als sie ihre Hand auf seine Brust legte, spürte sie sein Herz rasen. Die forsche Line, die sich nie kleinkriegen ließ, geriet in Panik. Sie kniete sich neben die Bank, auf der Leo lag, und redete atemlos weiter: »Leo, mein lieber Leo, du kannst hier nicht bleiben. Du musst ins Krankenhaus.« Sie zog ihr Handy aus der Jackentasche, wählte den Notruf und erklärte stockend, um was es ging. Sie musste mehrmals wiederholen, dass es keine Hausnummer gebe, sondern der Kranke in einem Weinberg liege, der von der Hofener Straße zu erreichen sei.

Leo hob abwehrend die Hände und keuchte: »Sie sperren mich ein. Ich will nicht ins Gefängnis.«

»Sprich nichts, Leo. Bitte. Ich weiß Bescheid, weshalb du hier bist. Aber die Kripo wird herausfinden, dass du unschuldig bist. Du musst mit ihnen reden.«

Er flüsterte: »Ich war in der Nähe des Stegs, an dem der Mann umgekommen ist. Sie stempeln mich zum Mörder. Du kannst mir nicht helfen, Line.« Er schloss die Augen und Line dachte, er sei ohnmächtig geworden. Und damit hatte sie recht.

Sie wälzte ihn in Seitenlage. Dann lief sie hinaus und fegte den dicksten Schnee von den Stufen. Unten angekommen, trat sie auf die Straße und erwartete den Krankenwagen.

Nachdem der Notarzt Leo Kowalzki untersucht und Sanitäter ihn in einer halsbrecherischen Aktion das Weinbergtreppchen hinunterbugsiert hatten, fuhr der Krankenwagen mit Blaulicht zum Katharinenhospital. Line durfte nicht bei Leo sitzen. Sie kauerte vorn neben dem Fahrer und zitterte nun auch. Sie wusste, warum ihr Bruder geflohen war. Die Angst vor jeglicher Polizei steckte in ihm, seit dem Tag, an dem er verstanden hatte, dass sein Vater von der Stasi unschuldig eingelocht worden war. Leo hatte länger als Line, die neun Jahre jünger war als er, das Leid seiner Mutter mittragen müssen, nachdem der Vater sich in Bautzen aufgehängt hatte. Line wusste, Leo war nicht nur äußerlich stark, er konnte auch seelisch vieles verkraften, aber eingesperrt zu sein, würde er nicht ertragen können.

Um 6 Uhr 30 wurde Leo von den Sanitätern zur Notaufnahme geschoben.

Line blieb so lange im Hospital, bis ein Arzt ihr sagte, Leos Zustand sei nicht lebensbedrohlich.

»Aber es ist höchste Zeit gewesen, dass Sie Hilfe geholt haben. Wenn Ihr Bruder nicht in so guter körperlicher Verfassung wäre, hätte es schlimm ausgehen können. In der Endphase einer schweren Unterkühlung kann es zu Atemstillstand oder Herz-Kreislauf-Versagen kommen.«

Line fragte, wie lange Leo noch im Krankenhaus bleiben müsse.

»Wahrscheinlich wird unser Patient schon übermorgen wieder einigermaßen auf dem Damm sein und nach Hause können«, sagte der Arzt.

Line war froh, dass er nicht fragte, was ihren Bruder in die eiskalte Weinberghütte getrieben hatte.

Es war schon weit über Mittag, als Aline Kowalzki endlich wieder vor ihrer Wohnungstür stand. Drinnen schellte das Telefon. Es war Schmoll, der wissen wollte, wo sie den ganzen Vormittag über gewesen war. Line sagte ihm ohne Umschweife, ihr Bruder liege im Katharinenhospital.

»Er kann dort nicht weglaufen, weil er wegen starker Unterkühlung behandelt werden muss. Der Arzt hat gesagt, Leo war kurz vorm Kreislaufstillstand.« Da ihr in diesem Moment erst richtig bewusst wurde, was das bedeutete, schnappte sie nach Luft und brüllte los: »Alles nur, weil Sie ihn mit Ihrem Verdacht völlig aus dem Gleichgewicht gebracht haben. Mein Bruder bringt niemanden um, das kann ich Ihnen schwören!« Danach schraubte Line erschreckt ihre Wut zurück und sagte leise: »Bitte, Herr Kommissar, warten Sie noch ein, zwei Tage, bevor Sie ihn vernehmen.«

Schmoll versprach es und dachte: Diesen Schwur habe ich schon zu oft gehört, als dass ich daran glauben darf.

Er legte auf und rieb sich die Hände. »Wir haben den Täter«, sagte er zu Katz. »Über Weihnachten können wir uns zurücklehnen, und Irma kann noch bis Heilige Drei Könige auf dem Nil rumschippern, wenn sie will.«

Da Schmoll keinesfalls ein zweites Mal die Flucht eines dringend Tatverdächtigen riskieren wollte, beorderte er einen Wachposten vor Leo Kowalzkis Krankenzimmer.

Elf

Montag, 21. Dezember

Gegen Mittag lief das Nilschiff in Luxor ein. Es ankerte wie vor Beginn der Kreuzfahrt am Kai gegenüber dem Tempel. Leider auch diesmal als Mittelschiff, so dass kein Strahl der Sonne Amuns in sein Inneres dringen konnte. Die Reisenden mussten mit elektrischem Licht hinter zugezogenen Vorhängen vorliebnehmen. Deswegen füllte sich nach dem Mittagessen das Sonnendeck.

An den Tischen um die Bar vergnügten sich die Männer fortgeschrittenen Alters beim Bier mit Kartenspielen. Ihre Damen lagen unterm Schattenzelt und nippten an Longdrinks. Manche lasen sogar. Der große Rest der Passagiere reihte sich auf Liegen, um am letzten Urlaubstag die Sonnenbräune zu vertiefen.

Die wenigen Individualisten an Bord frönten ihren Hobbys: Opa der Hippelige kreuzte unaufhaltsam übers Deck. Seine Tochter strickte Socken. Wahrscheinlich ein Weihnachtsgeschenk für Papa, der ihr die Reise spendiert und das Beerdigungsinstitut übertragen hatte. Opa der Bruddler lehnte mit seiner Goldbraut an der Reling, blickte aufs Nachbardeck und schimpfte: »Es ist eine Zumutung, drei Schiffe nebeneinander zu parken! Wenn man sich das Geländer wegdenkt, bilden die drei Decks ein Fußballfeld. Und was sieht man: halbnackte Leute, aber nichts vom Nil.«

Helene war heute fast so zappelig wie Opa der Hibbelige und schlich in unregelmäßigen Zeitabständen mit ihrem heißgeliebten Fotoapparat von Bug zum Heck und wieder zurück. Schließlich schien sie genug von ihren Streifzügen zu haben und gesellte sich zu Irma, die es sich im Schatten der Backbordseite unter einem Sonnenschirm bequem gemacht hatte.

»Senmut steht schon wieder Kopf«, eröffnete Helene das Gespräch. »Dass der Kleine das so lange aushält.«

»Er wird Entspannung nötig haben«, sagte Irma, »weil er den ganzen Morgen wie ein läufiger Hund der schönen Doro nachgeschlichen ist.«

»Den herzigen Senmut hat's voll erwischt«, meinte Helene gönnerhaft.

Irma feixte. »Außer auf Doro zu warten und sie nicht mehr aus den Augen zu lassen, sobald sie auftaucht, scheint er keinerlei Interessen mehr zu haben. Ich glaube, er absolviert nicht mal mehr seine täglichen zwanzig Jogging-Runden ums Deck.

Helene verdrehte die Augen. »Und weil der sanfte Oberstudienrat sich und Doro von dem Kleinen überwacht fühlt, bewirft er den armen Senmut mit Blicken, die töten könnten.«

»Hör auf, vom Töten zu reden«, sagte Irma und schüttelte sich. Dann reckte sie sich vor Wohlbehagen, drehte ihren Pferdeschwanz zu einer Wurst und steckte ihre rotbraune Mähne auf dem Hinterkopf fest. »Es war schön, mal eine Woche nicht auf Verbrecherjagd gehen zu müssen. Obwohl ...«

Helene palaverte munter weiter: »Weil wir gerade bei Verbrechern sind: So ein Pech, dass das Hotel in Assuan, in dem Agatha Christie *Tod auf dem Nil* geschrieben hat, gerade wegen Renovierung geschlossen war. Das hätte ich mir gern angeschaut.«

»Der Blick von der Hotelterrasse auf den Nilkatarakt war auch schon grandios!«, murmelte Irma schläfrig.

»Nicht wahr!«, rief Helene. »Bei so einer Aussicht könnte jeder einen Krimi schreiben!«

»Mir würde dort eher eine Liebesgeschichte einfallen«, sagte Irma.

»Aber Irma! *Tod auf dem Nil* ist doch eine Liebesgeschichte! Haben Sie den Film gesehen? Diese zwei schönen Mädchen zwischen dem wahnsinnig gutaussehenden Simon.«

»Ja, klar«, sagte Irma. »Ich kann mich aber nur noch an Peter Ustinov erinnern. Der war als Poirot echt umwerfend! Ich hoffe, dass ich im Gegensatz zu ihm das Schiff verlassen kann, ohne vorher über eine Leiche zu stolpern.«

Helene hob den Zeigefinger. »Es waren drei Leichen auf dem Nilschiff, Irma. Ein abgekartetes Spiel von diesem Simon. Er hat doch Linnet nur geheiratet, um sie umzubringen und zu beerben. Danach wollte er sich mit dieser hinterfotzigen Jackie ein schönes Leben machen.«

Helene wartete auf Irmas Kommentar. Da dieser ausblieb, schloss sie: »Und Jackie hat dann knallhart die zwei Zeuginnen beseitigt. Eine mit einem Skalpell und die andere per Revolver. Was meinen Sie, Irma, leben Zeugen immer so gefährlich?«

»Es gibt unzählige echte Kriminalfälle, bei denen die Zeugen kurzerhand abgemurkst wurden!«

»Aha«, sagte Helene kleinlaut. »Dann lass ich das jetzt mal mit dem Fotografieren.«

Da Irma schläfrig war und mit Helenes letzter Aussage wenig anfangen konnte, bohrte sie nicht nach und fragte: »Gehen Sie heute mit zu der Sound and Light Show in den Karnak-Tempel?«

»O ja«, sagte Helene, »das muss man doch gesehen haben. Der sanfte Oberstudienrat hat mich zwar gefragt, ob ich wieder auf seine kleine Sylvia aufpassen könnte, aber mir reicht es wirklich noch vom letzten Mal. Soll er sie eben mitnehmen. Er erzählt doch allen, es geht ihr besser.«

»Aber sie war heute nicht beim Mittagessen«, sagte Irma. »Ihr lieber, sanfter Gatte hat ihr eine Diätmahlzeit am Buffet zusammengestellt.«

»Und die schöne Doro hat sie Sylvia aufs Zimmer gebracht«, ergänzte Helene.

Irma lachte. »Sie leisten, wie mir scheint, Detektivarbeit an Deck.«

»Hmm«, machte Helene und legte den Finger an die Lippen: »Ich bin Miss Marple.«

»Sie beschatten den Studienrat und Doro?«

»Er planscht momentan mit ihr im Pool. Es sieht nicht so aus, als ob sie dieses Spielchen so schnell aufgeben werden. – Würde es Ihnen was ausmachen, Irma, mit mir ins Zwischendeck zu gehen und kurz in Doros Kabine zu schauen?«

»Was wollen Sie denn in Doros Kabine?«

»Ich möchte ergründen, wer diese Doro wirklich ist. Vielleicht finden wir einen Ausweis oder was Ähnliches.« Helene blinzelte verschmitzt. »Das interessiert Sie doch auch schon lange. Oder?«

Hat Helene mich durchschaut?, dachte Irma. Ich habe ihr doch meinen Verdacht bisher noch gar nicht anvertraut, um ihr nicht den Spaß an der Reise zu verderben. Sie wich einer Antwort aus und fragte Helene, wie sie denn in Doros Kabine hineinkommen wolle.

Helene griff in ihre Tasche, ließ einen Schlüssel hervorblitzen und sofort wieder verschwinden. »Der guckte unter Doros Kleiderhäufchen am Pool vor. Da konnte ich nicht nein sagen.«

In Doros Kabine werkelte noch einer der Boys, die zum Vergnügen oder Ärger der Passagiere die frischen Handtücher in künstlerische Falten und Gestalten legen und daraus Schwäne, Hasen, Herzen oder sogar Puppen basteln.

Gestern, als Irma kurz vor dem Mittagessen in ihre Kabine gekommen war, um sich frisch zu machen, hatte auf ihrem Bett ein männliches Frottee-Wesen gesessen. Es trug ihre Mafioso-Sonnenbrille, und auf den lässig übereinandergeschlagenen Beinen lag der Reiseführer, in dem es eifrig las.

Alle frischen Hand- und Badetücher waren in dem Kerl verarbeitet. Die Nase war eine Serviette und die Augen Eukalyptusblätter. Irma riss ihm wütend ein Bein aus, um sich abtrocknen zu können. Danach tat ihr der Einbeinige, der wehmütig zur Seite gesunken war, leid. Sie rollte das Handtuch zusammen und passte es notdürftig wieder an. »Gib ja acht, mein Lieber, und schrotte meine teure Sonnenbrille nicht!«, hatte sie ihm nahegelegt und ihm von der Tür aus eine Kusshand zugeworfen.

Nun hockte hier auf Doros Bett der künstlerisch veranlagte Kabinenboy und stellte gerade zwei Schwäne auf. Zwei blütenweiße Schwäne mit blutroten Serviettenschnäbeln. Ihre zueinander gebogenen Hälse bildeten ein Herz. Der Junge grinste Irma und Helene mit seinem hübschen schwarzen Nubierlächeln an und bedeutete ihnen, dass sie hier falsch seien.

Sie traten den Rückzug an, weil sie wussten, dass die Boys alle Passagiere, deren Kabinen sie betreuten, wegen der Höhe der Bakschischgaben genau kannten.

»Pech«, sagte Irma. »Ich wollte ja nichts klauen, sondern nur nach einem Namen suchen. Wie viel Bakschisch wird sie Ismail gegeben haben, dass er den Namen partout nicht rausrücken will? Keiner scheint ihn zu wissen. Jeder ist glücklich, sie Doro nennen zu dürfen.«

»Wahrscheinlich«, sinnierte Helene, »kennt nur der sanfte Oberstudienrat ihren wirklichen Namen.«

»Den kann ich nicht fragen«, sagte Irma. »Jedenfalls jetzt noch nicht.«

Während sie zurück aufs Sonnendeck gingen, spekulierte Helene: »Falls sich der Engler öfter bei Doro im Bett aufhalten sollte, hätten wir vielleicht ein Haar von ihm gefunden und genetische Spuren. Für die DNA-Analyse.«

»Du meine Güte, Helene, Sie sind doch sonst so prüde – woher wollen Sie wissen, ob sich der Engler bei Doro im Bett aufhält? Und wer soll denn hier auf dem Nil eine DNA-Analyse vornehmen und auswerten?«

»Wir hätten Indizien sammeln können«, beharrte Helene. »Falls Doro bezüglich der kranken Sylvia Dreck am Stecken hat, können Sie und der Schmoll dann meine sachdienlichen Hinweise gut gebrauchen.«

»Ich muss zuerst das Geheimnis mit dem Namen lüften. Zum Beispiel könnte ich es heute Abend versuchen, wenn alle zur Light-Show unterwegs sind.«

»Na also!«, sagte Helene, schob Doros Kabinenschlüssel in Irmas Shortstasche und marschierte an die Bar, um sich ihren Fünf-Uhr-Tee zu sichern.

Bevor sich die Schiffspassagiere nach dem vorverlegten Abendbuffet zur Fahrt zum Karnak-Tempel aufmachten, meldete sich Irma bei Ismail krank. »Der *Fluch des Pharao* hat mich getroffen«, jammerte sie. Ismail wünschte gute Besserung und sauste seinen Schutzbefohlenen hinterher, die schon am Bus warteten. »Hat man eine Frage oder fällt noch was ein?« Niemand antwortete, weil alle schon eilig einstiegen.

Irma hatte sich vergewissert, dass der Oberstudienrat mit Doro losgezogen und Sylvia in der Engler'schen Kabine zurückgeblieben war.

Den geklauten Kabinenschlüssel Doros hatte Irma schon am Nachmittag an die Rezeption gelegt. Von dort hatte ihn sich Doro, die ihn scheinbar gar nicht vermisst hatte, geholt und ihn später wie alle Passagiere, die zur Light-Show aufgebrochen waren, vorschriftsmäßig wieder abgegeben.

Als die Touristen das Schiff verlassen hatten, genoss es das Dienstpersonal, nichts mehr tun zu müssen. Niemand dachte daran, das Schlüsselbrett zu beaufsichtigen. Es war nicht schwer für Irma, Doros Schlüssel zu stibitzen.

Wenig später stand sie in Doros Kabine und riegelte die Tür von innen zu. Es duftete nach Doro. Vor allem im Bad. Irma grinste, als sie nun genau das tat, was Helene in ihrem Detektivrausch vorgehabt hatte: Sie verstaute zwei Whiskygläser, die auf dem Nachttisch standen, in einer Plastiktüte und pflückte im Bad Haare aus Kämmen und Bürsten. Dann zog sie die Schubladen des Kleiderschrankes auf. Nur Klamotten. Mist, dachte Irma, kein Ausweis, keine Brieftasche mit Kreditkarten und keine Reisepapiere. Liegt höchstwahrscheinlich alles ordentlich im Safe.

Doch dann fand sie auf dem Nachttisch unter dem Polyglott-Reiseführer ein Adressbuch. Irma brauchte es nicht durchzublättern. Auf der ersten Seite stand: DOROTHEA ZUCKERLE.

Das Büchlein passte in Irmas Hosentasche. Das Wichtigste wusste sie nun zwar, aber Adressen von Freunden und Bekannten waren immer hilfreich, wenn es ans Ermitteln ging.

Irma jubelte innerlich, dass sie den richtigen Riecher gehabt hatte.

Es gab keinen Zweifel: Sie hatte Dorothea Zuckerle gefunden! Die Geliebte des ermordeten Doktor Bäumle. Nun galt es herauszufinden, ob die schöne Doro etwas mit seinem Tod zu tun hatte. Und war sie womöglich auch schuldig am Herzversagen des Vaters? Hatte Doro sich verraten, indem sie wieder einen gefährlichen Medikamentencocktail an Sylvia ausprobiert hatte? Wie würde man das beweisen können? Oder war das alles Zufall, genauso wie es Zufall war, dass Frau Zuckerle ausgerechnet auf dem Nilschiff aufgetaucht war, das auch Helene gebucht hatte?

Irma ging ins Mitteldeck zum Internetraum und mailte an Schmoll: *Habe Frau Zuckerle gefunden. Stark tatverdächtig. Ich bringe sie morgen aus Ägypten mit.*

Als Irma die Mailbox schließen wollte, sprang eine Nachricht von Schmoll auf die Mattscheibe: *Habe Leo Kowalzki gefunden. Stark tatverdächtig. Haftbefehl liegt vor.*

Fünf Minuten später verließ Irma das Schiff und suchte sich ein Pferdetaxi zum Karnak-Tempel. Sie war zufrieden mit sich, weil sie mehr in Erfahrung gebracht hatte, als sie heute Morgen noch zu hoffen gewagt hatte. Was Irma nicht wusste: Sylvia hatte sich aufgerappelt und war mit einem Taxi zum Karnak-Tempel unterwegs, um ihrem Mann und Doro nachzuspionieren.

Als Irma und Sylvia, ohne voneinander zu wissen, den Karnak-Tempel erreichten, wartete immer noch ein Rest der Touristenmassen auf der Widder-Allee vor dem ersten Pylon. Es war sternenklar. Die Mondsichel hing wie eine silberne Hängematte über dem Tempel. Es hätte hier sehr feierlich und friedlich sein können. Aber das große Begrüßungs-Rambazamba durch die Pharaonen war noch voll im Gange. Irma ahnte, diese Sound and Light Show würde ein Mordsspektakel werden. Eine echte Touristenattraktion, die am Rande von Kitsch balancierte.

Der Tempel war fest in deutscher Hand.

Schubweiser Einlass mit Fanfarenstößen! Jenseits des ersten Pylons, im Vorhof des Sethos-Tempels, zuckten bunte Lichter über Statuen und Säulen. Geisterstimmen begrüßten die Touristen als Pilger zu Gott Amun. Ordner und Lichtpfeile führten die Gottespilger durch den nächsten Pylon in die Große Halle, in der die Menschen zu Ameisen wurden. Die Ameisen krochen durch den steinernen Papyruswald aus 134 Säulen. Auch zwischen den zwanzig Meter hohen Säulengiganten huschten bunte Lichter umher. Hin und wieder schmiegte sich ihr Schein etwas länger an den einen oder anderen der dicken Pfeiler und ließ die Figuren der Hieroglyphen lebendig werden und hervortreten, als seien sie erst gestern eingemeißelt worden.

In einem dieser Irrlichter entdeckte Irma Sylvia. Als einen Moment später alles wieder in tiefes Dunkel fiel und Irma sich wie jeder konzentrieren musste, um nicht in Löcher zu treten oder über Stufen zu stolpern, verlor sie Sylvia wieder aus den Augen.

Bei den Lautsprecherstimmen wechselte getragener mit triumphalem Sound ab. Dann wieder herrschte unerhörte Stille. Keiner konnte sich der geheimnisvollen Aura entziehen. Beim gemeinsamen Schreiten durch Pylone, vorbei an Kolossalstatuen, Tempeln und Kapellen fühlten die Menschen eine mystische Einigkeit.

Das letzte der Absperrbänder, durch die sich die Touristen Stück um Stück bis zum Heiligen See vorgearbeitet hatten, fiel. Amuns Pilger strömten zur Zuschauertribüne. Als sämtliche Sitz- und Stehplätze belegt waren, verloschten langsam alle Lichter. Das glitzernde Wasser des Sees wurde schwarz.

Irma trottete als Nachzüglerin längs des Seeufers zur Tribüne. Als sie hinter sich schnatterndes Wimmern hörte, dachte sie an die heiligen Gänse, die einst hier gebadet hatten. Sie drehte sich um, und im nächsten Scheinwerferlicht sah sie Sylvia, die dicht am Wasser entlangtorkelte. Es schien, als ob sie vor Doro floh, die hinter ihr lief. Bevor der Lichtstrahl weiterwanderte, sah Irma einen Schatten, der sich den beiden näherte. Als die Schattengestalt die zwei fast erreicht hatte, brach Sylvia unvermittelt zusammen. Direkt vor Doros Füße. Der Scheinwerfer schwenkte weiter und es war wieder Nacht. Irma rannte los, aber als nach einer Minute der nächste Lichtschein den See aufleuchten ließ, lag Sylvia nicht mehr am Ufer. Auch Doro und die schattenhafte Gestalt waren wie vom Erdboden verschluckt.

Die Show ging dem Höhepunkt zu. In verschiedenfarbigen Lichtkegeln tauchten die Tempel Amuns aus der Nacht auf. Dämonen-Stimmen mit dröhnendem Bass wechselten mit beschwörendem Flüstern ab. Die Pharaonen erzählten vom Goldenen Theben, das sie zum Ruhme des Gottes Amun erbaut hatten. Zwischendurch herrschte andächtige Stille.

In so einer Stille hörte Irma, die immer noch an der Stelle stand, an der Sylvia zusammengebrochen und nun verschwunden war, ein seltsames Gluckern. Sie stieß einen gellenden Schrei aus, sprang in den See und zog Sylvia aus dem heiligen Wasser.

Die Show ging weiter.

Die Zuschauer auf der Tribüne hatten gebannt über den See hinweg zu den Tempelruinen geblickt und den Stimmen der Gottkönige gelauscht, in denen Irmas Schrei untergegangen war. Die einzige Person, die von den Geschehnissen am Ufer des Heiligen Sees Notiz genommen hatte, war Helene, die mit gezücktem Apparat jeden Lichtstrahl für Fotos ausgenutzt hatte.

Nachdem Irma ins Wasser gesprungen war, hatte sie sich energisch durch die engbesetzten Tribünenreihen gedrängt.

Sie schien ihre siebzig Jahre vergessen zu haben und eilte wie ein Wiesel zum See. Dort angekommen, sah sie ein nasses Bündel am Ufer liegen. Daneben hockte Irma in pitschnassen Klamotten und mit tropfenden Haaren und versuchte das Bündel durch Mund-zu-Mund-Beatmung wieder in einen lebenden Menschen zu verwandeln. Vergeblich. Als Irma sich aufrichtete und die Haare zurückstrich, fiel der Scheinwerfer auf Sylvias starre Augen.

Das Licht entfloh in die Tempelruinen.

Irma seufzte und fummelte aus ihrer Jeanstasche ein Handy. Als sie Wasser herauslaufen sah, wusste sie, es war genauso tot wie Sylvia.

Helene stand neben ihr, als ob sie selbst zu einer steinernen Statue geworden war.

»Gut, dass Sie da sind, Helene«, keuchte Irma. »Versuchen Sie einen oder mehrere von den Polizisten, die im Tempel herumlungern, hierherzubeordern.«

Helene nickte und verschwand in Richtung des steinernen Skarabäus, der die Größe eines mittleren Hausschweines hatte und auf einem Sockel hockte. Vor einer halben Stunde hatte hier ein ganzer Pulk gelangweilter Tempelwächter gestanden. Jetzt war niemand mehr da.

Die Show ging weiter.

Helene Ranberg fand schließlich zwei Tempel-Polizisten, die auf dem umgestürzten, zerbrochenen Hatschepsut-Obelisken saßen und rauchten. Über Helenes aufgeregtes Gezeter: »Mord! Meurtre! Murder!«, lachten sie herzlich. Erst als Helene sich mit der flachen Hand über die Kehle fuhr, folgten sie ihr grinsend zum Heiligen See.

Die Sound and Light Show war zu Ende. Die Menschenmassen drängten durch den Wald der hundertvierunddreißig Papyrussäulen zum Ausgang. Nur die, die nahe am Seeufer entlanggegangen waren, hatten die Absperrbänder gesehen, hinter denen ein paar Polizisten schläfrig hin- und herliefen. Da Ägypten-Touristen den Anblick bewaffneter Uniformierter gewöhnt waren, interessierte das niemanden. Seit den Terroristen-Anschlägen vor dem Ägyptischen Museum in Kairo und am Hatschepsut-Tempel wurde immer irgendwo irgendwas bewacht und kontrolliert, ohne dass ein Außenstehender ahnen konnte, um was es gerade ging.

In dieser Nacht verbrachte Markus Engler gemeinsam mit dem Reiseführer mehrere Stunden auf der Polizeidienststelle in Luxor. Ismail übersetzte die Fragen der Beamten für Engler und gab dessen Antworten rasch und für Engler unverständlich weiter. Es wurden Formulare ausgefüllt, deren Anzahl sich auf etwa ein Dutzend erhöhte, als ein Beerdigungsunternehmer, der fast schneller zur Stelle gewesen war als die Polizei, aktiv wurde.

Bis zum morgigen Nachmittag sollte Sylvias Leiche von diesem ägyptischen Beerdigungsinstitut flugfertig gemacht werden.

ZWÖLF

Dienstag, 22. Dezember

Am letzten Vormittag, den die Stuttgarter Reisegruppe an Deck des Nilschiffs verbrachte, gab es nur ein Thema: der tragische Tod von Sylvia Engler.

Der sanfte Oberstudienrat war nicht ansprechbar. Irma bekam auf ihre Frage, wieso Sylvia so schnell hatte ertrinken können, da sie doch schwimmen konnte, keine Antwort.

Auf Sylvias Totenschein stand: Tod durch Ertrinken.

Annele Staps sicherte sich ihren ersten Auftrag als frisch gebackene Geschäftsfrau. Engler übertrug ihr die Organisation für Sylvias Begräbnis in Stuttgart. Diese Formalitäten wurden in der Bar abgewickelt und danach verschanzte sich Engler in seiner Kabine. Er ließ sich erst wieder blicken, als der Bus bereitstand, um zum Flugplatz zu fahren.

Weswegen Senmut Herzig einer Schnapsleiche glich, als ihn Ismail zum Bus schleppte, und warum der Junge zitterte und stotterte, wenn er angesprochen wurde, war nicht nachvollziehbar. Da Senmut aber sowieso als komischer Kauz galt, dachte sich niemand was dabei.

Als Letzte tauchte Doro auf. Sie saß im Bus und später in der Wartehalle neben Markus Engler und hielt seine Hand. Jeder andere der Reisegruppe war froh, den trauernden Witwer nicht trösten zu müssen, da Doro das professionell erledigte.

Auch im Flugzeug saß Doro neben Engler. Auf Sylvias Platz.

Irma und Helene versuchten sich durch Zeitunglesen auf den Alltag in Stuttgart einzustimmen. Beide probierten mit verschiedenen Schlagzeilen ein Gespräch in Gang zu bringen. Irma versuchte es mit »Klimagipfel« – »Schweinegrippe« – »Gymnastik für trächtige Kuh« – »Stuttgart 21«.

Helene, die durch die Leiche im Heiligen See in ihrer Illusion, Miss Marple zu sein, bestärkt worden war, gab Meldungen mit kriminalistischem Hintergrund von sich: »Erprobung der elektronischen Fußfessel im deutschen Strafvollzug verzögert sich« – »Staatsanwaltschaft ermittelt wegen vergifteter Nudeln« – »Genetischer Fingerabdruck entlarvt über 7000 Straftäter«.

Aber weder Irma noch Helene gelang es, sich von den Gedanken an den Sarg, der irgendwo unter ihnen im Flugzeugbauch stand, abzulenken.

Irma gähnte. »Jetzt lass uns ein bisschen schlafen, Tantchen«, schlug sie vor.

Helene legte ihr Stiefmütterchengesicht in Schmunzelrunzeln. »Schade eigentlich, dass ich nicht wirklich Ihre Tante bin«, sagte sie. »Aber in meiner Eigenschaft als Miss Marple muss ich mich doch fragen, wieso keiner der Mitreisenden unsere Verwandtschaft in Frage gestellt hat. Ich meine mich zu erinnern, dass sich Tanten und Nichten normalerweise nicht siezen?«

»Stimmt«, gab Irma zu. »Ich nehme an, es ist niemandem aufgefallen.«

»Die Leute können einfach nicht logisch denken!«, sagte Helene.

Irma nickte und murmelte schläfrig: »Also machen wir ein Nickerchen, damit unsere grauen Zellen frisch und einsatzbereit in Stuttgart ankommen.«

Nach dreieinhalb Stunden landeten sie pünktlich in Echterdingen. Als die Passkontrolle erledigt war und in der Halle jeder seinen Koffer vom Band gestemmt hatte, verloren sich die Menschen, die acht Tage lang eine Traumreise verbunden hatte, so schnell, wie sie sich gefunden hatten.

Die weiße Pracht war weggetaut. Stuttgart empfing sie kalt und regengrau.

* * *

Am Vormittag dieses 22. Dezembers erschien Schmoll mit zwei bewaffneten Polizeibeamten im Katharinenhospital. Leo Kowalzki ließ sich widerstandslos abführen. Obwohl Line, die ihn gerade besucht hatte, wie ein Rohrspatz schimpfte und danach Rotz und Wasser heulte, musste sie ihren Bruder der Staatsmacht überlassen.

Im Präsidium wurde Leo Kowalzki in Anwesenheit eines Anwalts verhört. Leo saß wie ein Häufchen Unglück im Verhörraum und Schmoll deutete das als Angst und halbes Schuldbekenntnis. Der erfahrene, hartgesottene Hauptkommissar fragte sich allerdings, wieso ihm der kräftige Fitness-Trainer mehr wie ein großer, schüchterner Junge und weniger wie ein kaltblütiger Mörder vorkam. Die Straftäter werden wirklich immer jünger, dachte Schmoll. Aber davon darf ich mich nicht beeindrucken lassen.

Er lehnte sich zurück und begann: »Sie werden wissen, warum Sie hier sind, Herr Kowalzki, und deswegen rate ich Ihnen, die Wahrheit zu sagen. Das würde die Sache vereinfachen und verkürzen. Wir wollen uns doch nicht vor Gericht wiedersehen, wo Sie alles unter Eid wiederholen müssen?«

»Wir werden uns nicht vor Gericht wiedersehen«, sagte Leo bockig. »Ich habe am Tod dieses Zahnarztes keine Schuld.«

»Aha.« Schmoll fixierte Leo, als habe er einen ungezogenen Schulbub vor sich. »Und weil Sie unschuldig sind, haben Sie die Flucht ergriffen und dann auch noch einen unserer Mitarbeiter tätlich angegriffen und verletzt?«

»Tut mir leid. Mir ist der Schreck in die Glieder gefahren. Ich hatte ja von dem Mord gehört und mir schon Sorgen gemacht, irgendwie in den Fall verwickelt zu werden, weil ich in der Nähe des Fußgängerstegs gewesen bin.« Leo strich sich über die Stirn und durch seine kurzen braunen Haare, die durch ein paar sonnengebleichte Strähnen wie ein gescheckte Kaninchenfell aussahen. Danach starrte er seine Handfläche an, als ob da Gedanken daran klebten, die ihm helfen könnten.

Schmolls Bass war streng: »Sie geben also zu, in der Nacht vom 6. zum 7. Dezember in der Neckarstraße gewesen zu sein?«

»Ja.«

»Und was haben Sie dort zu suchen gehabt?«

»Frau Bäumle hat mich engagiert, ihren Mann zu beschatten. Er hatte in einem Haus in der Neckarstraße eine Geliebte. Die beiden habe ich mehrere Abende und Nächte lang beobachtet.«

»Auch in der besagten Nacht?«

»Da war ich nicht allein dort. Ich habe Frau Bäumle begleitet, die mir nicht geglaubt hat und sich mit eigenen Augen überzeugen wollte.«

»Warum hat sie Ihnen nicht geglaubt? Haben Sie keine Beweise liefern können?«

»Doch, ich habe Fotos gemacht. Von Herrn Bäumle mit der Dame, die Frau Zuckerle heißt. Aber da diese Fotos die beiden außerhalb der Wohnung und in keiner verfänglichen Situation zeigten, hat das Frau Bäumle nicht gereicht.«

»Okay«, brummte Schmoll, der diese Version schon von Frau Bäumle kannte und zugeben musste, dass die Aussagen über diesen Punkt bei beiden ziemlich gleich waren. Hatten sie sich abgesprochen? Aber wann? Und warum so und nicht anders?

Schmoll beugte sich vor. »Erzählen Sie genau, was an dem Abend beziehungsweise in dieser Nacht passiert ist.« Er lehnte sich wieder zurück und trommelte kurz und hart mit den Fingerspitzen auf die Tischplatte.

Leo räusperte sich. »Frau Bäumle hatte mir an diesem Nachmittag, wenn auch widerwillig, das versprochene Honorar gegeben. Ich musste etwas Druck machen, denn ich hatte ihren Auftrag erfüllt und ihr Informationen und Fotos geliefert. Sie wollte sich aber, wie gesagt, selbst überzeugen. Dafür versprach sie mir nochmals 100 Euro. Da konnte ich nicht nein sagen, weil ich das Geld verdammt nötig habe.« Er machte eine Pause und seufzte. »Aber ich habe es dann doch nicht bekommen.«

Das, dachte Schmoll, stimmt nicht mit der Aussage Frau Bäumles überein. Wer lügt nun wieder? »Bleiben wir beim Wesentlichen«, sagte er. »Sie sind also am späten Abend des 6. Dezember mit Frau Bäumle zur Neckarstraße gefahren.«

»Nein, wir fuhren getrennt. Ich mit der Straßenbahn und sie mit dem Auto.«

»Um welche Uhrzeit haben Sie sich getroffen?«

»Gegen 23 Uhr.

»Wo?«

»Beim Hinterausgang des Hauses, in dem Frau Zuckerle wohnt.«

»Wie lange haben Sie dort gestanden?«

»Ungefähr eine halbe Stunde. Es war bitterkalt. Frau Bäumle war ungeduldig und ärgerlich, als hätte ich Schuld, dass ihr Mann ewig nicht aus dem Haus kam.«

»Und wann kam er?«

»Es wird gegen halb zwölf gewesen sein.«

»Und dann?«

»Habe ich mich sofort auf den Weg zur Metzstraße gemacht. Dort hab ich gleich eine U 2 erwischt und konnte bis Charlottenplatz durchfahren.«

»Frau Bäumle sagt, Sie seien zum Riesling-Steg gelaufen.«

»Nein.«

»Und Frau Bäumle? Ist sie zum Riesling-Steg gelaufen?«

»Keine Ahnung. Ich habe mich nicht nach ihr umgesehen. Ich war sauer, weil sie das versprochene Geld nicht rausgerückt hat, und wollte nichts mehr mit ihr zu tun haben.«

Schmoll glaubte Leo nicht und stellte seinen energischsten Bass ein: »Herr Kowalzki! Sie sind der Letzte, der Joachim Bäumle lebend gesehen hat, und das kurz vor dem ermittelten Todeszeitpunkt.«

»Seine Frau war zu dieser Zeit auch in der Nähe!«

»Sie glauben doch nicht im Ernst, diese zarte Person hat ihren Mann über das Brückengeländer gehievt?«

»Herr Bäumle ist ein Hänfling. Der ist nicht schwer.«

»Aha«, donnerte Schmoll. »Sie wissen also, dass Herr Bäumle nicht schwer ist! Woher wissen Sie das? Haben Sie es festgestellt, als Sie ihn von der Brücke geworfen haben?«

Leos Stimme wackelte: »Um zu wissen, dass Herr Bäumle keinen Zentner wiegt, braucht man ihn nicht hochzuheben, man sieht ihm doch sein Fliegengewicht an.«

Schmoll zog die Stirn zu einem Wellblechdach und machte sein Bulldoggen-Gesicht. »Das reicht mir!«

Danach gab er das Wort an den Anwalt, der sich im Hintergrund gehalten hatte.

Dieser fixierte den Verdächtigen: »Möchten Sie sich zum Tatvorwurf äußern, Herr Kowalzki?«

Aber Leo war völlig aus dem Konzept gebracht. Außer »Ich war's nicht« brachte er nichts über die Lippen.

»Sie können also keine der von Hauptkommissar Schmoll angesprochenen Fakten widerlegen? Sie waren am Tatort und haben für die Tatzeit kein Alibi.«

»Es stimmt alles, was ich gesagt habe, aber den Bäumle habe ich nicht umgebracht.«

»Tut mir leid, Herr Kowalzki«, sagte der Anwalt, »da Sie das nicht beweisen können, müssen Sie auf Grund der jetzigen Tatbestände dem Haftrichter vorgeführt werden. Er entscheidet, ob Sie freigesprochen werden können oder ob ein Haftbefehl erfolgt.«

Der Haftbefehl wurde noch am selben Tag erlassen. Bevor Leo nach Stammheim in Untersuchungshaft gebracht wurde, sagte Schmoll zu ihm: »Wir sehen uns morgen wieder. Ich rate Ihnen, über Nacht noch mal gründlich nachzudenken.«

* * *

Im Flugzeug hatte sich Markus Engler von Doro überreden lassen, bei ihr in der Neckarstraße zu übernachten. Da er völlig ausgelaugt und nicht entscheidungsfähig war, hatte er ihren Vorschlag angenommen. Er war auch erleichtert, nicht in die Wohnung gehen zu müssen, in der er mit Sylvia bessere Tage erlebt hatte.

Als Dorothea Zuckerle am späten Abend dieses 22. Dezembers mit ihren Koffern, die ihr Engler hinterhergetragen hatte, vor ihrer Wohnungstür stand und sah, dass sie versiegelt war, schlich sich ein flaues Gefühl in ihre Magengrube. Sie begriff, dass die Polizei hinter ihr her war. Kommt Zeit, kommt Rat, dachte sie. Da will ich jetzt nicht darüber nachgrübeln. Heute will ich mit Markus in meine Wohnung gehen, ohne befürchten zu müssen, dass Jo uns ertappt.

Hätte Doro den Inhalt des überfüllten Briefkastens geprüft, wäre ihr die polizeiliche Vorladung, die Irma vor zwei Wochen hineingesteckt hatte, in die Hände gefallen und sie hätte vielleicht doch noch nachgedacht.

Markus Engler stand neben ihr und starrte emotionslos das Siegel an. Wie aus weiter Ferne hörte er Doro schnell und aufgeregt sprechen, ohne sie zu verstehen.

Obwohl er Sylvia seit mehr als einem Jahr mit Doro betrogen hatte, traf ihn ihr Tod wie ein Schicksalsschlag, den er nicht verdient zu haben glaubte. Seit Sylvia tot war, verrannte er sich in den Glauben, er hätte durch die gemeinsame Nilkreuzfahrt noch einmal mit ihr glücklich werden können. Er gestand sich nicht ein, dass das von Anfang an zum Scheitern verurteilt gewesen war, weil Doro darauf bestanden hatte, sich dieser Reise anzuschließen. Er hatte Doro nie etwas abschlagen können. Er war ihr verfallen. Dieser Zustand hatte sich gesteigert, je öfter sie sich gesehen hatten. Sein Traum, irgendwann für Doro frei zu sein, den er geträumt hatte, seit er ihr im Mineralbad Berg begegnet war, hatte jeden Reiz für ihn verloren. Nun stand er vor der versiegelten Tür und fragte sich, warum Doro ihn bisher von ihrer Wohnung ferngehalten hatte. Weshalb wollte sie immer in Hotels gehen? Wieso stand er jetzt, wo sie ihn das erste Mal mit zu sich nehmen wollte, vor einer verschlossenen Tür?

»Ich werde das Siegel abreißen«, flüsterte Doro.

Er schreckte aus seinen Gedanken, nahm sich zusammen und fand seinen sanft belehrenden Schulmeisterton wieder. »Abreißen? Das darfst du nicht«, sagte er. »Du musst bei der Polizei anrufen und dich erkundigen, was hier los war. Eine Wohnung wird nicht zum Spaß versiegelt.

»Polizei anrufen? Einen Dreck werde ich tun«, sagte Doro. »Dann fahren wir jetzt zu dir.« Sie lachte leise. »Sylvia kann uns nicht stören.«

»Es tut mir weh, wenn du das sagst.« Seine Stimme war nicht mehr sanft, sondern entsetzengeschwängert. Sie gingen zum Lift und fuhren mit ihrem Gepäck ins Erdgeschoss. Vor dem Haus verfrachtete Engler das Gepäck, wie schon einmal vor einer knappen Stunde in der Flugplatzgarage, in seinen Peugeot. Kaum saß Doro auf dem Beifahrersitz, merkte sie, dass Engler weinte. Er saß aufrecht und weinte ohne einen Ton. Beidseitig seiner markanten Nase liefen Tränen zur Oberlippe, die zitterte, als könne sie nie mehr damit aufhören. Als er spürte, wie sie ihn beobachtete, legte er seine Arme aufs Lenkrad, senkte den Kopf darauf und schluchzte wie ein verlassenes Kind.

Doro redete leise und beschwichtigend auf ihn ein, wurde dann lauter und nach einer Viertelstunde schrie sie: »Fahr endlich los! Ich hab kalte Füße!«

Engler hatte sie noch nie schreien hören. Er war so geschockt, dass er sofort den Zündschlüssel drehte und nach einem Blitzstart auf dem nächsten Weg zur Taubenheimstraße fuhr.

»Schön hast du's«, sagte Doro und lief hüftschwingend über Orientteppiche. Sie wippte auf der Couch. »Sind das Designermöbel? Die Bilder werde ich etwas tiefer hängen. Originale? Sehen wertvoll aus.«

Sie drehte die Heizungen weiter auf, zog sich aus und ihn ins Schlafzimmer. Engler meinte, ihr wieder zu verfallen und genoss ein paar Augenblicke lang ihre Verführungskünste.

Doch als sich Doro schon sicher war, wieder Macht über ihn zu haben, schrie er auf wie ein verletztes Tier. Der sanfte Markus Engler brüllte: »Lass mich in Ruhe!« Er lief ins Wohnzimmer, legte sich auf die Couch und konnte stundenlang nicht einschlafen. Er dachte an Sylvia. Überlegte, wo sie jetzt war. Wusste, dass sie im Kühlhaus lag. Sie friert dort, dachte er. Sie friert, weil sie die Wärme Ägyptens noch in sich hat. Ich werde Staps und Co., Vater und Tochter, sagen, dass Sylvia verbrannt werden soll. Man kann sie doch nicht nach dem Kühlhaus auch noch in gefrorene Erde legen. Verbrennen. Verbrennen zu Asche, damit sie nicht von Würmern zerfressen wird.

Er sprach leise vor sich hin, aber nicht zu Sylvia, sondern zu ihrer Asche: »Ich würde dich gern ins Meer streuen oder vom Wind verwehen lassen, aber du liegst in einer Urne. Deine Urne ist dein Home. Dein Home ist dein Castle. Dein Castle wird irgendwann vom Krematorium zu deinem Grab getragen. Dabei kommst du etwas durcheinander, wirst neu gemischt. Wenn der Träger stolpert, lässt er vielleicht dein Castle fallen und es zerbricht. Du wirst herausfallen und der Wind kann dich wegtragen. Das ist besser, als in einer Urne unter der Erde zu liegen.«

Markus Engler schlief ein und träumte, neben Sylvia im Mineralbad Berg zu schwimmen.

* * *

Kaum dass Irma mit Sack und Pack in ihrer Wohnung eingetroffen war, hatte das Telefon geklingelt. Dieses Telefongespräch war wie ein Signal, mit dem sie endgültig wieder in Deutschland ankam und Ägypten wie eine Fata Morgana hinter sich ließ.

»Ich halte das nicht mehr aus«, jammerte ihre Mutter. »Die ganze Adventszeit war ich mutterseelenallein. Das Wetter ist miserabel. Ich wage mich kaum noch vor die Tür bei der Kälte.«

»In Stuttgart ist auch mieses Wetter.«

»Das Fräulein Tochter hat sich ja in Ägypten rumgetrieben, da scheint die Sonne doch immer. Oder? Eine Nilkreuzfahrt! So etwas konnte ich mir noch nie leisten.«

»Ich auch nicht, Mam. Ich habe dir doch erzählt, dass ich sozusagen als Begleitperson der alten Frau Ranberg mitgefahren bin und sie mir die Reise spendiert hat.«

»Alte Frau Ranberg! Ich bin auch alt. Und meine einzige Tochter denkt nicht daran, sich um mich zu kümmern.«

»Du bist erst sechzig, also zehn Jahre jünger als Frau Ranberg. Und benehmen tust du dich sowieso meist wie fünfundzwanzig.«

»Spielst du schon wieder auf meinen Axel an? Hast doch alles kaputt gemacht!«

»Mama, du weißt genau, dieser Axel war ein polizeilich gesuchter Heiratsschwindler. Er hat dich immerhin um einige Tausend Euro erleichtert – und nicht nur dich!«

»Bei mir war das was anderes als mit den anderen Frauen – die waren so dumm, wie sie reich waren. Mich hat Axel geliebt. Er wollte mich heiraten.«

»Meine Güte, Mam, wirst du denn nie gescheit? Hast du wenigstens das Auto, das du ihm gekauft hast, wieder zu Geld machen können?«

»Ich warte erst den Prozess ab. Vielleicht sehen die Richter ein, dass Axel unschuldig ist. Dann braucht er den Wagen.«

Irma schwieg betreten und ließ ergeben den Redeschwall ihrer Mutter auf sich einprasseln: »Ich habe Axel in der U-Haft besucht. Er hat versprochen, zu mir zurückzukommen. – Du bist doch bei der Polizei, Irma. Kannst du denn da nichts arrangieren, damit er Bewährung bekommt?«

»Erstens will und kann ich nichts für Axel tun«, sagte Irma. »Und zweitens bin ich bei der Mordkommission. Das, was Axel auf dem Kerbholz hat, sind Betrugsdelikte, dafür sind andere zuständig. Gib es doch bitte endlich zu: Dein Axel hat dich hereingelegt!«

»Einen Schitt werd ich zugeben«, brummte Frau Eichhorn senior. »Nun sag endlich, ob ich schon morgen kommen kann. Ich bin so einsam hier. Ihr habt doch in Stuttgart diesen berühmten Weihnachtsmarkt. Den möchte ich mir ansehen.«

»Aber ich hab morgen Dienst, Mam.«

»Frag deinen Schmoll, ob er dir freigibt für deine alte Mutter.«

»Also gut, Mam, ich werde es versuchen. Andernfalls musst du eben allein auf den Weihnachtsmarkt gehen.«

»Das ist doch kein Problem, mein Kind«, sagte die Mama. »Ich fahre also morgen 9.14 Uhr ab Hamburg und bin 14.34 Uhr in Stuttgart.«

»Okay«, sagte Irma ergeben. »Ich hol dich ab.«

Dreizehn

Mittwoch, 23. Dezember

Markus Engler weckte ein Windstoß, der ins Zimmer wehte. Doro stand nackt am Fenster, umwallt von aufgeblähten Tüllgardinen. Sie bürstete ihre Zigeunermähne. »Du sprichst im Schlaf, Chéri. Du stöhnst und wimmerst.« Und leise mit ihrer einschmeichelnden, betörenden Altstimme: »Das Leben geht weiter, mein Liebster. Ich werde immer für dich da sein!«

Er war noch umnebelt von Schlaf. Er hatte von Sylvias Asche geträumt. Sein Kopf glühte. Seinen Körper fühlte er so schwer und feucht, als ob er in flüssigem Blei schwämme. Er schob Doros Hände weg, die unter seine Decke geschlüpft waren und wie Schlangen an seiner Haut züngelten.

Doro hatte die Wohnung bereits vereinnahmt und im Bad alles entsorgt, was Sylvia gehört hatte. »Ab jetzt ist das mein Bad«, hatte Doro ihrem Spiegelbild zugeflüstert und ihre Toilettenartikel in das Hängeschränkchen geräumt. Sie hatte Kühlschrank und Gefriertruhe überprüft, was die Vorräte hergaben, und eine Einkaufsliste geschrieben. Jetzt hatte sie Engler geweckt und hielt ihm seine Autoschlüssel und seine Brieftasche vor die Augen. »Ich fahre rasch zum Supermarkt. Steh auf, mein Liebster. Es ist schon gleich zehn. Geh unter die Dusche. Lass uns gemeinsam frühstücken, wenn ich zurück bin. Ich bringe frische Brötchen mit – und Champagner.« Sie beugte sich über ihn. »Gib mir einen Kuss!«

Er stieß sie von sich, setzte sich auf und hielt seinen Kopf zwischen den Händen. »Ich brauche Ruhe! Ich muss nachdenken.« Seine Stimme war nicht mehr sanft, sondern rau und belegt. »Kannst du das nicht verstehen!«

»Ich verstehe dich, mehr als du dir vorstellen kannst. Ich will dir doch nur helfen. Wenn du hier weiter stundenlang auf dem Sofa liegst und an die Decke starrst, wirst du verrückt.«

»Ich werde sowieso verrückt«, sagte er und flüchtete ins Bad.

Doro überlegte, was sie falsch machte. Sie hielt sich für klug und für listig und vor allem für begehrenswert. Sie wusste, dass sie in ihrem Leben Fehler gemacht hatte. Aber beim Umgang mit Männern, da war sie sich sicher, hatte sie instinktiv immer das Richtige getan. Was ist los mit mir?, dachte sie. Ich habe doch erreicht, was ich wollte. Wieder einmal werde ich ein Geheimnis haben, das niemand aufdecken wird. Was ich getan habe, schadet keinem, aber es wird mir endlich helfen, in Ruhe leben zu können. Leben mit Markus. Ich liebe ihn.

Doro ging einkaufen.

* * *

Irma meldete sich morgens pünktlich im Büro vom Urlaub zurück. Nach herzlicher Begrüßung und nachdem Katz einige Floskeln über Irmas Ägyptenbräune, die hauptsächlich aus Sommersprossen bestand, losgeworden war, kam Schmoll sofort zur Sache. Er schilderte Irma seinen Erfolg, Kowalzki hinter Schloss und Riegel zu haben, und behauptete, der Fall sei so gut wie abgeschlossen. »Ich habe Kowalzki so weit, dass ich in Kürze sein Geständnis erwarte. Vielleicht noch heute. Dann schleppen wir den Fall nicht mit ins neue Jahr.«

»Mir scheint«, sagte Irma, »du hast dich inzwischen hundertprozentig auf Katz' Killertheorie eingeschossen.«

»I hab die Sach von vornherein durchschaut!«, meldete sich Katz, und Schmoll nickte. Als er Irmas zweifelnde Miene bemerkte, sagte er: »Du hast in Ägypten den Faden verloren. Lies erst mal die Ermittlungs- und Vernehmungsprotokolle und dann reden wir weiter.«

Das tat Irma. Doch auch danach war sie nicht überzeugt, dass Schmoll den Richtigen gefangen hatte. Den Versuch, Schmoll ihre Verdachtsaspekte gegen Dorothea Zuckerle näherzubringen, blockte er ab.

»Also ehrlich, Eichhörnle, als deine Mail kam, habe ich das für einen Witz gehalten!« Schmoll war völlig auf Leo Kowalzki fixiert.

Warum hängt er derart den Vorgesetzten raus, grübelte Irma. Wir haben doch sonst die Fälle gemeinsam und fair analysiert. Ist ihm sein Wohlwollen für mein Ermittlungstalent in den acht Tagen meiner Abwesenheit abhanden gekommen? Wieso hält er so penetrant an seinem Hauptverdächtigen fest? Warum zeigt er kein Interesse für meine Mutmaßungen? Wieso weigert er sich, mit mir in Ruhe über Dorothea Zuckerle zu sprechen?

Das selbstsichere Gehabe ihrer Kollegen, in deren Kripo-Hirnen der Triumph brodelte, den Mörder auch ohne ihre, Irmas, Hilfe dingfest gemacht zu haben, fuchste sie schließlich derart, dass sie Schmoll um einen weiteren Tag Urlaub bat.

»Komm mir nicht auf die Idee, Ermittlungen bezüglich dieser Zuckerle auf eigene Faust anzuzetteln. Ich gebe ja zu – es ist ein seltsamer Zufall, dass du die Dame in Ägypten aufgespürt hast. Aber was liegt gegen sie vor, außer dass sie einen Geliebten hatte und nun, da dieser das Zeitliche gesegnet hat, sich einem anderen Mann zugewendet hat? Das können wir ihr nicht vorwerfen. Das ist ihre Privatangelegenheit.«

»Hatten wir uns nicht auch mal Gedanken über das Ableben des alten Bäumle unter der Pflege von ebendieser Dame gemacht?«

»Wir ermitteln nicht wegen des zwei Jahre zurückliegenden Todes eines alten Mannes, sondern im aktuellen Mordfall am Riesling-Steg«, sagte Schmoll ungeduldig.

»Es gibt Zusammenhänge!«

»Deine fixe Idee, diese Thea Zuckerle könnte im Altersheim den Vater unsrer Brückenleiche umgebracht und nun in ähnlicher Weise die Frau ihres neuen Liebhabers aus der Welt geschafft haben, kommt mir ausgesprochen konstruiert vor. Nichts für ungut, Eichhörnle – du hast doch selbst gesagt, du hättest die Leiche aus dem See gefischt. Also ist die Frau ertrunken. Was soll Frau Zuckerle damit zu tun haben?«

»Ob Sylvia Engler ertrunken oder an den Medikamenten, die ihr Dorothea Zuckerle gegeben hat, gestorben ist, kann nur eine Obduktion klären«, sagte Irma.

»Na, aber jetzetle«, knurrte Schmoll. »Niemand wird diese Obduktion genehmigen.«

»Ich kann dem Staatsanwalt die Notwendigkeit erklären«, sagte Irma verbissen.

»Ond der Vatter von der Brückenleich, der Bäumle senior«, schaltete sich nun Katz ein, »den willsch exhumiere lasse?«

»Es gibt Zusammenhänge!«, beharrte Irma.

»Der Verdacht ist zu lasch, um eine Exhumierung zu beantragen.« Schmoll drehte nervös an seinem Kinn. »Dass das Altersheim nicht ordnungsgemäß geführt wird, hat die Aufsichtsratsbehörde bestätigt. Die Heimleiterin, diese Wittich, wird strenge Auflagen erfüllen müssen, wenn sie das Heim weiterführen will. Aber das geht uns nichts an, das ist eine andere Baustelle.«

»Bevor ich nach Ägypten gefahren bin, seid ihr ganz wild darauf gewesen, die Zuckerle zu finden und zu vernehmen«, erinnerte Irma.

Nun wurde Schmoll ärgerlich: »Also Eichhörnle, die Nilkreuzfahrt scheint deinen grauen Zellen nicht besonders bekommen zu sein. Man sollte vermeiden, jemanden zu verdächtigen, wenn der Schuldige quasi überführt ist.«

»Das ist er aber nicht!«

»Den werden wir schon mürbe kriegen. Die Hauptsache, er sitzt erst mal fest. Wenn der Täter hinter Schloss und Riegel ist, eilt es nicht mehr. Heiligabend und die Weihnachtstage werden wir uns zurücklehnen können.« Schmoll bedachte Irma mit einem Blick, der sagte: Nun will ich nichts mehr davon hören, und brummte: »Und wofür brauchst du noch einen Tag Urlaub, wenn ich fragen darf?«

»Meine Mutter kommt. Sie sollte eigentlich erst morgen anreisen, damit ich mich wenigstens einen Tag lang hier wieder einarbeiten kann. Aber da ihr sicher seid, den Richtigen bereits gefasst zu haben, bin ich ja ohnehin abkömmlich.«

»Nun sei nicht gleich beleidigt«, sagte Schmoll.

Irma nahm ihre Jacke vom Haken. »Legen wir also mein Problem bis nach den Feiertagen auf Eis.«

»Sodele«, sagte Schmoll, »dann viel Spaß mit der Frau Mama. Ich fahre nachher mit Katz nach Stammheim und wir nehmen uns Kowalzki noch einmal vor. Der wird jetzt gegrillt, wie die Amis sagen. Das ist so einer, der sich erst wie ein Spanferkel am Spieß fühlen muss, bevor er geständig wird.«

Irma hätte zwar diesen Hauptverdächtigen gern kennengelernt, aber sie war stocksauer, weil ihre Meinung von Schmoll und Katz derart unter den Tisch gekehrt worden war. Die können mich mal!, dachte Irma und sagte: »Dann melde ich mich hiermit ab. Wenn ihr mich vor und über Weihnachten doch noch brauchen solltet, wisst ihr, wo ihr mich findet. Tschüss, und frohe Festtage!« Irma hätte gern die Tür zugeknallt, aber sie riss sich zusammen und klinkte sie behutsam ein.

»Die isch ganz schee grätig«, sagte Katz.

Schmoll grinste: »Sie hätte halt den Mörder lieber selbst gefangen. Sie denkt, weil das einmal geklappt hat, gelingt ihr das immer.«

* * *

Irma entdeckte ihre Mutter, als sie beschwingt aus dem Zug stieg. Jemand half ihr, einen Riesenkoffer auf den Bahnsteig zu hieven. Es war ein seriös wirkender Herr, der selbst nur mit einem Rollköfferchen ausgestattet war. Dann sah Irma verblüfft einer herzlichen Verabschiedung zu, bei der ihre Mutter französische Küsschen rechts und links auf einen grauen Seemannsbart setzte. Worauf sich der Herr winkend entfernte, einen jungen Mann begrüßte und mit ihm untergehakt dem Nordausgang zum Parkplatz zustrebte.

Nun erst sah sich Frau Eichhorn nach ihrer Tochter um. Irma registrierte, dass Mama beim Frisör gewesen war. Ihre Haare leuchteten in sattem Kastanienrot. Zu ihrem braunen Dufflecoat trug sie neue kniehohe Stiefel über Röhrenjeans. Mama stand klein und mollig, aber sehr adrett neben ihrem Riesenkoffer. Ihre Augen, die ihr etwas unwiderstehlich Jugendliches verliehen, blitzten hin und her und ließen ihre sechzig Jahre vergessen.

»Meine Güte!«, rief Frau Eichhorn, als Irma auf sie zukam. »Lässt mich hier stehen und warten.« Sie breitete die Arme aus: »Komm an mein Mutterherz, mein Kind!«

Irma befreite sich vorsichtig aus der Umarmung. »Schön, dass du da bist, Mam.«

»Diese ICEs sind himmlisch! Früher war das bestimmt eine Weltreise. Der Regionalzug von Itzehoe hat natürlich schauderhaft getrödelt, aber ab Hamburg ist mir die Zeit wie im Flug vergangen«, zwitscherte Frau Eichhorn und übergab Irma ihren Koffer. »Ich habe ganz reizende Reisegesellschaft gehabt.«

»Den Herrn, der dir den Koffer auf den Bahnsteig bugsiert hat?«

»Aha«, sagte Frau Eichhorn. »Das Fräulein Kriminalkommissarin hat meine Ankunft überwacht!«

»War nicht zu übersehen«, sagte Irma trocken und rollte Mamas Koffer den Bahnsteig entlang.

»Herr Jansen ist aus Hamburg. Wir hatten Plätze im selben Abteil und waren uns auf Anhieb sympathisch. Nachdem wir festgestellt hatten, dass wir beide nach Stuttgart wollten, fanden wir auch sonst so manche Gemeinsamkeit heraus.«

»Schön«, sagte Irma, und Mama plauderte frohgemut weiter: »Herr Jansen fährt über Weihnachten zu seinem Sohn – und ich zu meiner Tochter. Zwei Nordlichter besuchen ihre Kinder in Stuttgart. Ist das nicht nett?«

»Na ja«, sagte Irma fast ein wenig bitter. »Der Herr besucht sicher nicht nur seinen Sohn, sondern auch seine nette Schwiegertochter und die Enkelkinder. Ich kann dir leider keine Familie bieten.«

»Keine Schwiegertochter. Keine Enkelkinder«, sagte Frau Eichhorn eifrig. »Der Sohn hat sich dieses Frühjahr nach sieben Jahren von seiner Lebensgefährtin getrennt.« Sie schickte eine Lachsalve durch die Schalterhalle. »Jedenfalls auch eine Gemeinsamkeit unserer Kinder. Bei dir waren es doch auch sieben Jahre, die du mit Martin zusammen warst.«

»Vier«, sagte Irma. »Erinnere mich bitte nicht an Martin.«

»Jansens Sohn hat eine Eigentumswohnung in Bad Cannstatt und arbeitet im Mercedes-Benz-Werk in Untertürkheim. In Spitzenposition! Herr Jansen wollte kaum glauben, dass meine Tochter bei der Kripo tätig ist. Er wusste gar nicht, dass das ein Beruf für Frauen ist. Na ja – ist's ja auch nicht. – Dass du immer noch kein Auto hast! Das ist ja schrecklich mit den vielen Rolltreppen. Wann bekommt ihr denn endlich diesen modernen Bahnhof? Diesen, wie heißt das doch gleich?«

»Stuttgart 21«, sagte Irma geduldig. »Wenn das Projekt überhaupt finanziert werden kann, wird es noch mindestens zehn oder zwanzig Jahre dauern, bis du hier unterirdisch ankommen kannst. Die meisten Stuttgarter wollen das Milliardending gar nicht haben, aber die obersten Macher lassen nicht locker.«

»Das erleb ich ja dann gar nicht mehr«, sagte Frau Eichhorn enttäuscht. »Aber nun auch noch mit dem schweren Koffer in die Straßenbahn! Wir hätten doch ein Taxi nehmen können.«

»Die Entfernungen sind in Stuttgart etwas größer als in Itzehoe.«

Zumindest fand die Stuttgarter Straßenbahn dann doch gnädige Anerkennung von Irmas Mutter: »Sehr komfortabel. Schön warm hier und sogar gepolstert.«

Doch nachdem sie die kurze Fahrt bis zum Killesberg genossen hatte, maulte sie schon wieder über den Fußweg bis zur Thomastraße. »Die Rollen leiden«, jammerte sie. »Es ist ein nagelneuer Koffer.«

»Das muss ein guter Trolley aushalten, Mam. Was hast du eigentlich alles eingepackt? Willst du bis Ostern bleiben?«

»Nun sind wir noch nicht mal da und du fragst schon, wann ich wieder abreise.«

»Sei nicht so empfindlich.«

»Du hast ja immer das letzte Wort!«, sagte Mama.

Irma zerrte verbissen den Koffer vorwärts.

Nach zehn Minuten waren sie angekommen. Frau Eichhorn schnaufte betont keuchend zur dritten Etage hinauf und meinte beim Eintreten in die Wohnung: »Ziemlich schräg alles!«

»Wieso schräg?«, fragte Irma. »Sind doch ganz solide Möbel, auch wenn die meisten von Ikea sind.«

»Ich meine die Wände.«

»Die Mieten in Stuttgart sind derart hoch, da war nicht mehr drin«, verteidigte Irma ihr Domizil. »Aber schau nachher mal aus dem Küchenfenster, da kann man sogar Weinberge sehen. Fühl dich wie zu Hause.«

Das Wie-zu-Hause-fühlen nahm Mama sofort wörtlich. Sie ließ sich von Irma aus Mantel und Stiefeln helfen, schlüpfte in Irmas Pantoffeln und plumpste im Wohnzimmer aufs Ikea-Sofa.

»Wenn du dich frisch machen willst, Mama – dort ist das Bad, die blauen Handtücher sind für dich.«

»Stink ich vielleicht?«

»Quatsch. Händewaschen wegen der Schweinegrippe.«

»Du meine Güte, die Schweinegrippe! Daran habe ich gar nicht gedacht. Die ist ja hier unten im Süden viel mehr verbreitet als bei uns. Eigentlich hätte ich dieses Risiko gar nicht eingehen dürfen. Ich bin doch nicht mehr die Jüngste.« Mama stürzte ins Bad.

Irma wusch sich in der Küche und stellte den Gemüseauflauf, den sie in der Backröhre warmgehalten hatte, auf den bereits gedeckten Tisch. »Komm, Mam, wir können essen. Du musst doch hungrig sein nach der langen Fahrt.«

Mama kam, schnupperte, sagte großmütig: »Riecht gut«, und setzte sich. Irma schenkte Wein ein.

»Was sind das denn für ulkige Gläser?« Mama hob ein kleines bauchiges Glas mit grünem Henkel hoch und musterte es so kritisch, wie das Irma vor einem Dreivierteljahr, als sie neu nach Stuttgart gekommen war, auch getan hatte.

»Der Wein, den man hier aus solchen Viertelesgläsern trinkt, heißt Trollinger.«

»Ah, deswegen sind die Gläser so drollig.«

»Der Trollinger ist der Schwaben Lieblingswein. Er soll sehr gesund und lebensverlängernd sein.«

»Na, denn prost«, sagte Frau Eichhorn. Zu Irmas Überraschung schmeckte ihrer Mama der Trollinger so gut, dass sie ihre Streitsucht darin ersäufte.

Nachdem sie gegessen, Irma den Abwasch und Mama ihre Siesta erledigt hatten, fuhren sie in die Innenstadt. Gegen fünf Uhr nachmittags standen die zwei Damen Eichhorn auf dem Marktplatz. Es war schon fast dunkel. Irma freute sich, weil ihre Mutter von den geschmückten Verkaufsbuden mit den tausenden Lichtern kindlich begeistert war.

Am letzten Tag, bevor an Heiligabend der Markt abgebaut wurde, herrschte gehöriger Trubel. Darüber schwebte eine weihnachtliche Duftmischung aus Glühwein, Waffeln, Bratwürsten und gebrannten Mandeln. Nach einer halben Stunde sagte Frau Eichhorn senior, sie brauche nun dringend einen Glühwein. Sie steuerte einen Stand mit Tischen und Bänken an und zwitscherte: »Glühwein zum Aufwärmen und Bänke zum Ausruhen!« Mit Hilfe ihres unwiderstehlichen Augenaufschlages fragte sie, ob hier was frei sei. »Hocke se na, jonge Frau!«, sagte ein wohlbeleibter Mann. »No bissle näher an mi na, damits Töchterle au no Platz findet. Heit muss mer eng beinandsitze, damit mer net frieret.«

»Was hat er gesagt?«, wisperte Mama zu Irma.

»Er verzeiht dir deine Drängelei!«

»Dass du verstehen kannst, wie die hier reden? Ich habe heute schon ein paar Mal gedacht, ich sei im Ausland.«

»Ich musste es auch erst lernen«, gab Irma zu. »Manches verstehe ich immer noch nicht. Aber hin und wieder ertappe ich mich, dass ich auf Schwäbisch fluche. So wunderbar anschauliche Worte hat Schriftdeutsch nicht zu bieten.«

»Passetse auf Ihr Handtasch uff«, sagte der Dicke zu Irmas Mama. »Hänget Se die lieber vor dr Bauch – beim Weihnachtsmarkt treibet sich gern Leit mit lange Finger rom.«

Irma übersetzte für Mama ins Hochdeutsche und bedankte sich bei dem Mann für den Hinweis. Als er sich später für Frau Eichhorn zwar unverständlich, aber liebenswürdig verabschiedet hatte, sagte Irma vieldeutig: »Langfinger! Nicht wahr, Mama, solche Leute gibt es eben überall. Ich hoffe, du hattest keinen Rückfall – du kennst unsere Abmachung: lange Finger – keine Tochter.«

»Also, nun fang nicht damit an!«, sagte Frau Eichhorn verstimmt. »Ich klaue nichts, sondern lasse nur manchmal was mitgehen. Bisher habe ich mich noch nie erwischen lassen. Du hättest ruhig in Itzehoe bleiben können. Außerdem sind es immer nur Kleinigkeiten, die niemandem weh tun.«

»Geklaut ist geklaut«, sagte Irma. »Und du weißt genau, dass das bei dir krankhaft ist. Hast du nicht doch mal über eine Therapie nachgedacht?«

»Papperlapapp! Was kann ich dafür, wenn einem heutzutage alles direkt vor die Finger gelegt wird. – So, und jetzt gehen wir noch mal zu dem Stand mit den Holzschnitzereien aus dem Erzgebirge. Diese Weihnachtspyramiden sind geradezu himmlisch. Wenn du mal verheiratet bist und Kinder hast, dann kaufe ich dir eine.«

Irma knurrte: »Diese Ausgabe kannst du dir sparen – zumindest in den nächsten Jahren.«

»Sag das nicht, mein Kind. Deine biologische Uhr läuft ab.«

»Meine was? – Ach so. Da mach dir mal keine Sorgen, Mam.«

Inzwischen waren sie an dem Stand mit dem Weihnachtsschmuck aus dem Erzgebirge angekommen. Er war dicht umlagert, aber Frau Eichhorn drängte sich zwischen den Menschen durch bis an die Auslagen. Sie nahm kleine Holztiere, Tannenbäumchen und Engelchen in die Hand, betrachtete sie entzückt, stellte sie zurück und griff immer neu zu. Irma war nun auch näher gekommen und plötzlich sah sie ein Engelchen mit einer Posaune, mit der es leider keinen Protest schmettern konnte, in Mamas Handtasche verschwinden. In Panik musterte Irma die umstehenden Leute. Hatte es sonst noch jemand gesehen? Dann zischte sie ihre Mutter an: »Nimm sofort den Engel aus deiner Tasche und stell ihn wieder zurück!«

Aber Frau Eichhorn senior konnte den Posaunenengel beim besten Willen nicht wieder aus der Handtasche nehmen – denn ihre Handtasche war weg. Nur die Riemen hingen noch über ihrer Schulter. Sie endeten in Hüfthöhe mit zwei glatten Schnittstellen.

Irma wünschte sich, ihre Mutter könnte ihr eigenes entgeistertes Gesicht sehen. Frau Eichhorn sagte leise und fassungslos: »Geklaut.«

»Ohne Zweifel!«, flüsterte Irma unverhohlen schadenfroh. »Jemand hat deine Tasche mitgehen lassen – wie du solche Aktionen zu bezeichnen pflegst.«

»Werd nicht frech«, zischte Mama.

»Sind außer deinen eigenen Sachen womöglich noch ähnliche Dinge wie der Posaunenengel in deiner Tasche?«

»Nur eine Kerze, handgezogen, von dem Stand am Schlossplatz, und noch ein paar kleine Souvenirs«, sagte Mama weinerlich. »Was soll ich denn nun tun, Irma?«

»Zur nächsten Polizeidienststelle gehen und den Diebstahl anzeigen.«

»Polizeidienststelle«, sagte Frau Eichhorn gedehnt. Es klang ängstlich. »Muss das sein?«

»Falls du deine Tasche wiederhaben willst, in der aber wahrscheinlich nicht mehr viel drin sein wird, dann ja.«

»Du gehst doch mit, Irma?«

»Komm schon.« Irma klemmte ihre eigene Tasche noch fester unter den Arm, hakte Mama unter und lotste sie vom Tatort hinter der Stiftskirche in Richtung Marktplatz. Die Freude an den festlich geschmückten Verkaufsbuden, den Lichterketten und den Christbäumen war beiden vergangen. Sie drängten sich verbissen durch die schau- und kauflustigen Weihnachtsmarktbesucher, deren Bummelschritt Irma zur Weißglut brachte.

Schließlich hatten sie die engen Budenreihen hinter sich und erreichten die Hauptstätter Straße. In Hausnummer vierunddreißig, einem viergeschossigen Kasten, war das Polizeirevier I untergebracht. Zuständig für die Innenstadt und ihre Veranstaltungen: Stadtfeste wie Weihnachtsmarkt, Weindorf und Fischmarkt und auch für Versammlungen und Demonstrationen.

Irma kannte sich in dem Gebäude aus und fand rasch das Büro, in dem Diebstahlsdelikte gemeldet werden konnten. Doch nun war Warten angesagt, denn offensichtlich war Frau Eichhorn nicht die einzige, die auf dem Weihnachtsmarkt bestohlen worden war.

Zuerst wurden Frau Eichhorns Personalien aufgenommen. Nachdem sie anschließend umständlich und wortreich die Größe und Farbe ihrer Umhängetasche beschrieben hatte, brach Irma der kalte Schweiß aus, als die Polizeibeamtin nach dem Inhalt fragte.

»Wie viel Geld hatten Sie dabei?«

»Alles!«

»Wie viel?«

»Zweihundertfünfzig Euro und Kleingeld.« Die Beamtin tippte in ihren Computer.

»Was war noch drin?«

»Mein Ausweis und die Fahrkarte!«

»Und?«

Mama überlegte: »Zwei Fotos. Eins von meiner Tochter und eins von Axel, meinem Lebensabschnittsgefährten.«

»Sonst nichts?«

»Ein 4711-Zerstäuber, Kamm, Lippenstift – und ein paar Souvenirs.«

»Das reicht«, sagte die Polizistin. »Sollte die Tasche irgendwo auftauchen, geben wir Ihnen Bescheid. Sie können auch anrufen und nachfragen.«

Verdammt, dachte Irma: Geld futsch. Fahrkarte weg. Ausweis weg. Es wird teuer werden!

Kaum standen sie wieder auf der Straße, machte sich Irma Luft: »Bravo! Hoffentlich bekommst du nun einen Begriff davon, wie es sich anfühlt, wenn man beklaut wird.«

»Ich habe noch nie jemanden persönlich beklaut«, verteidigte sich Mama. »Sachen aus dem Supermarkt und aus Kaufhäusern tun niemandem weh, wenn sie weg sind.«

»Aha«, sagte Irma. »Wenn du keinerlei Unrechtsbewusstsein hast, dann gehe ich am besten jetzt wieder zurück ins Polizeirevier und zeige dich an! Damit mal Schluss ist. Meine Geduld ist am Ende!«

»Aber Irma, mein Kind. So spricht man nicht mit seiner Mutter!« Mama schniefte und suchte vergeblich ihr Taschentuch. »Andere Leute klauen viel mehr als ich. Die Frau in dem Polizeibüro hat gesagt, auf dem Weihnachtsmarkt seien dieses Jahr schon vierhundertfünfunddreißig Handtaschendiebstähle angezeigt worden. So etwas mache ich nicht!«

Irma schwieg. Sie war stocksauer. Jetzt wollte Mama auch noch gelobt werden, weil sie keine Handtaschen klaute. Sie machte es sich verdammt einfach. Sie setzte selbstverständlich voraus, dass sich ihre Tochter nun um die Wiederbeschaffung des Ausweises kümmerte und ihr das Geld für die Rückfahrt nach Itzehoe bezahlte.

* * *

Ungefähr zu der Zeit, als Irma ihre Mutter vom Bahnhof abholte, begann in Stammheim das Verhör des Hauptverdächtigen im Mordfall Dr. Joachim Bäumle.

Katz stellte den Tonträger an und Schmoll wandte sich an Leo Kowalzki: »Ist Ihnen zu Ihrem nächtlichen Ausflug mit Frau Bäumle inzwischen noch etwas eingefallen?«

»Nein«, sagte Leo. »Es war genau so, wie ich es Ihnen gestern gesagt habe.«

»Dann wollen wir heute das Thema ein wenig erweitern.«

Leo blickte unsicher zwischen Schmoll und Katz hin und her. Der spitzige Typ mit dem Oberlippenbärtchen ist jedenfalls nicht der, der mit Schmoll im Fitness-Center aufgetaucht war, dachte er. Tut mir ja leid, dem jungen Kerl gegen den Kopf geboxt zu haben. Eigentlich wollte ich ihm nur Angst machen, aber er ist ja wie ein Teufel auf mich losgegangen. Und ich war in Panik. Wenn ich in Panik gerate, tue ich Dinge, die ich bereue. Ob man diese zwei wichtigtuerischen Kripokommissare fragen kann, wie es dem Kerlchen geht? Lieber nicht. Wer weiß, was sie da wieder hineininterpretieren. Vielleicht ist der Junge auch nur vor Schreck umgefallen. Wie fest habe ich eigentlich zugeschlagen? Als er zu Boden ging, bin ich weggerannt, als ob eine Meute Bluthunde hinter mir her wäre.

Bevor Leo sich entschließen konnte, nach Moritz Kittel zu fragen, kam Schmolls Bass in Aktion. Mit ziemlich voller Akustik: »Wenn Ihnen, Herr Kowalzki, nichts mehr eingefallen ist, das Sie entlasten könnte, muss Ihnen klar sein, dass der Verdacht gegen Sie in vollem Umfang bestehen bleibt. Sie haben jetzt Gelegenheit, ein Geständnis abzulegen. Je später Sie das tun, umso mehr werden Sie sich in Widersprüche verwickeln. Und wenn wir Sie letztendlich des vorsätzlichen Mordes an Dr. Bäumle überführt haben – und das werden wir – dann kann sich diese Verzögerung ungünstig auf Ihr Strafmaß auswirken.«

Leo erstarrte, dann sprang er auf und keuchte: »Geständnis!? Ich hab mit Bäumles Tod nichts zu tun!«

»Reget Se sich ab ond setzet Se sich wieder na«, sagte Katz.

Leo fiel auf seinen Stuhl zurück und ballte die Fäuste. Seine Muskeln schmerzten, weil er sie hier nicht wie bei seiner Arbeit als Rausschmeißer in der Ballermann-Diskothek einsetzen konnte. Er starrte auf seine Fäuste, die vor ihm auf dem Tisch lagen, entspannte sie und legte die Handflächen aneinander.«

»Da nützt au bete nix«, bemerkte Katz.

Leo ballte die Hände wieder zu Fäusten und sagte leise: »Was wollen Sie wissen?«

»Die Wahrheit«, bellte Schmoll.

Was meint dieser Schmoll eigentlich damit, dass er das Thema erweitern will, grübelte Leo. Was wollen sie mir denn noch anhängen? Er überlegte, aber ihm fielen keine Missetaten ein, deren er sich in letzter Zeit schuldig gemacht hätte. Er hatte den ganzen Sommer lang fast Tag und Nacht gearbeitet. Tags als Animateur. Nachts als Rausschmeißer in der Diskothek. Dort hatten ihm seine Muskeln geholfen, Gerechtigkeit und Ordnung herzustellen. Aber das Geld wird wieder nicht reichen, dachte er, weil der Kerl, dem ich den Sommer über die Wohnung in der Kanalstraße überlassen habe, ausgebüxt ist, ohne die Miete zu bezahlen. Und seit Oktober habe ich keinen richtigen Job gehabt und viel zu wenig verdient.

Schmoll stand auf und schritt mit auf dem Rücken verschränkten Händen im Raum auf und ab. »Wenn Sie schweigen, Herr Kowalzki, muss ich deutlicher werden. Sie können zwar den Mord bestreiten, solange wir noch an den Beweisen arbeiten, aber nicht Ihren Angriff auf eine Amtsperson. Nach dieser Straftat haben Sie die Flucht ergriffen und sich Ihrer Festnahme entzogen. Erst zwei Tage später wurden Sie mit starker Unterkühlung vom Krankennotdienst aus einer Weinberghütte geborgen. Ist das vielleicht nicht verdächtig, sich bei fünfzehn Grad minus in einer Hütte zu verstecken, um der Polizei zu entgehen? Das nimmt man doch nicht auf sich, wenn man nichts auf dem Kerbholz hat. Einen Mord zum Beispiel.«

»Ich habe niemanden ermordet«, sagte Leo leise.

»Weswega habet Se sich denn da versteckt?«

»Ich weiß nicht.«

»Und weswega habet Se onsern junga Kollege zammegschlage?«

Und da fragte Leo nun doch, ob er ihn verletzt habe.

»Er liegt im Koma«, sagte Schmoll.

Katz wusste, dass Schmoll solche üblen Behauptungen zu Hilfe nahm, um den Beschuldigten zu schocken. Wenn Leo Kowalzki glaubte, jemanden ins Koma geprügelt zu haben, würde er auch den Mord zugeben. Da kam es dann nicht mehr drauf an.

Aber diesen Trick konnte nur Katz durchschauen, nicht Leo. Der sackte in sich zusammen und legte das Gesicht in die Hände. Schmoll hatte seinen Verdächtigen ins K. o. geschickt und beendete das Verhör.

Als Leo hinausgeführt wurde, sagte Schmoll wieder: »Denken Sie darüber nach, Herr Kowalzki, ob Ihnen noch was einfällt. Wir kommen heute Nachmittag wieder.«

Moritz Kittel erledigte im Büro Schmolls Aufträge. Er nahm Telefongespräche, Faxe und E-Mails in Empfang und fütterte den Computer mit dem Vernehmungsprotokoll der Frau Bäumle. Nachdem Moritz das eine Stunde lang gewissenhaft erledigt hatte, kam Besuch.

Line blieb schüchtern an der Tür stehen. Sie spähte umher, und als sie niemanden außer Moritz Kittel entdeckte, sagte sie sichtlich erleichtert: »Hi!«

Moritz schmolz unter ihren Eulenaugen dahin, sagte auch »Hi«, und bot ihr geflissentlich einen Stuhl an. Dann nahm er sich zusammen und versuchte, eine amtliche Miene aufzusetzen. Er begann so, wie er es bei Schmoll gehört hatte, wenn sich Zeugen meldeten: »Was kann ich für Sie tun?«

Line lächelte. »Entschuldige, dass ich dir vorige Woche in der Straßenbahn entwischt bin. Aber nun komm ich ja freiwillig.«

Moritz war irritiert, aber auch irgendwie erfreut, dass sie ihn einfach duzte. Da sie fast gleich alt, das heißt gleich jung waren, wäre das unter anderen Umständen normal gewesen. Er überlegte fieberhaft, ob er das durchgehen lassen konnte. Er wäre sich ziemlich uncool vorgekommen, jetzt zu sagen: He, ich bin eine Amtsperson, sag gefälligst Sie zu mir.

Bevor er mit diesen Überlegungen zu einem Ergebnis gekommen war, sagte Line: »Ich hab in der Zeitung gelesen, Leo hat dir eins gegen den Kopf gegeben. Tut's noch weh?«

»War halb so schlimm«, beteuerte Moritz in absolut unamtlichem Tonfall: »Eine Beule, sonst nichts.«

»Dann kannst du mir vielleicht einen Gefallen tun«, sagte Line mit goldgelbem Eulenaugenaufschlag.

»Das wäre?«

»Morgen ist doch Weihnachten. Und mein Bruder sitzt unschuldig im Knast, weil euer Kommissar da nicht durchblickt. Kannst du den Schmoll überreden, mir eine Besuchserlaubnis zu besorgen? An Heiligabend kann er doch bestimmt eine Ausnahme machen.«

»Wird schwierig sein. Schmoll ist überzeugt, dein Bruder ist der Mörder«, sagte Moritz und bemerkte zu spät, nun auch du gesagt zu haben. Aber das konnte bei solchen Bettel-Eulenaugen natürlich passieren.

»Bitte!«, sagte Line.

»Ich werd's probieren. Kann aber nichts versprechen. – Ich werde alles versuchen«, beteuerte Moritz und fühlte sich wie ein guter, rettender Weihnachtsengel. Mitten in dieses wunderbare Gefühl öffnete sich die Tür und Schmoll und Katz platzten herein.

»Heidenei«, donnerte Schmoll. »Macht der Kittel jetzt schon Zeugenvernehmungen auf eigene Faust?«

»Sie ist wegen einer wichtigen Frage hergekommen«, stotterte Moritz.

Line sah aus, als ob sie einen Fluchtweg suchte, und Schmoll donnerte weiter: »Das passt mir allerdings gut in den Kram, dass Sie hier sind, Frau Kowalzki. Wir kommen gerade von Ihrem Bruder. Der ist ziemlich verstockt – vielleicht können Sie uns weiterhelfen.«

Line sah verängstigt und hilflos zwischen Schmoll und Katz hin und her. Dann fragte sie: »Wie geht es Leo?«

»Er hat's schee warm ond braucht nix schaffe«, sagte Katz.

Spitziger Widerling, dachte Line.

Schmoll schickte Moritz Kittel kurzerhand und gnadenlos in die Kantine. »Wirst ja hungrig sein. Junge Leute müssen regelmäßige Mahlzeiten haben.« Moritz wagte Line nicht mehr anzusehen und schlich aus dem Büro wie ein geprügelter Hund.

Schmoll stellte das Aufnahmegerät an. »Also, Frau Kowalzki, dann werden wir uns jetzt ein bisschen unterhalten. Ich weise Sie darauf hin, dass Sie die Wahrheit sagen müssen. Sie dürfen aber die Aussage verweigern, wenn Sie Ihren Bruder damit belasten würden.«

Line zerpflückte ein Tempotaschentuch in winzige Fetzen und legte sie geistesabwesend vor sich auf den Tisch. Ein Häufchen Ratlosigkeit.

Ganz schön nervös, die Kleine, dachte Schmoll. Umso schneller werde ich mit ihr fertigwerden.

Nachdem Katz Lines Personalien aufgenommen hatte, stellte Schmoll die erste Frage: »Woher wussten Sie, dass sich Ihr Bruder in der Weinberghütte versteckt hielt?«

Line nahm das nächste Taschentuch und setzte das Zupfritual fort. Schmoll nervte das und er überlegte, ob er ihr das verbieten sollte, ließ es aber dann doch und schnauzte: »Also, raus mit der Sprache!«

Line schob die Papierfetzen zusammen, strich sie vom Tisch in die hohle Hand und steckte sie in die Hosentasche. »Die Weinberghütte war der einzige Ort, an dem Leo sein konnte. Wir haben in Stuttgart keine Freunde – zumindest nicht so gute, zu denen Leo hätte gehen können.«

»Warum gerade dieses Wengerterhäusle? Sind die nicht normalerweise abgeschlossen? Wo hatte Ihr Bruder den Schlüssel her?«

»Wir haben voriges Jahr auf diesem Weinberg bei der Lese geholfen.«

»Wann?«

»Ende Oktober.«

»Ist das nicht ziemlich spät für die Traubenernte?«

»Auf dieser Lage wächst Cannstatter Zuckerle«, sagte Line. »Das wird später geerntet.«

»Noi!«, sagte Katz gedehnt. »Net scho wieder Cannstatter Zuckerle! Da drfier fühlt sich doch jetzt bloß no d' Irma zuständich.«

»Komm nicht vom Thema ab, Katz«, rügte Schmoll und wandte sich wieder an Line: »Wo hatte Ihr Bruder den Schlüssel her?«

»Der Schlüssel lag immer hinter einem Stein in der Weinbergmauer.«

»Wer hat Ihrem Bruder die Erlaubnis gegeben, damit in die Laube einzudringen?

»Leo hatte vorigen Herbst bei dem Wengerter, dem der Weinberg gehört, einen Job als Aufseher.«

»Aufseher!?«

»Mein Bruder hat vor der Erntezeit nachts den Weinberg bewacht.«

»Wovor bewacht?«, fragte Katz. »Vor de Krähe oder Fledrmäus?«

»Vor Weindieben. In Fellbach waren Trollinger-Trauben gestohlen worden. In einer Nacht eineinhalb Tonnen. Die Räuber konnten nicht gefunden werden. Sie hätten auf dem Zuckerberg wieder zuschlagen können.«

»Und die Weinbauern trauten Ihrem Bruder zu, die Diebe zu verjagen?«

»O ja«, sagte Line stolz. »Leo hat nicht nur starke Muskeln, sondern auch gute Augen und flinke Füße. In dem Jahr, in dem er den Weinberg bewacht hat, konnte die Ernte ohne Verluste eingefahren werden.« Line wurde richtig eifrig: »Danach bis Mitte Dezember hat Leo noch auf einen Weinberg in Fellbach aufgepasst. Da hingen die Trauben bis zum Frost. Eiswein, wissen Sie. Bei der Ernte am 15. Dezember hab ich auch mitgeholfen. Ab früh halb sieben bei zehn Grad Kälte.«

»Da hätt mer ja au e Stündle später afange könne«, meinte Katz.

»Die Trauben müssen gefroren sein«, sagte Line mit fachmännischem Tonfall.

»Jetzt lüget Se sich in d' Tasch«, sagte Katz. »Em Dezembr ischs um halb siebene noch stockdunkel. Wie wollet ihr denn die Traube gfunde habe?«

»Der Winzer hat den Traktor so gestellt, dass die Scheinwerfer auf die Reben gefallen sind.«

Schmoll seufzte: »Man lernt nie aus! Aber nun lenken Sie mal nicht vom Thema ab, junge Frau.«

»Sie haben mich danach gefragt«, sagte Line.

»Ab jetzt bleiben wir bei der Sache. Warum sind Sie eigentlich hergekommen? Doch nicht, um uns von der Weinernte zu erzählen?«

»Ich wollte Sie bitten, mir an Heiligabend eine Besuchserlaubnis für meinen Bruder zu geben«, sagte Line ohne Umschweife.

»Da fragen Sie morgen noch mal nach«, brummte Schmoll. »Wir fahren heute Nachmittag wieder nach Stammheim, um Ihr Brüderchen noch mal zu vernehmen. Angenommen, er ist geständig, können wir über die Besuchserlaubnis reden.«

»Was soll er denn gestehen?«

»Den Mord an Joachim Bäumle.«

Lines Eulenaugen wurden noch runder und goldener, als sie schon waren. Und als sie nun schrie: »Mein Bruder ist kein Mörder!«, kamen Schmoll diese Augen wie Murmeln vor, die ihm ins Gesicht springen wollten.

Er rieb sich die Glatze und sagte gereizt: »Sie können jetzt gehen. Halten Sie sich aber zur Verfügung. Sie dürfen die Stadt nicht verlassen. Ist das klar?«

»Ich verlasse doch die Stadt nicht, wenn mein Bruder hier unschuldig festgehalten wird.« Lines Kindergesicht wirkte plötzlich müde, ihre Augen hatten den Glanz verloren. Sie stand auf und fragte, um welche Uhrzeit sie morgen anrufen dürfe.

»Nicht vor zehn Uhr«, sagte Schmoll.

Line ging.

Kurz darauf kam Moritz Kittel zurück. Er wirkte düster, soweit das mit seinen großen Ohren und der blonden Weizenstoppelfeldfrisur möglich war. »Ist sie schon weg?«

»Ja.«

»Bekommt sie eine Besuchserlaubnis für Stammheim?«

»Nein.«

»Kann ich mit zu Leo Kowalzkis Verhör?«

»Nein, du hältst hier die Stellung. Bevor ich aber vor Hunger umfalle, gehen Katz und ich kurz in die Kantine und dann fahren wir sofort wieder nach Stammheim.« Schmoll guckte leutselig. »Wir wollen ja morgen am 24. nicht den ganzen Tag arbeiten!« Er sagte nicht, dass er Heiligabend lieber im Büro statt daheim sitzen würde. Seine Karin hatte sich nicht gemeldet, und seine weltgewandten Söhne hatten Weihnachtsgrüße aus Kanada und Irland geschickt. Keine Sentimentalität, befahl sich Schmoll. Aber die im Knast sind wenigstens nicht allein.

Zwei Stunden später saßen Schmoll und Katz das zweite Mal an diesem Tag Leo Kowalzki gegenüber.

»Na, da wollen wir unsere Unterhaltung von heute Morgen mal fortsetzen, Herr Kowalzki«, begann Schmoll fast gemütlich und setzte etwas lauter und jedes Wort betonend hinzu: »Wir haben zwischenzeitlich Ihre Schwester verhört.«

»Verdächtigen Sie Line jetzt auch für irgendetwas? Lassen Sie sie in Ruhe. Sie hat es schwer genug.«

»Wieso hat sie es schwer?«

»Das geht Sie nichts an.«

»Sie sind verpflichtet, Auskünfte zu geben. Wir ermitteln in einem Mordfall! Wie wir schon vergangenen Samstag, als wir Sie in der Kanalstraße gesucht haben, von Ihrer Schwester erfahren haben, arbeiten Sie den Sommer über auf Mallorca und gammeln dann drei Monate lang in Stuttgart rum.«

»Ich gammel nicht. Ich nehme jeden Job an. Wenn ich in dem Fitness-Center Tagschicht hatte, habe ich nachts an einer Tanke gearbeitet – das will ja kaum noch jemand machen, weil so viele Raubüberfälle passieren.«

»Und der Job als Detektiv? Was haben Sie sich dabei gedacht?«

»Ich habe Geld gebraucht.«

»Wofür?«

»Nicht für mich.«

»Des isch ja wieder arg geheimnisvoll«, kommentierte Katz hämisch.

»Sie sind vor vier Jahren nach Stuttgart gekommen und haben vorher in Thüringen gelebt. Erzählen Sie uns, warum Sie dort weggezogen sind.«

»Weil ich keine Arbeit bekommen habe.«

»Hatten Sie eine abgeschlossene Ausbildung?«

»Ich hab nach dem Abitur an der Universität Erfurt Sport und Biologie studiert.«

»Ond au abgschlosse?«, fragte Katz ungläubig.

»Ja, mit Staatsexamen für's Lehramt.«

»Ond dann?«

»Einige Jahre lang hab ich vergeblich versucht, eine Stelle zu bekommen. Deswegen wollte ich mein Glück in den alten Bundesländern versuchen. Als hier in Baden-Württemberg auch keine Sportlehrer gebraucht wurden, habe ich Jobs in verschiedenen Fitness-Studios angenommen. Ein Kollege gab mir den Tipp, es als Animateur an einem Urlaubsort zu versuchen. Mallorca hat dann geklappt.«

»Ihre Schwester ist seit zwei Jahren in Stuttgart gemeldet. Hat die auch in Thüringen keinen Job gekriegt?«

»Line war gerade erst mit der Schule fertig. Sie ist zu mir nach Stuttgart gezogen, weil unsere Mutter gestorben ist.«

»Und Ihr Vater?«

»Bei ihm hat ein halbes Jahr Bautzen gereicht, um sich das Leben zu nehmen. Das war drei Monate vor der Wende und einen Monat vor Alines Geburt.«

»Also schon zwanzig Jahre her«, stellte Schmoll fest, als ob das nach so langer Zeit unwichtig wäre. Er zeigte nicht, dass ihm die Geschichte naheging. Doch er durfte sich hier keinesfalls von Mitleid weichklopfen lassen. Schmoll war immer noch überzeugt, dass der Mörder Joachim Bäumles vor ihm saß. Natürlich hat's der Junge nicht leicht gehabt, dachte er. Wahrscheinlich war er bei dem Mord an dem Punkt, an dem man durchdreht, weil nichts im Leben gelingen will. Wenn ich nur endlich die DNA-Analyse hätte. Es müssen doch Spuren an Bäumles Klamotten zu finden sein, wenn Kowalzki ihn gepackt und übers Geländer gehievt hat. Bockstein hat fremde Hautpartikel unter den Fingernägeln der Leiche gefunden. Ich wette, die sind von Kowalzki. Wenn es die genetischen Fingerabdrücke noch nicht gäbe, sähe ich jetzt sowieso ziemlich alt aus. Leider werden die Beweise aus dem kriminaltechnischen Labor erst nach den Weihnachtsfeiertagen vorliegen. Erst mit Kowalzkis DNA werde ich einen stichhaltigen Beweis gegen ihn in der Hand haben.

Nach Ende des Verhörs, auf der Rückfahrt zum Präsidium, sagte Schmoll mehr zu sich selbst als zu Katz: »Können wir weiter von dem Motiv Geldgier ausgehen?«

»Müsset mer wohl, wenn mer mit Kowalzki weitermache wollet. Es wird aber Zeit, dass mir Beweise findet.«

»Hast verdammt recht«, schnaufte Schmoll und trat abrupt auf die Bremse, weil er die rote Ampel fast zu spät gesehen hatte. »Noch haben wir nur Indizien. Indizien überzeugen nicht, wenn es kein plausibles Motiv gibt!«

Vierzehn

Donnerstag, 24. Dezember

Irma rief beim Polizeirevier Innenstadt an und erfuhr, die Tasche ihrer Mutter sei in einem Abfallbehälter hinter dem Rathaus gefunden und abgegeben worden. Die Fingerspuren seien schon abgenommen und gespeichert. Die Tasche könne abgeholt werden.

Frau Eichhorn senior wollte nicht mit zur Polizei. »Ich koch dir inzwischen was Gutes, mein Kind«, versprach sie.

Irma ahnte, dass Mama Bammel hatte, aber sie ahnte nicht weshalb. »Du gehst mit, Mama!«, entschied sie. »Schließlich ist es deine Tasche. Sie werden wissen wollen, was genau darin fehlt, und das kannst nur du sagen.« Irma grinste schadenfroh: »Und deine Fingerspuren werden künftig mit denen des Diebes in der polizeilichen Datei gespeichert sein. Ab jetzt kannst du dir nicht mehr leisten, was mitgehen zu lassen.«

Diese Mitteilung machte Frau Eichhorn senior ziemlich nervös.

Gegen Mittag stellten sich Mutter und Tochter zum zweiten Mal auf dem Polizeirevier in der Hauptstätter Straße ein. – Frau Eichhorn senior nahm wie von der Polizeibeamtin geheißen alle Gegenstände aus der Tasche und legte sie auf den Tisch: Das Portemonnaie war noch da, aber leer. Lesebrille. Lippenstift. 4711-Zerstäuber. Kamm. Spiegel. Und Gott sei Dank: die Fahrkarte. Auch der Ausweis.

»Ein netter Dieb«, meinte Frau Eichhorn senior gerührt und angelte zögernd aus dem hinteren Handtaschenfach nach dem Posaunenengelchen, das plötzlich zwei Brüder hatte, einen mit Geige und einen mit Flöte. Unter Irmas strengen Augen kamen noch zwei handgezogene Kerzen zum Vorschein und dann – ein Kästchen, das mit 127 Euro ausgezeichnet war und in dem ein glitzerndes Vögelchen lag. Eine Swarovski-Kristallfigur!

Irma sagte zu ihrer Mutter: »So, nun lege mal alles, was dir nicht gehört, nach rechts!«

»Was nicht Ihnen gehört?«, fragte die Beamtin irritiert und schob ihre Brille höher. »Ist wirklich mehr in der Tasche als vorher? Das ist noch nie vorgekommen.«

»Es gibt halt nichts, was es nicht gibt«, sagte Irma freundlich. »Also, Mam, nun sortier mal – draußen warten noch andere Leute.«

Mama Eichhorn funkelte ihre Tochter wie eine wütende Katze an. Dann stellte sie die Engel, die Kerzen und zuletzt mit einem Seufzer das Swarovski-Kästchen nach rechts. »Keine Ahnung«, säuselte sie, »wie diese Dinge in meine Tasche gekommen sind.« Und zu Irma: »So ein Kristallvögelchen wünsche ich mir schon zwanzig Jahre lang.«

Irma bedankte sich an Stelle ihrer Mutter, sagte »Fröhliche Weihnachten«, und zerrte Mama mit festem Griff aus dem Amtszimmer.«

»Du bist sauer!«, sagte Mama.

»Ja!«

»Tut mir leid. Ich hätte nicht nach Stuttgart kommen sollen.«

»Red keinen Quark. Wenn du meine Laune verbessern willst, dann halte dein Versprechen und mache für heute Abend Kartoffelsalat – aber so richtig norddeutschen mit Mayonnaise und Gewürzgurken. Jetzt gehen wir in die Markthalle und kaufen noch die Saiten dazu.«

»Was sind denn Saiten?«

»Schwäbische Wienerle.«

»Morgen lad ich dich dann zum Essen ein«, sagte Mama.

»Du hast dir doch dein Geld klauen lassen!«

»Ach ja.«

»Also, nun guck wieder freundlich«, sagte Irma. »Wir werden schon nicht verhungern.«

»Ich koch dir alles, was du gern essen möchtest«, versprach Mama.

»Okay«, sagte Irma. »Festessen erster Feiertag: Ente mit Grünkohl und Kartoffelklößen. So wie früher. Die Zutaten bekommen wir auch in der Markthalle. Aber bitte versenke deine Hände tief in die Manteltaschen, wenn wir jetzt den richtigen Verkaufsstand suchen.«

Als sie alles beisammen hatten, sagte Irma: »Warte einen Moment hier, ich muss noch rasch zum Weihnachtsmann.« Sie verschwand in der Geschenkabteilung bei Tritschler.

Abends wollte Mama in die Kirche. »Ist doch immer so stimmungsvoll an Heiligabend«, sagte sie und lächelte süßsauer: »Außerdem muss ich mir ein paar Sünden vergeben lassen.«

»Das finde ich auch. Aber wenn du bereust, musst du künftig auch das siebte Gebot beherzigen.«

»Ach, Irmachen. Sei doch nicht so streng mit mir.«

Im Anschluss an den Kirchgang war Bescherung. Mama Eichhorn weinte vor Glück, als sie das Kristallvögelchen, das Irma bei Tritschler gekauft hatte, auspackte. Die Tränen besänftigten Irmas schlechtes Gewissen hinsichtlich dieser fragwürdigen Erziehungsmaßnahme. Sie wickelte sich unter Dankeshymnen in den von Mutterhand gestrickten giftgrünen Schal und dachte: Ist ja Weihnachten, da darf man nicht nachtragend sein.

Als danach in trautem Mutter-Tochter-Einvernehmen auch das Kartoffelsalat-Saitenwürstchen-Menü erledigt war und Mama, ohne viel zu fragen, das Fernsehprogramm ausgewählt hatte, klingelte beim ersten Kuss, den Sissi und Franz Joseph tauschten, das Telefon.

»Für dich, Mama.«

Mama flötete: »Also dass Sie Ihr Versprechen gehalten haben und wirklich anrufen! – Ja, das wünsche ich Ihnen auch! – Haben Sie einen schönen Abend gehabt? – Genauso haben wir auch gefeiert. – Morgen? Nichts Besonderes. Wir wollen abends noch ein Glas Wein trinken gehen. – Sie auch? – Sie laden mich ein? – Mit Tochter? – Aber gern! –

Um 20 Uhr im Klösterle. – Herzlichen Dank. Ich freue mich. Bis morgen.«

»Na, da hättest du mich vorher fragen können, ob ich mich von einem wildfremden Mann einladen lassen möchte«, sagte Irma vorwurfsvoll.

»Was heißt hier wildfremd? Ich bin mit Herrn Jansen von Hamburg bis Stuttgart gefahren. Es war, als ob wir uns schon ewig kennen würden.«

»Das bedeutet, du hast aus dem Nähkästchen geplaudert, und dieser Mann kennt mich schon besser als ich mich selbst. Wäre es zumutbar für dich, morgen allein mit ihm auszugehen? Ich mache gern einen Entspannungsabend.«

»Sei nicht piefig, Irma! Außerdem habe ich seine Telefonnummer nicht.«

»Na prima. Aber meine Nummer hast du ihm gegeben.«

»Sei kein Spielverderber, Irmachen. Sein Sohn ist auch dabei. Bestimmt ist er sehr nett.«

Irma stöhnte. »Nun willst du mich auch noch verkuppeln!«

* * *

Als Aline Kowalzki am 24. Dezember morgens um zehn im Präsidium anrief und Schmoll um eine Besuchserlaubnis für ihren Bruder anflehen wollte, ließ sich Schmoll verleugnen. Er befahl Moritz, der das Telefon abgenommen hatte: »Sag der Kleinen, ich hätte wegen eines dringenden Falls ausrücken müssen und würde dann, da heute Heiligabend ist, gleich nach Hause fahren.« Schmoll fand das zwar selbst hundsgemein, aber wie hätte er sich anders helfen sollen? Erstens hielt er nichts davon, Besuch zu einem eben erst verhafteten Hauptverdächtigen zu lassen, und zweitens hatte er vergessen, den Staatsanwalt deswegen anzurufen, der nun bereits im Schoß seiner Familie saß und sich auf Weihnachten einstimmte. Schmoll gestand sich nicht ein, dass er völlig freiwillig noch im Büro saß. Es lag nichts Dringendes vor und er hätte jederzeit nach Hause fahren können, da er auch dort immer erreichbar gewesen wäre. Aber Schmoll wollte am heutigen Tag so spät wie möglich heimkommen. Der Abend würde ihm dann noch lang genug werden.

Moritz Kittel sah das anders. Er hätte liebend gern endlich das Büro verlassen, um nach Hause zu seinem Vater und seinen Geschwistern zu fahren. Es wurmte ihn, den ganzen Vormittag am Schreibtisch zu hocken, ohne dass etwas Wichtiges zu erledigen gewesen wäre. Am Telefon hatte er Line ausgerichtet, was ihm Schmoll befohlen hatte und wartete nun noch ungeduldiger darauf, endlich Feierabend machen zu dürfen. Gegen Mittag hatte Schmoll ein Einsehen und sagte: »Jetzetle machen wir den Laden dicht.«

Moritz fuhr nicht nach Hause. Er fuhr zum Charlottenplatz. Er wusste, dass das, was er vorhatte, dienstvorschriftlich nicht in Ordnung war und hoffte inständig, dass ihn niemand erwischen würde.

Line öffnete ihm sofort. Sie sah verheult aus und er hätte sie am liebsten in den Arm genommen und getröstet. Aber er brauchte sich gar nicht zurückzuhalten. Sobald die Wohnungstür hinter ihm zugefallen war, hing sie ihm am Hals und heulte wie ein Schlosshund. Moritz konnte trösten. Er hatte drei jüngere mutterlose Schwestern, die bei allen Problemen seinen Trost erwarteten.

Line beruhigte sich. Ihre Eulenaugen wurden wieder blank und lächelten ihn dankbar an. »Ich koch jetzt Tee. Hast du Zeit?«

»Eigentlich nicht. Ich wollte dich nur etwas fragen?«

Sie zuckte zurück. »Verhören?«

»Nee, ganz bestimmt nicht.«

»Was dann?«

»Bist du heute Abend allein?«

»Muss ja wohl.« Die Eulenaugen verschleierten sich. »Und du?«

»Ich muss zu meiner Familie: Vater und drei kleine Schwestern. Die warten auf mich.«

»Und eure Mutter?«

»Ist gestorben, als die Kleinste geboren wurde. Vor fünf Jahren.«

»Ach«, sagte Line. »Das tut mir leid. Ich weiß, wie das ist. Hab auch seit zwei Jahren keine Mama mehr. Meinen Vater habe ich gar nicht gekannt, so lange ist er schon tot.«

»Aber du hast einen großen Bruder wie meine Schwestern.«

»Ja, wenn ich Leo nicht hätte! Es ist so krass, dass sie ihn eingesperrt haben! Und dann lässt man mich nicht mal heute an Heiligabend zu ihm. Was soll ich nur ohne ihn anfangen?«

»Zum Beispiel jetzt mit mir nach Hause fahren und mit uns Weihnachten feiern.«

Line riss ihre Eulenaugen auf und stammelte: »Ohne Mist? Meinst du das ernst?«

»Klaro.« Moritz' Augen hinter der Harry-Potter-Brille strahlten, und seine großen Ohren glühten.

Fünfzehn

Freitag, 25. Dezember

Am Morgen des ersten Weihnachtsfeiertags kam Frau Ranberg auf einen Sprung bei Irma vorbei. »Da die Sonne so hübsch scheint, bin ich ein bisschen über den Killesberg spaziert und dachte: Guckst mal bei Irma rein und bringst ihr die Weihnachtsgeschenke. In der Flasche ist Eierlikör und in der Dose sind Gutsle. In Sachen Weihnachtsbäckerei bin ich eine echte Schwäbin. Unter zehn Gutsle-Sorten läuft bei mir nichts. Der Eierlikör kommt auch aus eigener Herstellung.«

Irma machte Helene und ihre Mutter miteinander bekannt. Wenig später, während sie in der Küche das Frühstücksgeschirr spülte, hörte sie die beiden Damen im Wohnzimmer angeregt ratschen und sich bereits Helga und Helene nennen.

Helene erzählte, dass sie Heiligabend bei Luzie und Max Busch verbracht hatte, dass Tobias neun Jahre und ihr Enkelsohn wäre, dass sie ihm Schlittschuhe und er ihr zwei selbstbemalte Übertöpfe geschenkt hätte. »Für die Alpenveilchen, die ich von Luzie und Max bekommen habe.«

Nachdem im Laufe mehrerer Eierlikörchen Mama Eichhorn ausführlich über ihre ICE-Reisebekanntschaft und die Abendeinladung ins Klösterle erzählt hatte, erinnerte Irma ihre Mutter diskret, dass sie versprochen hatte, heute zu kochen.

»Was gibt es denn Gutes?«, fragte Helene.

»Was Norddeutsches«, erklärte Irma. »Doch ich denke, das wird auch einer Schwäbin schmecken. Wie wäre es, wenn Sie uns Gesellschaft leisten?«

Helenes Stiefmütterchengesicht, das heute sowieso ungewöhnlich frisch wirkte, blühte voll auf: »Ja, wenn's reicht?«

»Es reicht auf alle Fälle«, sagte Frau Eichhorn. »Und sollte danach noch jemand Hunger haben, können wir als

Nachtisch Kaffee kochen und Ihre Weihnachtsplätzchen probieren.«

Irma hatte gemerkt, dass Helene etwas loswerden wollte, sich aber im Beisein der Mama nicht entschließen konnte zu sagen, wo der Schuh drückte.

Sobald nun Frau Eichhorn in der Küche verschwunden war, legte Helene los: »Ich habe Bilder von der Lichtershow. Ziemlich aufschlussreich! Der nette Fotohändler hat sie mir auf seinem PC vergrößert. Man sieht deutlich, was am Heiligen See los war – ich meine, mit Sylvia.«

Irma war Feuer und Flamme. »Das ist ja fantastisch, Helene. So eine Digitalkamera ist wirklich Gold wert!«

Helene reckte ihr Kinn hoch. »Universeller Weitwinkel, 18-fach Superzoom. Intelligente Automatik!«

»Wenn Sie gestatten, Miss Marple«, sagte Irma, »stecken wir jetzt die Speicherkarte Ihrer Kamera in meinen PC und sehen uns die Bilder an.«

»Tatsächlich?«, staunte Helene. »Also dieses neumodische Zeug, da blick ich nicht durch.«

»Ich zeige Ihnen, wie es geht. Dann können Sie die Fotos auch daheim ansehen.«

»Ich habe doch keinen Computer.«

»Das geht auch mit dem Fernseher«, sagte Irma. »Also jetzt her mit der Speicherkarte.

»Das Kärtle hab ich gestern in dem Fotogeschäft abgegeben, damit sie mir die Bilder vergrößern und ausdrucken.«

Irma stöhnte und ließ sich tief enttäuscht auf den Stuhl plumpsen. »Nun müssen wir bis nach den Feiertagen warten, um die Fotos ansehen zu können!«

»Das kann sogar noch länger dauern«, gab Helene zerknirscht zu. »Morgen ist der zweite Feiertag und dann kommt Sonntag.«

»Vielleicht sind wirklich Beweise auf den Bildern. Die hätte ich weiß Gott nötig«, jammerte Irma. »Es kann Dienstag werden, bis wir die Fotos haben.«

Mama Eichhorn war ins Zimmer gekommen und hatte Irmas letzten Satz gehört. »Ach Irmachen«, sagte sie. »Die Fotos von Ägypten können wir doch auch nächste Woche anschauen.«

Gegen vier Uhr nachmittags, nach erfolgreichem Grünkohlessen und Kaffeetrinken zu Helenes leckeren Gutsle, brachten Irma und ihre Mutter Helene zur U-Bahn an den Pragsattel. Obwohl es kalt und windig war, genossen die drei den Spaziergang über den Killesberg und waren bester Laune.

Irmas Stimmung verschlechterte sich aber gegen Abend zusehends, als es Zeit wurde, sich für das Treffen in Bad Cannstatt fertig zu machen. Sie hatte nicht die geringste Lust, mit diesen zwei unbekannten Herren den Abend zu verbringen. Doch Frau Eichhorn wollte nichts von dem Vorschlag ihrer Tochter wissen, sie hinzubringen und später wieder abzuholen. Mama siegte. Irma stieg in ihr kleines Schwarzes mit dem gewagten Ausschnitt, das sie seit einem Jahr nicht mehr getragen hatte. Ihrer Mam konnte sie gerade noch den schrill gemusterten Teenie-Kaftan ausreden und sie in einen taubengrauen Blazer stecken.

Die Herren waren schon da. Trotz Mamas Ungeduld hatte Irma darauf hingearbeitet, dass es keinesfalls umgekehrt war.

Die Gaststätte Weinstube Klösterle befand sich in dem Haus mit dem runden Turmerker und dem knallrot gestrichenen Fachwerk, das Irma bei ihrem ersten Besuch in Cannstatt bestaunt hatte. Damals hatte sie beim Bürgerbüro nach Thea Zuckerle geforscht. Das war nicht einmal drei Wochen her. Sie konnte es immer noch nicht recht glauben, die Gesuchte nun ausgerechnet in Ägypten gefunden zu haben. Irma war enttäuscht und wütend, weil Schmoll sich weigerte, der Spur nachzugehen, die ihm zuerst so wichtig erschienen war. Diese Gedanken rumorten in ihrem Kopf, während sie in der historischen Gaststube des ältesten Hauses Stuttgarts saß. Irma musste gute Miene zu einem Spiel machen, das sie sich nicht ausgesucht hatte, das aber ganz nett anfing.

Der alte Jansen war ihr sympathisch, und Jansen der Jüngere sah unbestreitbar blendend aus. Groß, schlank, graublaue Augen hinter randloser Brille, hohe Stirn und dunkelblondes, allerdings gelichtetes Haar. Irma prüfte unbewusst, ob er in ihr Beuteschema passte. Sie lebte nun seit fast einem Jahr allein und manchmal beschlich sie ein ängstliches Gefühl, das ihre Mutter das Ticken der biologischen Uhr nannte. Irma dachte: Es wäre schön, mal ins Kino, Theater, vielleicht auch in Museen oder zu anderen Highlights, die es in Stuttgart in Hülle und Fülle gibt, ausgeführt zu werden. Keine einsamen Spaziergänge mehr machen zu müssen. Jemanden zu haben, mit dem ich über etwas anderes als über Mord und Totschlag sprechen kann. Mehr würde ich nicht verlangen. Feste Bindungen werde ich zu verhindern wissen. Seit der Sache mit Martin bin ich ein gebranntes Kind. Dieser Jansen junior, Knut, wenn ich den Namen richtig verstanden habe, kann jedenfalls recht charmant lächeln.

Die erste halbe Stunde im Klösterle schaukelte Irma vorsichtig auf Wolke sieben und fühlte sich wohl. Nach einer weiteren Stunde hielt sie Knut Jansen für einen arroganten Kotzbrocken. Während ihre Mama aufgrund der Komplimente, die er beiden Damen gleichmäßig zukommen ließ, dahinschmolz, glücklich kicherte und pausenlos flirtete, fühlte sich Irma trotz des ausgezeichneten Trollingers und des anheimelnden nostalgischen Ambientes fehl am Platz. Lag es daran, dass auf dem Etikett der Weinflasche Cannstatter Zuckerle stand? Wieso werde ich ständig an Frau Zuckerle erinnert? Warum ist es mir nicht vergönnt, wenigstens einmal für ein paar Stunden diese Grübeleien über die mysteriöse Doro abzulegen? Dieser hohle Smalltalk und das dämliche Süßholzraspeln des gestriegelten Knut gehen mir auf die Nerven. Das weiß ich selbst, dass mir das schwarze Strickkleid steht. Und dass ich kupferrote Haare habe, weiß ich auch. Aber dass sie unter der nostalgischen Lampenfunzel wie lodernde Flammen aussehen, ist ja an den Haaren herbeigezogen. Nicht an meinen und auch nicht an Knuts, denn der hat ja kaum noch welche. Und was er im Beruf für ein toller Hecht ist, weiß ich nun auch.

Irgendwann konnte sie sich nicht mehr beherrschen und unterbrach seinen großspurigen Redefluss: »Ja, ich hab es verstanden, Sie arbeiten bei Mercedes Benz. Als Manager in der Chefetage und ohne Sie würde in dem Laden überhaupt nichts laufen!«

Der smarte Knut guckte pikiert, zupfte an seiner Designerkrawatte herum und sagte: »Entschuldigung, Ihre Frau Mutter hat mich gefragt, was ich beruflich mache.«

Echt, der Alte ist netter, dachte Irma. So, wie er jetzt in seinen Bart grinst, scheint er seinen Sohn zu kennen.

Knut bestand darauf, die Damen nach Hause zu fahren. Er behauptete, deswegen sei er nach einem einzigen Viertele auf Mineralwasser übergegangen. Die Fahrt bis zum Killesberg sei eine Kleinigkeit für ihn, sagte er.

Auf dem Parkplatz zauberte Knut Jansen seinen letzten Trumpf, nämlich den Schlüssel zu einem Mercedes S-Klasse 2009, aus der Tasche.

Als Irma vor dem imposanten Armaturenbrett auf dem Beifahrersitz Platz genommen hatte und sich der Wagen fast lautlos in Bewegung setzte, musste sie zugeben, dass der Automobilindustrie beträchtliche Fortschritte gelungen waren, seit sie Schmolls Modell auf den Markt gebracht hatte.

Knuts Lobeshymne klang wie ein Werbespot: »Flaggschiff von Mercedes, harmonische Verbindung von Eleganz und Sportlichkeit. Komfort und Sicherheit.«

Da Irma schwieg und keinen Pieps dazu sagte, wechselte Knut mutmaßlich aus der Überzeugung heraus, dass Frauen leider nichts von Technik verstünden, das Thema. Er erzählte von seiner Eigentumswohnung in der Badbrunnenstraße in Cannstatt. Dreieinhalb Zimmer. Luxusausstattung. Balkon mit fantastischer Aussicht. Er legte Irma eine Hand aufs Knie: »Wenn Sie einmal Lust haben, meine Wohnung anzusehen, ich würde mich sehr freuen. Darf ich Sie anrufen? Wir könnten auch gemeinsam ins Palladium-Theater gehen. Sie mögen doch Musicals? Ich habe einen Draht zu Karten für ›Tanz der Vampire‹. In dem Stück werden Vampire gejagt – also passend zu Ihrem Beruf als Kriminalpolizistin.« Seine Hand, die Irma längst von ihrem Knie entfernt hatte, legte ihr nun eine Visitenkarte auf den Schoß. Irma strengte sich an, höflich zu bleiben: »Danke. Ich werde es mir überlegen«, und schaltete zurück auf Sendepause. Als Knut einen zufriedenen Seufzer hören ließ, fragte sie sich, ob er ihr Schweigen womöglich dahingehend interpretierte, dass sie von seiner Person hingerissen war.

Auf dem Rücksitz ging es lockerer zu. Mama zwitscherte dem Alten die Ohren voll und Irma hätte wetten können, sie hielten Händchen.

Von der Abendeinladung der Herren Jansen war nur Mama Eichhorn begeistert. Sie fand Jansen senior und junior gleichermaßen ganz, ganz reizend.

»Den Knut halte dir man warm, mein Irmakind. Ich habe gemerkt, wie beeindruckt er von dir war. So was wie der junge Jansen geht dir nicht alle Tage ins Netz. Eine bessere Partie kriegst du in deinem Alter nicht mehr. Oder willst du bis zu deiner Pensionierung Mörder jagen?«

»Wenn du jetzt nicht sofort mit dem Gerede aufhörst«, sagte Irma wütend, »dann kannst du so schnell als möglich zusammen mit dem Alten wieder nordwärts fahren.«

»Mach ich ja, mein Kind. Herr Jansen reist am Sonntag ab, und ich habe beschlossen, die Rückfahrt mit ihm gemeinsam anzutreten. Herr Jansen hat mich eingeladen, mit ihm Silvester zu feiern.«

Irma zuckte resigniert mit den Schultern.

»Wie schön für dich, da kannst du ja gleich mit ihm in Hamburg aussteigen.«

»Vielleicht mach ich das. Wir haben noch nicht darüber gesprochen.«

Sechzehn

Samstag, 26. Dezember

Als um halb acht bei Irma das Telefon klingelte, hockte die Nacht noch vor dem Fenster.

Am Apparat war Schmoll. Statt sauer zu sein, weil er sie am zweiten Weihnachtsfeiertag so früh aus dem Schlaf riss, war sie erleichtert. Scheinbar hatte er sich besonnen und wollte nicht noch das Wochenende vergehen lassen, bevor an diesem Fall weitergearbeitet wurde. Bei einer Soko, die mitten in den Ermittlungen steckte, hatte es sonst nie Sonn- oder Feiertage gegeben. Irma war überzeugt, es sei schon viel zu viel kostbare Zeit vergangen. Zeit, in der sich das Team bei weihnachtlichen Familienturbulenzen und dergleichen vergnügte. Zeit, in der sich die ausgekochte Frau Zuckerle und der sanfte Oberstudienrat-Witwer unbekümmert ihres Lebens freuten und ihre Liebe genossen.

Schmoll hatte den harten Kern der Sonderkommission Riesling-Steg-Mord ins Präsidium zitiert. Er wollte mit Katz, Irma und dem Spursi-Müller noch einmal alle Fakten durchkauen.

Wenn Schmoll ehrlich gewesen wäre, hätte er zugegeben, dass ihm daheim die Decke auf den Kopf gefallen war.

Irma hätte viel dafür gegeben, wenn sie für diese Sondersitzung die Fotos von Helene schon gehabt hätte. Ohne Beweisfotos, wenn es denn hoffentlich welche gäbe, würde ihr niemand glauben, was im Karnak-Tempel am Heiligen See vorgefallen war.

Schmoll begrüßte seine interne Mannschaft und fasste die bisherigen Ermittlungsergebnisse zusammen: »Beim Mord an Joachim Bäumle ist Kowalzki der Hauptverdächtige. Nicht nur, weil er geflohen ist und weil er Moritz Kittel k. o. geschlagen hat, sondern auch, weil er zugegeben hat, sich zur Tatzeit am Riesling-Steg aufgehalten zu haben. Das sind unwiderlegbare Tatsachen.«

Irma konterte: »Tatsache ist auch, dass Frau Dorothea Zuckerle erst am frühen Morgen nach der Mordnacht ans Rote Meer geflogen ist und ihr Alibi für die Tatzeit noch nicht überprüft worden ist.«

»Das hat Zeit«, knurrte Schmoll. »Mich würde jetzt interessieren, wie du Frau Zuckerle auf dem Nilschiff kennengelernt hast. Was sie dort getan beziehungsweise gelassen hat.«

Irma schilderte kurz und bündig das Verhältnis zwischen Oberstudienrat Engler, seiner Frau Sylvia und Frau Zuckerle, die sich Doro nennen ließ und deren Familiennamen ihr ziemlich lange verborgen geblieben war.

Katz tat, als ob er sich mit solchen Dingen auskannte und warf ein, Dreiecksbeziehungen, bei denen niemand zu Schaden käme, seien nicht verboten.

Irma widersprach der These, dass niemand zu Schaden gekommen sei und erzählte von dem Tag, an dem Helene Ranberg Frau Engler betreut hatte. Sie schilderte, wie sie und Helene entdeckt hatten, dass Doro der kranken Sylvia tagelang falsche Medikamente verabreicht hatte.

»Hoißt des, du glaubsch, die Zuckerle hot die Frau umbringe wolle?«, fragte Katz.

»Ja«, sagte Irma nachdrücklich. »Das glaube ich. Es ist ihr nicht gelungen, weil Helene und ich dazwischengekommen sind. Aber Frau Zuckerle hat es letztendlich mit einer anderen Methode geschafft, Sylvia Engler umzubringen.«

»Du meinst, sie hat sie im See ersäuft?«, hinterfragte Schmoll mit ironischem Tonfall. »Selbst wenn Frau Zuckerle sie gestoßen haben sollte, wie du behauptest – konnte diese Sylvia denn nicht schwimmen?«

»Sie konnte sogar gut schwimmen«, sagte Irma. »Aber sie war schon halb oder ganz tot, als sie ins Wasser gefallen ist. Das heißt, als jemand sie hineingestoßen hat.«

»Wie willsch des denn beweise?«, fragte Katz.

»Vorläufig kann ich es nicht. Aber, ob ihr's heute glaubt oder nicht: Ich werde es beweisen! Außerdem ist Sylvia Engler noch nicht beerdigt. Ein zweiter Beweis könnte durch eine Obduktion erbracht werden.«

»Mein liebes Eichhörnle«, sagte Schmoll nachsichtig. »Wir suchen doch hier nach dem Mörder vom Joachim Bäumle, was sollen wir mit einer Leiche im Heiligen See anfangen?«

Irma war wütend. »Ja, dann vernehm Frau Zuckerle jetzt endlich zu dem Riesling-Steg-Mord, wie du's vorgehabt hast.«

Müller kratzte sich an seinem langen Hals und sagte: »Man sollte wenigstens ihre genetischen Abdrücke nehmen. Wenn sie mit dem Bäumle-Mord was zu tun haben sollte, dann müssen wir sie mit den Spuren auf Bäumles Kleidung vergleichen.«

»Wenn se dem Bäumle sei Gliebte gwäh isch, was ja so gut wie feschtsteht«, sagte Katz, »dann send Spure uff seiner Kleidung ganz normal.«

Müllers Truthahnhals fuhr aus dem Kragen. »Hast du vergessen, dass fremde Hautpartikel unter den Fingernägeln des Toten gefunden worden sind? Mich würde wirklich interessieren, zu wem die gehören. Immerhin wird in Kürze Frau Zuckerles DNA-Analyse feststehen.«

»Wo habt ihr denn die Speichelprobe her?«, fragte Schmoll erstaunt.

»Keine Speichelprobe«, sagte Irma, »ich habe ein paar Haare von ihr aus Ägypten mitgebracht.«

Nachdem Schmoll eine Weile den Takt des Radetzkymarschs auf die Tischplatte getrommelt hatte, knurrte er: »Sodele! Schreiten wir zur Befragung der Frau Zuckerle.«

»Soll i se anrufe ond herbestelle?«

»Wir fahren hin«, sagte Schmoll. »Eigentlich hätte sie sich ja melden müssen, weil ihre Wohnung versiegelt war. Wenn sich herausstellt, dass unser Verdacht ungerechtfertigt ist, können wir uns gleich für die Durchsuchung entschuldigen.«

»Dann geht ihr am besten allein«, sagte Irma. »Es handelt sich ja um den Mord am Riesling-Steg. Solange Frau Zuckerle nicht weiß, dass sie mit einer Kripobeamtin auf dem Nil geschippert ist, ist der Überraschungseffekt umso größer, sobald ich ihre Schuld an Sylvias Tod beweisen kann.«

Schmoll stöhnte. »Auf die Beweise bin ich allmählich gespannt.«

Schmoll und Katz fuhren in die Neckarstraße. Als sie vor der versiegelten Wohnung von Thea Zuckerle standen, zupfte Katz an seinem Schnauzbärtchen. »I glaub, d' Irma hot in Ägypten die falsch Frau Zuckerle kenneglernt!«

»Da könntest du recht haben«, brummte Schmoll. »Wenn das Zuckerle, das hier wohnen soll, mit dem gleichen Flugzeug wie Irma von der Reise zurückgekommen ist, müsste es ja langsam hier sein. Entweder hätte es das Siegel abgerissen oder bei der Polizei gefragt, was das bedeutet.«

»Dann gange mer ebe wieder.« Katz machte auf dem Absatz kehrt.

Schmoll hielt ihn an der Kapuze seines Anoraks fest. »Nicht gleich aufgeben, mein Lieber. Wo ist denn der Zettel mit der Adresse von diesem Engler, der, wie Irma behauptet, in Ägypten ein Techtelmechtel mit Frau Zuckerle hatte?«

»Des vom Engler wird äba a anderes Zuckerle sei. Mir isch des sowieso spanisch vorkomma, dass die Altepflegerin zwoi Verhältnis uff oimal ghabt habe soll.«

»Man kann bei Frauen nichts ausschließen«, sagte Schmoll und wühlte alle Taschen durch, bis sich herausstellte, dass Katz den Zettel mit der Adresse eingesteckt hatte.

»Sodele«, sagte Schmoll. »Dann lass uns mal zu Oberstudienrat Dr. Markus Engler in die Taubenheimstraße fahren.«

»I glaub, die Hausnummer isch in dr Nähe vom Kursaal.«

»Wenn wir den Herrn Oberstudienrat antreffen, wird er uns zumindest darüber aufklären können, ob sein Zuckerle das aus der Neckarstraße ist. Wenn nicht, können wir Irma beweisen, dass das Zuckerle, mit dem sie auf dem Nil gekreuzt ist, nichts mit dem Bäumle und demnach auch nichts mit seinem Tod zu tun hat. Sollte es wider Erwarten doch das richtige Zuckerle sein, dann wird uns der Herr Oberstudienrat ein paar Fragen beantworten müssen.«

Nach einer knappen halben Stunde standen Schmoll und Katz vor einem dreigeschossigen villenartigen Altbau. An der mittleren Klingel stand *Dr. M. Engler.*

»Na, da wolle mer mol!«, sagte Katz und streckte den Zeigefinger aus. Er hatte noch nicht gedrückt, da fragte jemand, der von der Straße herangetreten war, mit sanfter, sonorer Stimme: »Wen suchen die Herren?«

»Dr. Engler.«

»Der bin ich.«

»Trifft sich gut.« Schmoll zog seinen Dienstausweis. »Ich bin Hauptkommissar Schmoll und das ist mein Kollege Kommissar Katz. Wir ermitteln in einem Mordfall und haben ein paar Fragen an Sie.«

»Ich hab zurzeit wirklich andere Sorgen. Können Sie nicht nächste Woche noch mal kommen?«

»Es dauert nicht lange. Sie können auch eine Vorladung für heute Nachmittag aufs Präsidium bekommen, wenn Ihnen das lieber ist.«

»Also, dann treten Sie ein. Wir können hier nicht ewig auf der Straße stehen.«

Als Schmoll und Katz im Wohnzimmer saßen, sagte Engler: »Habe ich richtig verstanden: Mordfall? – Bei mir gibt es zwar einen tragischen Todesfall, aber keinen Mordfall.«

»Das wissen wir«, sagte Schmoll. »Ihre Frau ist in Ägypten verunglückt. Mein Beileid. Aber es geht nicht um Ihre Frau, sondern um den Mord am Riesling-Steg in der Nähe des Mineralbades Berg.«

»Ich bin erst drei Tage wieder in Stuttgart und hatte weder Zeit noch Nerven, eine Zeitung zu lesen. Jetzt komme ich gerade vom Bestattungsinstitut, das die Beerdigung meiner Frau in die Wege leitet. Es ist furchtbar: Sylvia liegt seit unserer Rückkehr aus Ägypten im Kühlhaus, weil sie wegen der vielen Feiertage nicht beerdigt werden kann.«

»Tut mir leid«, sagte Schmoll. »Aber wie gesagt, unsere Fragen beziehen sich auf den Mord, der in der Nacht vom 6. zum 7. Dezember in der Nähe des Mineralheilbades Berg geschehen ist. Wo waren Sie in dieser Nacht von 23 Uhr bis eine halbe Stunde nach Mitternacht?«

»Wollen Sie jetzt ein Alibi von mir? Können Sie mir erklären, wieso Sie mich verdächtigen?«

»Sie stehen nicht unter Verdacht. Wir möchten Sie als Zeugen befragen.«

Markus Engler rang seine sanften Hände und stammelte: »Ich bin gegen 22 Uhr auf den Flugplatz gefahren, um die Koffer beim Moonlight-Check aufzugeben und war gegen Mitternacht zurück. Meine Frau hat schon geschlafen. Ich habe noch mal die Flugpapiere geprüft und bin dann auch ins Bett gegangen. Wer ist denn überhaupt in dieser Nacht ermordet worden?«

»Ein Mann wurde gewaltsam vom Riesling-Steg auf die darunter verlaufende Gleisanlage der SSB geworfen.«

»Und dann ist die U-Bahn darübergefahren?«

»Nein, er ist an dem Sturz gestorben.«

»Aha, und wer war der Tote?«

»Dr. Joachim Bäumle. Zahnarzt aus Feuerbach.«

»Aus Feuerbach? Was wollte der nachts im Stadtteil Berg?«

»Er kam von seiner Geliebten, die in der Neckarstraße wohnt. Sie heißt Dorothea Zuckerle.«

Markus Engler sprang vom Stuhl hoch, setzte sich, sprang erneut hoch und lief wie ein aufgezogenes Spielzeug in dem großen Wohnzimmer auf und ab. Er sagte nichts, schüttelte nur unentwegt den Kopf. Schließlich setzte er sich wieder und erklärte ruhig: »Da liegt ein Irrtum vor!«

»Möglicherweise«, sagte Schmoll. »Aber irre ich mich auch, wenn ich Ihnen sage, dass Sie und Ihre Frau mit Dorothea Zuckerle während Ihres Ägyptenaufenthaltes eng befreundet waren?«

»Da irren Sie sich nicht, Herr Hauptkommissar!« Engler sprang wieder vom Stuhl auf und sagte: »Fragen Sie sie selbst.« Engler lief aus dem Zimmer und presste beide Hände vor die Brust.

»Net dass der no en Herzinfarkt kriegt«, flüsterte Katz zu Schmoll. Doch der legte den Finger auf die Lippen und sie hörten Englers Stimme im Flur. Abgehackt und atemlos: »Doro! Geh ins Wohnzimmer. Da sind zwei Herren von der Kripo. Sie haben Fragen an dich!«

Dann schlug die Haustür von außen zu. Schmoll sagte leise: »Markus Engler hat die Flucht ergriffen. Die Flucht vor der Realität, die er nicht ertragen kann.«

»Solle mer net hinderher?«, fragte Katz mit verhaltener Stimme. Schmoll antwortete gallig: »Der kommt zurück. Jetzt will ich zuerst Frau Zuckerle in Augenschein nehmen.«

Eine Weile war es still in der Wohnung. Katz wollte schon nachsehen, ob Frau Zuckerle auch das Weite gesucht hatte, als es von draußen: »Bin gleich bei Ihnen, meine Herren«, zwitscherte.

Dorothea Zuckerle hatte sich offensichtlich noch zurechtgemacht für die Herren. Sie kam in einer Wolke edlen Parfüms, mit frisch aufgezupfter Löwenmähne, einem schwarzen Pullover mit tiefem Ausschnitt, der ihre Kurven und die samtene Haut mit der honiggoldenen Urlaubsbräune zur Geltung brachte, und strahlendem Lächeln ins Zimmer gerauscht. Sie setzte sich Schmoll und Katz gegenüber, warf die Haare zurück und fragte mit ihrer anmutigen Altstimme: »Womit kann ich den Herren dienen? Markus ist leider momentan ziemlich konfus und völlig aus dem Gleis. Kein Wunder nach diesem Schicksalsschlag. Aber ich tue alles, um ihn aus seinem Tief herauszuholen. Das braucht eben Zeit, wenn Sie verstehen.«

Da sie nach diesem rasch hervorgestoßenen Wortschwall Luft holen musste, stellte Schmoll seine erste Frage: »Wie gut kannten Sie Herrn Joachim Bäumle?«

Auf diese Frage war Dorothea Zuckerle nicht gefasst gewesen. In ihrem Kopf rotierten die Gedanken wie Stofffetzen in einer Wäschetrommel: Wieso suchen die beiden Kripokerle mich bei Markus Engler, wenn es um Bäumle geht? Hab ich also doch richtig vermutet: Bäumles Frau, dieser magere Drachen, hat von unserem Verhältnis gewusst und geplaudert. Da die Wohnung auf den Namen ihres Mannes läuft, hat mich die Polizei mit ihm in Verbindung bringen können. Deswegen war also die Tür versiegelt! Um Bäumle ist es nicht schade, aber ich hätte mir vorher die Wohnung sichern müssen. Nun wird seine Madame sie erben und mich hochkant rauswerfen. Es ist wirklich gut, dass ich nun Markus habe. Der wird schon zur Vernunft kommen. Aber woher weiß die Polizei, dass ich bei ihm bin?

Da sie mit diesen Überlegungen nicht wirklich weiterkam, lehnte sie sich zurück und lachte. Sie setzte tief an und jubelte sich eine Oktave höher. »Der Joachim. Ja, der hat sich an mich geklammert. Dabei war er doch verheiratet. Sehe ich vielleicht so aus, als ob ich mich an verheiratete Männer ranmache?«

Schmoll dachte, dass sie sehr wohl so aussah, und Katz war so fasziniert von dieser Frau, dass er gar nichts mehr dachte.

Schmoll sagte: »Sie haben seit zwei Jahren mietfrei in Joachim Bäumles Eigentumsappartement gewohnt.«

»Das war eine Gefälligkeit meinerseits. Joachim wollte endlich einen Platz für sein Atelier haben. Seine Frau hat ihm nicht erlaubt zu malen. Er sollte immer nur Geld für sie verdienen. Jo war Künstler und träumte vom Malen und nicht davon, anderen Leuten in den Zähnen herumzubohren.«

»Okay«, sagte Schmoll. »Gehe ich recht in der Annahme, dass er nicht nur ein Atelier wollte, sondern auch Sie?«

»Das sehen Sie sehr richtig, Herr Hauptkommissar. In mir hat Jo endlich jemanden gefunden, der ihn verstanden hat. Ich habe ihm alle Haushaltsdinge, die einem Mann und Künstler nicht guttun, abgenommen und dafür gesorgt, dass er sich in seinem Atelier ungestört verwirklichen konnte. Ansonsten war Bäumle wirklich nicht mein Typ.«

»Wieso war?«

»In der Zeitung stand, dass er tot ist. Es ist schrecklich. Einfach schrecklich.«

»Und seit Bäumle tot ist, setzen Sie auf gutaussehende Witwer.«

Unerwartet und rascher, als Schmoll und Katz umschalten konnten, mutierte Dorothea Zuckerles Gesicht zu einer Leidensmiene. Die gebeugten Schultern und der gesenkte Kopf signalisierten überzeugend Trauer und Mitgefühl. Sie faltete die Hände wie zum Gebet. »Markus braucht mich. Ich bin es Sylvia, der ich in sehr enger Freundschaft verbunden war, schuldig, mich um ihn zu kümmern.« Sie überlegte angestrengt, wie sie den alten Kripohengst rumkriegen könnte. Versuchsweise brach sie in Tränen aus und sprach schluchzend von Sylvia, die sie wie eine Schwester geliebt hätte und die so jung hatte sterben müssen.

Katz fummelte ein Päckchen Tempos aus der Tasche und reichte es ihr. Ihr »Danke« klang wie ein Hauch von Verheißung.

Schmoll kam bei so viel hochkarätigen Gefühlswallungen durcheinander und kämpfte mit sich, wo und wie er einhaken sollte. Er entschied sich, Herrn Engler und seine tote Gemahlin erst mal außen vor zu lassen und sich auf den Riesling-Steg-Mord zu konzentrieren. Immerhin war es möglich, dass Frau Zuckerle etwas gehört oder gesehen hatte. Er dachte: Zum Kuckuck mit Irmas Verdächtigungen! Was geht's mich an, was in Ägypten passiert ist! Wie soll man das von hier aus beweisen?

Um die Wogen zu glätten, erklärte Schmoll Frau Zuckerle, dass ihre Wohnung nur deswegen geöffnet und versiegelt worden war, da sie unauffindbar gewesen und die Polizei vermuten musste, dass ihr etwas passiert sei. Danach fragte Schmoll, warum sie sich nicht auf die Vorladung, die seit drei Wochen in ihrem Briefkasten läge, gemeldet habe.

Dorothea Zuckerle hob bedauernd die Hände. »Nach der Reise bin ich nicht in die Neckarstraße, sondern direkt mit zu Herrn Engler gefahren. Ich konnte ihn nicht im Stich lassen.« Sie tupfte ihre Tränen ab, vorsichtig, um das Make-up nicht zu verletzen und setzte ein Lächeln auf, das Eisberge zum Schmelzen gebracht hätte, wären welche in der Nähe gewesen. »Bitte entschuldigen Sie, meine Herren. Sie sind so verständnisvoll, wie ich es der Polizei gar nicht zugetraut hätte.« Sie seufzte und wischte ein letztes Tränchen weg. »Allerdings bin ich noch nie mit dem Gesetz in Konflikt und mit der Polizei in Berührung gekommen.«

Schmoll nahm sich zusammen und bemühte sich redlich, dieses seltsame Verhör, das ständig vom Thema abdriftete, irgendwie zu Ende zu bringen und wenigstens das Alibi von Frau Zuckerle zu klären. Er sagte, er habe noch eine Routinefrage: »Wo waren Sie in der Nacht vom 6. zum 7. Dezember zwischen 23 und 0.30 Uhr?«

»Was soll diese Frage? Ich war daheim und habe Koffer gepackt. Ich wollte ja am nächsten Morgen nach Ägypten fliegen.«

»War Herr Bäumle an diesem Abend bei Ihnen?«

Weil Dorothea Zuckerle nicht wusste, wie weit die Kripo im Bilde war, entschied sie sich nach kurzer Überlegung für die Wahrheit. »Ja. Er war da.«

»Zu welcher Zeit?«

»Ab abends gegen acht. Es wird 23 Uhr gewesen sein, als er gegangen ist.«

»Das stimmt mit der Aussage von Frau Bäumle überein«, sagte Schmoll.

»Hat die spioniert!?«, rief Doro empört.

»Sie war an dem Abend, als später der Mord passiert ist, mit einem Detektiv in der Nähe Ihres Hauses.«

Doro geriet in Rage. Ihre Stimme vibrierte vor Empörung: »Mit einem Detektiv! Dann wird er es gewesen sein, der den armen Bäumle von der Brücke geworfen hat.«

Schmoll fasste sofort nach, bemühte seinen verstärkten Bass und fragte: »Woher wissen Sie, Frau Zuckerle, dass jemand Herrn Bäumle von der Brücke geworfen hat!?«

»Es stand in der Zeitung, und auch, dass Sie den Mörder bereits gefasst haben. Gratuliere, Herr Hauptkommissar!«

Katz gab ihr unfreiwillig eine Chance: »Ond habet Sie an diesem Abend was Verdächtiges gsehe? Vielleicht henn Se zom Fenschter nausgschaut?«

»Also, wenn Sie mich jetzt fragen«, sagte sie mit einer Miene, in der pure Wahrhaftigkeit lag, »ich habe einen Mann zur Rieslingbrücke laufen sehen.«

»Des isch dr Kowalzki gwäh«, sagte Katz.

Schmoll rief Irma an und berichtete ihr von der Befragung der Frau Zuckerle: Sie sei inzwischen bei Markus Engler eingezogen und Herr Engler könne sich glücklich schätzen, dass sie ihm nach dem schweren Verlust zur Seite stünde. »Frau Zuckerle ist bezüglich des Riesling-Steg-Mordes nichts nachzuweisen. Es gab ein paar kleine Unstimmigkeiten, über die ich noch nachdenken muss. Ach ja: Der Verdacht, dass Kowalzki der Täter ist, hat sich erhärtet, weil Frau Zuckerle ihn in besagter Nacht gesehen hat.«

Irma sagte: »Danke für die Info«, und legte auf.

Sie konnte sich gut vorstellen, wie die Befragung abgelaufen war. Sie sah Doro mit ihrem betörenden Lächeln und ihren aufreizenden Bewegungen vor Schmoll und Katz sitzen und die beiden unter ihrem Zauber dahinschmelzen. Irma fielen die Worte der alte Frau Blume aus dem Seniorenheim ein: »Thea Zuckerle hat Macht über die Männer. Sie ist eine Hexe.«

Am meisten ärgerte sich Irma über Doros Aussage, sie habe einen Mann beobachtet, der zum Riesling-Steg gerannt sei.

Na bravo, neben Schmoll und Katz hatte sich nun auch Doro auf Leo Kowalzki als Mörder festgelegt.

Irma schluckte ihren Ärger runter, rief Schmoll noch mal an und fragte, ob er was dagegen hätte, wenn sie nach Stammheim ins Gefängnis fahren und mit Leo Kowalzki reden würde. »Wenn ich mich danach eurem Pauschalverdacht anschließen kann, dann wird Kowalzki wohl der Täter vom Riesling-Steg sein.«

»Bitte, kein eigenmächtiges Verhör!«, sagte Schmoll.

»Ich will ihn nur kennenlernen.«

»Also, dann tu, was du nicht lassen kannst. Außerdem habe ich die Besuchserlaubnis für das Schwesterchen bekommen. Kannst mit der Kleinen rausfahren. Ich denke, es sollte jemand von uns dabei sein, wenn die zwei miteinander reden.«

Nachdem Irma den Termin in der JVA angemeldet hatte, rief sie Aline Kowalzki an und verabredete mit ihr einen Treffpunkt, von dem sie gemeinsam nach Stammheim fahren wollten: Montag, acht Uhr, am Pragsattel.

Als Irma nachmittags um vier Uhr nach Hause kam, war ihre Mutter noch mit Jansen senior und seinem Sohn unterwegs, um sich Stuttgart von seiner schönsten Seite zeigen zu lassen.

Die letzte Station sollte Schloss Solitude sein, hatte Mama gesagt. Wenn sie ins Schlossrestaurant zum Abendessen gehen, sich dort im Gelben Saal an den Spezialitäten der Gourmetküche laben und bis Mitternacht verplaudern, dachte Irma hoffnungsvoll, dann hätte ich noch ein paar ruhige Stunden für mich. Sie grinste, weil sie an Knuts enttäuschte Stimme dachte, als sie ihm am Telefon erklärt hatte, sie könne nicht an der Ausfahrt teilnehmen. Der neunmalkluge Knut hatte noch nie etwas davon gehört, dass es bei der Kripo keine geregelten Arbeitszeiten gab, wenn ein Mordfall aufzuklären war.

Siebzehn

Sonntag, 27. Dezember

Gegen zehn Uhr fuhren Vater und Sohn Jansen mit ihrer Luxuslimousine bei Irma in der Thomastraße vor, um Frau Eichhorn senior abzuholen. Knut Jansen schien persönlich beleidigt zu sein, als Irma erklärte, nicht mit zum Bahnhof fahren zu können, weil sie einen beruflichen Termin habe. Ihrer Mama schien das weniger auszumachen, sie schwänzelte plaudernd um Jansen senior herum und fühlte sich ihm schon ganz zugehörig.

Ein kurzer Abschied zwischen Mutter und Tochter. Beide wirkten erleichtert, vorläufig wieder ihre eigenen Wege gehen zu können.

Irma war müde. Nicht nur, weil sie der Besuch ihrer Mama gestresst hatte. Doro war schuld. Seit Irma wieder in Stuttgart war, hatte sie das Gefühl, in jeder Minute, die sie der Spur von Dorothea Zuckerle nicht nachging, etwas zu versäumen. Morgen, dachte sie, morgen früh werde ich Schmolls Hauptverdächtigen kennenlernen – dann werde ich vielleicht wissen, ob ich Doro wenigstens wegen des Riesling-Steg-Mordes freisprechen kann. Und übermorgen sind die Fotos von Ägypten fertig! Wenn darauf wirklich zu sehen ist, was Helene behauptet – dann Gnade dir Gott, mein schönes Zuckerle!

Irma beschloss, auf dem Killesberg ein paar Runden zu joggen, um ihren Kopf auszulüften. Der sonst so belebte Park mitsamt seinem Bähnle, dem Kinderspielplatz und den Tiergehegen lag im Winterschlaf, schlummerte unter feuchtkalten Nebelschwaden, hinter denen die Sonne um Durchblick kämpfte.

Nach einer Stunde hatte Irma die dritte Runde hinter sich. Als sie das vierte Mal am Spielplatz vorbeilief, musste sie eine

Gestalt überholen, deren seltsame Lauftechnik ihr bekannt vorkam. Sie drehte sich um und blieb stehen: »Hallo Senmut!«

»Hallo Irma«, keuchte er.

»Wie geht's dir denn?«, fragte sie. »Frierst du auch so wie ich, seit wir vom sonnigen Nil zurück sind?«

»Ja«, sagte er. »Ich friere. Ich bin eigentlich auch zu groggy zum Joggen. Aber ich muss mich ablenken.«

»Du siehst echt mitgenommen aus«, sagte Irma. »Das hab ich schon am letzten Tag auf dem Schiff gemerkt. Hat dich der *Fluch des Pharao* erwischt?«

Senmut Herzig setzte sich auf eine Bank, rollte mit seinen hübschen blauen Fischaugen und kratzte fahrig seinen Weizenstoppelkopf. »Mich hat Doro erwischt!«

Irma nickte verständnisvoll und setzte sich neben ihn. »Das hab ich schon in Ägypten geahnt.«

Sie schauten beide schweigend über den verlassenen Kinderspielplatz.

»Doro ist echt eine bezaubernde Person, da kann ich schon verstehen, dass du dich in sie verliebt hast«, säuselte Irma, um Senmut zum Weiterreden zu ermutigen.

»Ich liebe sie nicht mehr.«

»Und warum?«

»Seit der Light-Show im Karnak-Tempel. Seither habe ich nicht mehr richtig geschlafen und würde mich am liebsten umbringen.«

»Na, na!«, sagte Irma. »Was ist denn passiert? Erzähl doch mal.«

»Das kann man niemandem erzählen.«

»Aber wir waren doch zusammen in Ägypten, ich würde dich verstehen.«

Senmut seufzte. »Okay. Kann sein, mir wird besser, wenn ich das mal ablade.«

Und Irma dachte: Welch ein Glück, dass der herzige Senmut nicht weiß, dass ich bei der Kripo bin. »Also los«, sagte sie. »Sei kein Frosch. Und nächstes Jahr fahren wir wieder zu Hatschepsut.«

Senmut Herzig seufzte noch einmal und begann: »Ich war so in Doro verknallt, dass ich schon halb verrückt gewesen bin. Obwohl ich wusste, sie würde sich nie zu mir herablassen, war ich trotzdem glücklich, sie jeden Tag sehen zu können. Im Gedränge bei den Besichtigungen konnte ich immer wie zufällig dicht neben ihr sein und sie sogar unauffällig berühren.«

»Und an dem Abend im Karnak-Tempel?«

Senmut starrte zu den Krähen, die auf einer Akazie saßen und in den grauen Himmel krächzten. »Während die Touristen durch die Tempelanlage geschleust wurden, bin ich Doro gefolgt, darin hatte ich schon richtig Übung. Wahrscheinlich entdeckten Doro und ich Sylvia gleichzeitig. Der Engler wird Sylvia nicht gesehen haben, sonst hätte er irgendwie reagiert, da sie ja offiziell gar nicht im Tempel sein sollte, sondern auf dem Schiff im Bett. Jedenfalls huschte Doro dem Engler davon und verfolgte Sylvia. Wegen der vielen Menschen hab ich sie dann beide aus den Augen verloren. Bevor ich zum Heiligen See gegangen bin, lief ich sieben Mal um den Stein mit dem Skarabäus, weil man sich dabei etwas wünschen kann, das in Erfüllung geht.«

»Lass mich raten«, sagte Irma. »Du hast dir Doro gewünscht!?«

»Eigentlich nur einen Kuss von ihr.«

»Und weiter?«

»Am Heiligen See erspähte ich Doro wieder. Sie drehte mir den Rücken zu, und vor ihr lag Sylvia. Doro bückte sich und zog Sylvia zum Ufer. Bevor der Scheinwerfer zurückkam, machte es Platsch. Ich konnte vor Schreck nicht mal schreien. Aber Doro hat mich trotzdem entdeckt. Sie nahm mich in die Arme und schob mich vor sich her. Ich war wie von Sinnen und wusste nicht weswegen: Lag es an Doros Körper, an den sie mich gedrückt hielt und an ihrem Duft – oder an dem, was ich gerade gesehen hatte?

Als ich wieder richtig zu mir kam, saßen wir im tiefen Schatten eines Pylons auf einem Stein. Doro streichelte mich und flüsterte: Was willst du von mir, wenn ich dich bitte, nicht zu verraten, was du gesehen hast?«

Ich sagte: ›Einen Kuss‹, und sie küsste mich, dass mir Hören und Sehen verging. Doch als das vorbei war, verwandelte sich mein Glück in Entsetzen. Ich rannte davon. Rannte und rannte die vier oder fünf Kilometer zurück zum Schiff. In der Bord-Bar kaufte ich eine Flasche Wodka und trank sie in meiner Kabine aus, als sei es Mineralwasser. Ich war so betrunken, dass ich nicht hörte, als ihr vom Karnak-Tempel zum Schiff zurückgekommen seid. Mir war kotzübel. Ich weiß nicht, ob ich in dieser Nacht überhaupt geschlafen habe. Als Ismail am anderen Morgen in meine Kabine kam und mich zur Eile trieb, weil der Bus zum Flugplatz bereitstand, schaffte ich es mit Müh und Not und seiner Hilfe, meine Sachen zu packen.« Senmut schluckte, bevor er den nächsten Satz flüsterte: »Erst im Bus hörte ich, dass Sylvia tot ist.«

Er legte das Gesicht in die Hände, krümmte sich zu seinen Knien und seufzte wie ein junger Hund. Irma klopfte ihm mütterlich den Rücken: »Wenn du dein Gewissen beruhigen willst, dann geh zur Polizei.«

Senmut hob den Kopf. »Das kann man doch der Polizei nicht erzählen. Das glaubt doch niemand.«

»Du kannst ja die Details mit dem Kuss weglassen. Musst nur erzählen, dass du gesehen hast, wie Doro die wehrlose Sylvia in den See gestoßen hat.«

»Ich habe Doro versprochen, sie nicht zu verraten.«

»Nun miss die Moral bitte nicht mit zwei verschiedenen Latten, Senmut! Du hast gesehen, wie Doro einen Mord begangen hat. Du hast gerade zugegeben, dass dich Entsetzen gepackt hat, als dir das klar geworden ist. Wenn du dein seelisches Gleichgewicht wiederfinden und künftig ruhig schlafen willst, musst du dich als Zeuge melden.«

»Wo muss man das denn melden?«

Meine Güte, dachte Irma, der Kleine ist weltfremd. »Melde dich im Polizeipräsidium am Pragsattel bei der

Mordkommission und frage nach Kriminalhauptkommissar Schmoll.«

»Ich werd es mir überlegen«, sagte Senmut Herzig in einem Ton, als ob er bereits bitter bereue, Irma die Story erzählt zu haben. »Tschüss denn!«

Ehe sich Irma versah, joggte er davon. Verflixt aber auch, dachte sie, nun hab ich nicht mal seine Adresse. Ich weiß nur, dass er in Heidelberg studiert und seine Eltern in Stuttgart irgendwo in Feuerbach wohnen. Falls Senmut nicht freiwillig zu Schmoll geht und seine Zeugenaussage macht, muss ich seine Adresse ermitteln und Schmoll überreden, Senmut Herzig vorzuladen.

Achtzehn

Montag, 28. Dezember

Irmas erster Gedanke beim Aufwachen war: Hoffentlich kommt heute Senmut Herzig zu Schmoll und macht seine Aussage. Ihr zweiter Gedanke galt Aline und Leo Kowalzki. Bevor Irma losging, um sich am Pragsattel mit Aline zu treffen, las sie zum dritten Mal die Vernehmungsprotokolle von Leo Kowalzki, die sie sich als Kopien mit nach Hause genommen hatte. Sie schüttelte den Kopf so heftig, dass sich ihr Pferdeschwanz löste und sie ihn neu bändigen musste. Danach legte sie die Papiere und Alines Besuchserlaubnis in eine Mappe und schob sie in ihre Aktentasche.

Aline Kowalzki stand pünktlich am Treffpunkt: Straßenbahnhaltestelle Pragsattel. Es war noch dunkel und es nieselte. Ein trostloser Morgen. Obwohl sich Katz bei der Personenbeschreibung auf »jung und bunte Haare« beschränkt hatte, erkannte Irma das Mädchen sofort. Aber so jung hatte sie sich Kowalzkis Schwester nicht vorgestellt. Die ist ja fast noch ein Kind, dachte Irma. Sie ging auf sie zu und hätte am liebsten »Hallo Aline« gesagt statt offiziell »Grüß Gott, Frau Kowalzki«.

Aline Kowalzki sagte: »Hallo. So jung hätte ich mir eine Kriminalkommissarin nicht vorgestellt.«

Beide lachten.

Als sie in der Straßenbahn saßen, sagte Aline: »Danke, dass Sie mich begleiten. Obwohl ich glücklich bin, meinen Bruder wiederzusehen, bin ich furchtbar aufgeregt und habe Angst vor dem Gefängnis. Es ist doch sicher ziemlich kompliziert, in den Besucherbereich zu gelangen.«

»Halb so schlimm«, sagte Irma. »Ich war schon mal dort und kenne die Zutrittsbedingungen. Haben Sie Ihren Ausweis dabei?«

»Ja«, sagte das Mädchen. »Sie haben mir doch am Telefon gesagt, dass ich den keinesfalls vergessen darf.«

Eine halbe Stunde später warteten Irma und Aline Kowalzki mit sechs anderen Leuten vor dem Tor, das zum Besucherbereich führt. Nachdem sich Irma als ermittelnde Kripokommissarin und Aline als Schwester des Untersuchungsgefangenen Leo Kowalzki ausgewiesen hatten, deponierten sie ihre Taschen und Irmas Dienstpistole in einem Schließfach.

Endlich hatten sie wie alle anderen die Kontrollschleuse durchlaufen. Bevor sie in den Besucherraum eintraten, fragte Aline Irma, ob es ihr etwas ausmachen würde, sie Line zu nennen statt Frau Kowalzki.

»Gern«, sagte Irma.

Und Line versicherte zum dritten Mal, wie froh sie sei, dass sie diese strengen Formalitäten nicht allein hatte meistern müssen. Sie bat Irma dabeizubleiben, wenn sie mit ihrem Bruder sprechen würde. Irma rührte das Vertrauen des Mädchens und sie wünschte sich, ihm irgendwie helfen zu können. Aber bei der derzeitigen Ermittlungslage fiel ihr nichts ein, womit sie Line Trost oder Rat hätte spenden können. Im Moment sah es sehr danach aus, dass Lines Bruder schuldig war und in Stammheim bleiben musste.

Im Besucherraum saß Leo Kowalzki bereits an einem Tisch. Hinter ihm an der Wand lehnte mit undurchdringlichem Gesicht ein Vollzugsbeamter, der das Gespräch überwachen würde.

Leo Kowalzki musterte Irma mit misstrauischer Miene. Line stellte vor: »Das ist Kommissarin Irma Eichhorn. Sie ist nicht so borniert wie dieser Schmoll und der Katz!«

Irma fühlte sich befleißigt zu sagen: »Die zwei sind nicht borniert, sie tun nur ihre Pflicht. Die Besuchserlaubnis haben Sie nicht mir, sondern Schmoll zu verdanken.«

Sie setzte sich an den freien Nebentisch und tat, als ob sie sich in eine Akte vertiefen würde. Dabei beobachtete sie die Geschwister unauffällig, während diese miteinander sprachen. Line und Leo Kowalzki waren sich nicht ähnlich. Line war klein und ein bisschen rundlich, Leo einen Kopf größer, breitschultrig und muskulös, was an seinem Beruf liegen mochte. Nur das Grübchen im Kinn hatten beide.

»Ach Leo«, sagte Line, ohne jede Begrüßungsfloskel. »Was machst du nur für Sachen?« Weil er stumm blieb und nur resigniert die Schultern zuckte, versuchte sie ihn zu trösten: »Die Hauptsache, du bist nicht auf dem Zuckerberg erfroren. Meine Güte, hatte ich Angst um dich. Wie bist du denn eigentlich mitten in der Nacht von dem Fitnessclub bis zum Zuckerberg gekommen?«

»Zuerst zum Bosch-Krankenhaus rauf und dann kreuz und quer durch die Weinberge bis nach Münster.«

Line fragte ihren Bruder aus, als ob sie seine Mutter wäre: »Kriegst du genug zu essen?«

»Ja.«

»Schmeckt's?«

»Geht so.«

»Hast du ein Zimmer für dich?«

»Ich hab kein Zimmer. Ich habe eine Zelle. Mit zwei anderen Knackis. Einer sitzt, weil er seine Freundin fast totgeschlagen hat. Der andere wegen Drogen. Mich halten sie für einen Mörder.«

»Du bist kein Mörder, Leo. Deine Unschuld muss nur erst bewiesen werden. – Hast du auch genug frische Luft und Bewegung?«

»Täglich eine Stunde Hofgang. Auf dem Dach. In einem großen Hundezwinger.«

Weil sich nun die Eulenaugen verschleierten und die Mundwinkel zu zucken begannen, sagte Leo: »Nicht traurig sein, Line. Ich bin selbst schuld, ich hätte mich nicht als Detektiv versuchen sollen. Ich dachte, damit schnell viel Geld verdienen zu können. Aber es war eine Nummer zu groß für mich.«

Line nickte.

Leo Kowalzki war anders, als ihn sich Irma vorgestellt hatte. Auf dem Foto, das sie von seiner Internetseite kannte, wirkte er mit den raspelkurzen Haaren wie ein Schlägertyp, was vielleicht beabsichtigt war, um Courage zu signalisieren. Jetzt war sein Haar nachgewachsen. Es lag wie ein lockiges, geschecktes Fell um seinen Kopf: dunkelbraun mit sonnengebleichten Büscheln dazwischen. Seine breite Stirn, seine kräftige, gerade Nase, die scharfkantigen Konturen seiner leicht aufgeworfenen Lippen erinnerten Irma an irgendjemand. An jemanden, den sie liebte, schon immer geliebt hatte. So einen Kopf hatte sie während der acht Tage in Ägypten ständig in den verschiedensten Variationen gesehen: auf Plakaten, Postkarten und Prospekten. Leos Gesicht fehlten nur der Zeremonienbart und das gefältelte Königstuch. Wenn seine Augen schwarz umrandet wären, dachte Irma, wäre Leo das Abbild des Tutenchamun. Sie ertappte sich bei dem Verlangen, mit ihren Fingerspitzen die Konturen dieser schön geschnittenen Lippen entlangzufahren. Sie stellte sich vor, wie es wäre, in dem lockigen Fell auf seinem Kopf zu wühlen. – Wieso sind Schmetterlinge in meinem Bauch? Ich glaube, ich bin wirklich ägyptengeschädigt, wie Schmoll meint. Nun sehe ich schon Pharaonen in der JVA!

Line schien alles um sich herum vergessen zu haben und ständig nachzudenken, was sie ihren Bruder noch fragen wollte. Nun flüsterte sie ihm zu, ob er auch nicht böse sei, weil sie ihn verraten habe.

Leo schüttelte den Kopf. »Du hast mich nicht verraten, Line. Du hast mir das Leben gerettet.«

»Ja, aber nun sitzt du im Knast«, sagte sie und sah so klein und hilflos aus, dass es Irma schmerzte. Dann fragte Line ihren Bruder, ob er im Gefängnis etwas davon gemerkt habe, dass Weihnachten war.

»Es gab Christstollen«, sagte Leo. »Und du, Line, was hast du an Heiligabend gemacht? Es tut mir so leid, dass ich nicht bei dir sein konnte.«

»Ach, weißt du«, sagte Line, und es klang, als ob sie deswegen ein schlechtes Gewissen hätte. »Moritz hat mich eingeladen. Er wohnt mit seinem Vater und drei Schwestern in einem Hochhaus im Stadtteil Freiberg. Es war eine richtig schöne Familienfeier.« Line senkte ihre Begeisterung und die Stimme: »Aber ich habe trotzdem immer an dich denken müssen.« Sie war froh, dass Leo nicht fragte, wer Moritz war.

Die Besuchszeit war fast um. Leo und Line schwiegen und starrten sich an.

Irma setzte sich zu ihnen, und als sie sich jetzt an Leo wandte, wackelte ihre Stimme. »Darf ich Ihnen ein paar Fragen stellen? Ohne Protokoll – mehr privat?«

Leo nickte emotionslos.

»Wofür, Herr Kowalzki, brauchten Sie so viel Geld, dass Sie sich in fragwürdige Geschäfte wie Detektivarbeit eingelassen haben?«

Die Antwort kam spontan und bereitwillig: »Line hat keinen Beruf. Es bedrückt mich, weil sie als Zimmermädchen arbeiten muss. Sie wäre gern Reiseberaterin und hätte das Zeug dazu. Sie hat die Mittlere Reife. Sie kann Englisch, Französisch und nach zwei Sommern auf der Insel auch Spanisch.« Er sah zu Line und zuckte bedauernd die Schultern. »Line hat sich fast damit abgefunden, dass wir von dem Geld, das ich als Animateur verdiene und sie als Hilfskraft in Hotels, nur einigermaßen leben, aber keine Ausbildung bezahlen können.«

Während er ihr antwortete, hatte er Irma das erste Mal richtig angesehen. Es war, als ob er sie erst jetzt gewahr wurde. Für eine Kripobeamtin ziemlich jung, dachte er. Und auch zu hübsch. Wie ist es möglich, dass sich so eine Frau mit Verbrecherjagd abgibt? Die muss sich ja irren! Aber zumindest scheint sie weniger penetrant zu sein als dieser Schmoll und sein Kollege, der ständig an seinem Lippenbärtchen zupft. Der Junge, den ich k. o. geboxt habe, war bestimmt der harmloseste von dem Verein. Da Irmas Augen voll Interesse und Sympathie auf ihn gerichtet waren, fragte er nun doch, ob es dem jungen Polizeibeamten, den er niedergeboxt hatte, bessergehe.

Irma lächelte. »Der hat doch nur eine Beule abgekriegt. Vorsichtshalber haben wir ihn zum Arzt geschickt. Die Diagnose war: Ihre Faust hat dem Praktikantenköpfchen keinen bleibenden Schaden zugefügt.«

Leo fiel zwar ein Stein vom Herzen, aber er sagte irritiert: »Euer Kriminalkommissar hat behauptet, der Junge läge im Koma.«

Das war Irma neu. Sie runzelte die Stirn und nahm sich vor, Schmoll die Leviten zu lesen. Zu Leo sagte sie in entschuldigendem Ton: »Schmoll macht manchmal Scherze.«

Leo ballte die Fäuste. »Ziemlich makaber, seine Scherze. Für mich fast unerträglich. Ich konnte nicht mehr ruhig schlafen, weil ich dachte, einen Polizisten ins Koma geboxt zu haben.«

Line zog es endgültig vor, ihrem Bruder nicht zu beichten, dass dieser junge Polizist derjenige war, mit dem sie Weihnachten gefeiert und der ihr Herzchen im Sturm erobert hatte.

Als Irma von Stammheim zurück ins Büro kam, erkundigte sich Schmoll mit selbstbewusster Miene, ob er den Fall nun an die Staatsanwaltschaft weitergeben könne.

Irma bat, noch einen Tag damit zu warten.

»Ach ja«, sagte Schmoll. »Deine Beweise!« Irma rätselte, ob in seinem Unterton Spott oder Mitleid lag.

»Bitte«, sagte sie. »Warte bis morgen.«

»Also gut«, knurrte Schmoll. »Letzter Termin. Wenn du morgen nicht deine Beweise lieferst, machen wir Nägel mit Köpfen.«

Er druckste rum. »Übrigens habe ich, wenn auch ungern, aber damit du dich zufrieden gibst, mit dem Staatsanwalt gesprochen. Ich habe die Obduktion von Sylvia Englers Leiche und auch gleich die Exhumierung des alten

Bäumle beantragt. Wir werden ja sehen, was dabei herauskommt.«

Irma war klar, Schmoll hatte das nicht getan, um ihr einen persönlichen Gefallen zu tun. Der erfahrene und gewissenhafte Kripokommissar hatte nachgedacht und war so weit, Irmas Verdachtsmomente ernst zu nehmen. Dies aber vor versammelter Mannschaft zuzugeben – so weit war er noch nicht. Doch das war Irma egal, sie war erleichtert darüber, wie sich die Dinge entwickelten.

Ausnahmsweise gab es heute nicht viel zu tun. Nachdem jeder seine laufenden Aufgaben erledigt hatte, wurde an diesem Tag pünktlich Feierabend gemacht.

Irma war enttäuscht, weil Senmut Herzig nicht gekommen war. Seine Adresse und Telefonnummer hatte sie ermittelt, aber Senmut war nicht daheim gewesen. Irma hatte seine Eltern nicht beunruhigen wollen und statt der Telefonnummer der Kripo ihre Handynummer hinterlassen. Vielleicht ruft Senmut heute Abend noch an, dachte sie. Sonst muss ich Schmoll morgen mürbe machen, dass er Senmut Herzig als Zeuge vorlädt.

Irma war schon beim Abmarsch, da hielt Katz sie zurück und erzählte, er habe heute Abend ein Date mit Ina.

»Ina?« Irma kam mit Katz' Freundinnen, die er immer nur kurzzeitig am Bändel hatte, meist durcheinander.

»Die Sprechstundehilf vom Bäumle«, sagte Katz eifrig. »Die nette Denge, die mer Auskunft gebe hot über des Ehelebe ond die Finanzlage von onserer Riesling-Steg-Leich.«

»Ja, dann viel Spaß«, sagte Irma abwesend.

»I brauch an Babysitter für mei Oma. Könntesch du heit a Bsüchle bei ihr mache?«

»Okay«, sagte Irma. »Ich muss mich sowieso ablenken.«

»Vielleicht könntesch au des Hondle nomal ausfiere. Mei Oma dun jetzt im Winter ihre morsche Knocha weh, ond dr Nutella wird emmer dicker, weil er so wenig Auslauf hot.«

»Gebongt«, sagte Irma. »Wann?«

»Wenn de am halb achte kämsch. Gege elfe bin i wieder da. I gang mit dr Ina ens Kino.«

Pünktlich um halb acht meldete sich Irma in der Ostendstraße bei Oma Katz. Katz war schon am Gehen. Wie Irma feststellte, in einer recht locker-sportlichen Aufmachung: Jeans und schwarzer Rollkragenpulli und darüber eine nagelneu aussehende gefütterte Lederjacke. Hatte Ina ihm Nachhilfestunden in Modefragen gegeben?

Oma Katz hatte sich wieder aufgebrezelt. Diesmal trug sie einen langen dunkelroten Samtrock mit einer goldbestickten rosa Tunika und ihre Hochsteckfrisur mit Perlendekor. Einer vorsintflutlichen Musiktruhe entströmte leise und feierlich der Sklavenchor aus Nabucco. Visuelle und akustische Requisiten aus Omas Glanzzeit als Opernstatistin.

Sie begrüßte Irma wie eine liebe alte Bekannte, die sie lange nicht gesehen hatte. Auch Nutella schien sich an Irma zu erinnern und sprang schwanzwedelnd an ihr hoch. Sie hatte für ihn Leckerle mitgebracht und für die Oma Mon Cheri.

Als Katz die Tür von außen schloss, saßen die beiden Frauen schon am Tisch bei schwäbischem Rührum, eine Art Eierkuchen, der, wie Oma Katz sagte, zu ihren Spezialitäten gehöre. Sie schenkte Trollinger ein und sagte: »Abends koi Wein isch's helle Gift.«

Das Gespräch drehte sich um Oma Katz' Hüfte. Nein, lieber keine Operation. Wenn sie ins Krankenhaus müsse, sagte sie, käme Steffen ohne sie nicht zurecht und Nutella auch nicht. Aber das Ausführen falle ihr im Winter schwer, überhaupt abends, wenn Steffen spät heimkomme und den letzten Gassigang nicht übernehmen könne. »Do gang i bloß so lang, bis des Hondle sei Gschäftle gmacht hot.«

Irma beugte sich zu Nutella und kraulte ihn hinter den Ohren. »Deswegen machen wir zwei heute einen Marathonlauf rund um die Villa Berg.« Der Mops gab einen zustimmenden Schnarchton, der wie »Dorrro« klang, von sich. Und in diesem Moment fasste Irma einen Entschluss und hatte es nun ziemlich eilig, mit dem Hund loszugehen.

Sie wanderten in flottem Tempo, das nur unterbrochen wurde, wenn Nutella ein Bein heben musste, über einen Spazierweg am Fuße des Hügels, auf dem die Villa Berg steht. Nach einer Viertelstunde passierten sie den Weg oberhalb der Baustelle des SWR. Nutella zog Irma am Ende der Baustelle über die Kuhnstraße und von dort auf einem schmalen, gepflasterten Weg bis zum Japanischen Garten, von dem Schmoll erzählt hatte, dass er ein Überbleibsel derselben Stuttgarter Gartenbau-Ausstellung sei, die auch das Grüne U geboren hatte. Das Gärtchen hatte die Ausmaße eines größeren Wohnzimmers und lag versteckt zwischen Bambuszäunen. Jetzt war es so dunkel unter den kahlen Zierkirschen, dass Irma gerade noch den Plattenweg und die großen weißen Kieselsteine in dem Bachbett erkennen konnte. Irma vermutete, dass die lange Holzbank Oma Katz' üblicher Rastplatz war, bevor sie mit Nutella den Rückweg antrat.

Die nächsten funzeligen Laternen standen entlang des Weges, der jenseits der Wiese zum Riesling-Steg führte. In den Häusern hinter dem Steg befand sich Dorothea Zuckerles Wohnung. Im obersten Stockwerk, da, wo Licht brannte.

Irma lief über den Steg zum Hintereingang der Wohnanlage und hatte Glück, denn das kleine Tor war nur angelehnt. Davor ließ sie Nutella zurück und versprach ihm, gleich wiederzukommen.

Sie klingelte bei dem blinden Herrn Rudorf, von dem sie vor drei Wochen die ersten Informationen über Frau Zuckerle bekommen hatte. Er erkannte Irmas Stimme auf Anhieb und ließ sie ins Haus. Herr Rudorf bedauerte, als sie ihm sagte, sie wolle eigentlich nicht zu ihm, sondern zu Frau Zuckerle, die ja inzwischen wieder daheim sei. Irma vertröstete Herrn Rudorf auf einen Besuch in nächster Zeit, um mit ihm über ihre gemeinsame Heimat, Schleswig-Holstein, zu plaudern.

Ohne sich lange aufzuhalten, stieg Irma eine Etage höher, klingelte und erschrak, weil Dorothea Zuckerle augenblicklich die Tür aufriss. Ihr Lächeln gefror, als sie Irma erkannte. Ganz offensichtlich hatte sie jemand anderen erwartet.

Umso fröhlicher lächelte nun Irma. »Hallo, Doro. Ja, da staunen Sie. Ich war gerade in der Nähe und dachte, besuch doch mal kurz deine Reisebekanntschaft von Ägypten.«

Völlig bar ihrer sonst zur Schau getragenen Freundlichkeit fragte Doro: »Woher haben Sie meine Adresse? Ich stehe in keinem Telefonbuch.«

Irma hielt Doro ihren Dienstausweis unter die Nase. »Wir haben andere Möglichkeiten, eine Adresse herauszufinden.«

Doros samtene Sommerbräune wurde grau. Die schöne Frau Zuckerle verwandelte sich in Sekundenschnelle in ein Monster. Sie schleuderte ihre Zigeunermähne in den Nacken – nicht anmutig, wie es Irma kannte, sondern wutschnaubend wie ein Stier, der nach verpasstem Angriff den Kopf zurückwirft. Ihre schönen, vollen Lippen verwandelten sich in einen Strich. Irma bedauerte, ihre Dienstwaffe nicht dabeizuhaben, denn Doro geriet außer sich. »Das werden Sie mir büßen! Eine Kripohexe, die sich als harmlose Mitreisende tarnt und die Leute bespitzelt!«

»So ist es«, sagte Irma und schob Doro, ehe sie sich versah, in die Wohnung. Irma schloss die Tür hinter sich und setzte alles auf eine Karte. »Ich habe Beweise, dass Sie Sylvia Engler umgebracht haben.«

Sie standen jetzt im Wohnzimmer, in dem schwarz-weißen Wohnzimmer vor dem Bild aus dem das gehörnte gelbe Tier mit dem angstvollen Auge spähte.

Es war das Auge, das Irma für den Bruchteil einer Sekunde ablenkte. Sie sah eine der bronzenen Katzen in Doros Hand wie einen Schatten durch die Luft schwingen. Es gelang Irma nicht, dem Schatten auszuweichen. In ihrem Kopf explodierte etwas. Während sie zusammensackte, dachte sie an das Bild mit dem stürzenden Engel, das im

Atelier hing, und sie wusste plötzlich, dass der Engel Doros Gesicht hatte.

Irma kam langsam wieder zu sich. Ihre Kiefer schmerzten von einem Knebel, der ihren Mund ausfüllte. Ihre Handgelenke waren fast taub, weil sie fest zusammengebunden waren. Hinter ihrer Stirn pochten Hämmer und ihr war übel. Nur langsam wurde ihr Kopf klarer. Je klarer er wurde, desto mehr sorgte sie sich, was Doro im Schilde führte. Irma stellte sich vor, wie sie im nächsten Moment mit einem Messer auf den Balkon gestürmt käme.

Mühsam würgte sie den Lappen aus dem Mund und lauschte in die Dunkelheit. Hinter der geschlossenen Balkontür lag das Atelier in völliger Dunkelheit. Irma meinte, aus einem weiter innen liegenden Raum Stimmen zu hören. Es war noch jemand gekommen! Vielleicht der sanfte Oberstudienrat. Aber wer auch immer es war, solange er da war, würde er verhindern, dass Doro auf den Balkon zurückkam. Obwohl sich die Temperaturen um den Nullpunkt bewegten, fror Irma, als ob es zehn Grad Minus wären. Auch wenn Doro mich nicht absticht oder erschlägt, dachte Irma, wenn ich noch lange hier liegen muss, werde ich an Unterkühlung sterben. Leo wäre auch erfroren, wenn ihn seine Schwester nicht gefunden hätte. Der Gedanke an Leo vermochte es, Irma zu erwärmen und zu beruhigen. Sie begriff, dass sie etwas tun musste. Unter Verrenkungen rieb sie ihre Handfessel an einer Kante des Balkongeländers. Der Strick zerriss leichter, als sie zu hoffen gewagt hatte. Als sie die Hände frei hatte, tastete sie nach ihrem Handy. Es war weg! Doro hatte es ihr wohlweislich abgenommen.

Vorsichtig stand Irma auf und spähte vom Balkon in die dunkle Tiefe. Auf dieser Seite des Hauses schienen die Räume im Winter unbewohnt zu sein. Aus keinem der Fenster fiel ein Lichtschein. An dem Pfeiler, der die Eckbalkons stützte, rankte sich ein Gewächs hoch. Irmas Botanikkenntnisse reichten, um zu wissen, dass es sich um eine

Glyzinie handelte, eine stark wachsende Kletterpflanze, die im Frühling mit duftenden blauen Dolden einen Hauch vom Süden an die Spaliere zauberte. Jetzt waren die Ranken kahl. Der dicke Haupttrieb wand sich wie eine Spirale am Pfeiler empor. Wäre vorher nicht die Bronzekatze auf ihren Kopf gesaust, hätte Irma sich sportlich über das Geländer geschwungen. So zog sie sich keuchend darüber und begann unbeholfen den Abstieg. Nur langsam, redete sie sich lautlos zu. Langsam und vorsichtig. Kein Geräusch machen, sonst steht womöglich Doro unten und haut mir wieder was auf den Kopf.

Irma war erleichtert, es fast geschafft zu haben und sprang den letzten Meter hinunter. Das hätte sie lieber nicht tun sollen. Sie landete mit dem Fuß auf einem Stein und knickte um. Verzweifelt biss sie die Zähne zusammen und dachte: Das fühlt sich an, als ob Doro einen Dolch in meinen Knöchel gerammt hätte. Irma war haltlos ins Gebüsch gestürzt. Dort blieb sie liegen und wartete, dass der Schmerz nachließ. Der Schreck lähmte sie, als es im Laub unter den Zweigen raschelte. Ein Grunzen und dann eine warme feuchte Zunge auf ihrer Wange. Nutella schien sich ehrlich Sorgen zu machen. Er fiepte leise und bekümmert und wollte gar nicht mehr aufhören, sie abzulecken. Irma rappelte sich auf und versuchte, den Fuß zu belasten. Wieder fuhr ein Messer in den Knöchel.

Sie hielt sich an den Sträuchern fest und schleppte sich bis zum Zaun. Da die Erde unter dem Maschenzaun weggeschwemmt war, konnte sie durchkriechen. Im armseligen Lichtschein einer weißlichen Kugel der Wegbeleuchtung sah Irma, dass ihre Jeans und ihr Anorak ein Schlammbad hinter sich hatten. Nutella war ihr hinterhergekrochen und sah genauso aus. Er winselte leise und wich ihr nicht von der Seite.

Was soll ich nur machen? Wenn ich doch wenigstens mein Handy hätte!

Schritt um Schritt schleppte sie sich über den Riesling-Steg. Einen Moment lang stützte sie sich am Geländer ab und spähte zurück zu den Häusern. Wenn jetzt Doro kommt, wird sie mich genau wie den kleinen Bäumle auf die Bahngleise werfen. Ich muss weiter! Ich muss so weit, wie es geht, von diesem Haus weg, damit sie mich nicht findet.

Wenn Irma mit dem verletzten Fuß auftrat, hörte sie die Engel singen und stöhnte. Sie humpelte bis zu der dicken Trauerweide, an der Nutella vor einer Stunde – oder waren es zwei? – das Bein gehoben hatte. Erschöpft lehnte sie sich an den Stamm und ruhte sich aus. Danach schaffte sie die letzten Meter zum Japanischen Garten. Sie ließ sich auf die Bank fallen und legte den Fuß hoch.

Der Knöchel spannte im Stiefel. Sie hatte das Gefühl, das Leder würde gleich platzen. In ihrem Kopf tanzten Gedanken und Gefühle miteinander. Soll ich den Stiefel ausziehen? Aber dann krieg ich ihn nicht mehr an. Ich kann doch nicht in Strümpfen weitergehen. Nun fängt es auch noch an zu nieseln, da wird erst recht niemand mehr hier vorbeikommen und mir helfen. Hat je ein Japaner in einer solchen Situation hinter seinen Bambuszäunen meditiert? Dass ich nicht lache: Oase der Ruhe! Ruhe ist das erste Gebot in einem japanischen Garten. Mir ist es hier zu ruhig. Und zu dunkel. Ich kann nicht mal das Schilf sehen, nur hören, wie es im Wind raschelt. Kalt und feucht ist es hier. Nichts mit blühenden Zierkirschen, nichts mit Quellengeplätscher. Hol doch alles der Teufel. Bin ich Doros Mordanschlag entgangen, um mir hier eine Lungenentzündung zu holen? Wo ist eigentlich Nutella geblieben?

Irma war fast am Ende. Sie überlegte gerade, ob sie versuchen sollte, auf allen Vieren zur Straßenbahnhaltestelle zu kriechen, als Nutella um die Ecke gesaust kam. Er stellte sich vor sie hin und bellte so begeistert, dass ihm die Stimme überschnappte.

»Meinst du blöder Hund, ich soll jetzt aufspringen und mit dir spielen?«, sagte Irma wütend. Sie hatte kaum ausgesprochen, als sie ihren Namen rufen hörte. Atemlos kam Steffen Katz in den Japanischen Garten gestürmt.

»Meine Güte, Irma, da bisch du ja! Da komm i hoim aus 'm Kino, da hockt Nutella vor dr Hausdier. Hot gjault wie a Schlosshund, weil i net glei mit ihm mitgehe wollt. Ond du sitzt hier em Japanische Garte ond meditiersch.«

»Ich meditiere nicht, verdammt noch mal«, sagte Irma, während sie Nutella dankbar den Kopf tätschelte. »Ich bin dabei, vor Schmerzen zu sterben, weil ich mir auf der Flucht den Fuß verknackst oder womöglich sogar gebrochen habe.«

»Jetzt schwätz mal Klartext. Wovor bisch de denn gflohe? Wenn sich hier em Park jemand an di hätt namache wolle, dem hätt dr Nutella scho zeigt, wo's langgeht. So kloi, wie der isch, kann er do saumäßig gfährlich werde.«

»Ich bin gerade einem Mordanschlag der unschuldigen Frau Zuckerle entgangen!«

Während Katz ihren Fuß mit einer Taschenlampe begutachtete, schilderte ihm Irma, was passiert war.

»Au Backe«, sagte er. Er zog seine Jacke aus und legte sie Irma, die vor Zähneklappern kaum sprechen konnte, über die Schultern. »Da wird onser alter Schmoll aber domm gucke.« Katz besah sich die Stelle an ihrem Hinterkopf, auf der Doros Waffe gelandet war, und versicherte, sie habe Glück gehabt, da offensichtlich ihr Eichhörnchenschwanz den Schlag abgefedert habe. »Aber dei Füßle muss mer röntge lasse!« Er holte sein Handy aus der Hosentasche und sagte: »I ruf jetzt en Krankewage.«

Es war Mitternacht, und Katz hatte sich vor zehn Minuten davongemacht, um die letzte Straßenbahn zum Ostendplatz zu bekommen, als Schmoll in die Notaufnahme des Robert-Bosch-Krankenhauses platzte und nun verwirrt und zerknirscht neben Irmas Bett stand. Während ihm Irma alles erzählte, schien er zu schrumpfen und sagte nur immer wieder »Heilix Blechle!«. Ihm war der Schreck derart in die Glieder gefahren, dass er es nicht schaffte, Irma wegen ihres leichtsinnigen Alleinganges eine Standpauke zu halten.

»Ich leb ja noch, wie du siehst«, sagte Irma. »Der Onkel Doktor hat gesagt, mein blöder Fuß ist nicht gebrochen, sondern hat nur eine starke Verstauchung und gezerrte Bänder abgekriegt. Morgen komme ich hier wieder raus.«

Auf diese Nachricht hin wurde Schmoll wieder größer und rieb sich den Gram von der Glatze. »Morgen? Aber Katz hat doch gesagt, du hast höllische Schmerzen und kannst gar nicht mehr laufen.«

»Es tut nur weh, wenn ich den Fuß belaste. Morgen bekomme ich einen Vakuumstiefel, da sitzt der Fuß fest wie in einem Gips. Damit kann ich wieder auftreten, hat der Doktor versprochen.«

»Aha«, sagte Schmoll. »Vakuumstiefel. Was es alles gibt?!«

Dann hatte er es auf einmal eilig. »Egal, wie spät es jetzt schon ist«, sagte er. »Meine nächste Amtshandlung ist die Verhaftung Frau Zuckerles. Wir müssen sofort zuschlagen. Sie wird schnell gemerkt haben, dass du entwischt bist und möglicherweise reicht ihr Spatzenhirn, um zu begreifen, dass sie sich aus dem Staub machen muss.«

Während Schmoll das Krankenzimmer verließ, telefonierte er schon seine Verstärkung zusammen.

Neunzehn

Dienstag, 29. Dezember

Eine Stunde nach Mitternacht kamen Schmoll und zwei Polizisten in der Neckarstraße an. Da auch auf Dauerklingelton niemand aufmachte, wurde die Tür mit dem Dietrich geöffnet.

Dorothea Zuckerle hockte im Schlafzimmer unter dem Bild mit der blauen Geige, die sich selber spielt, und packte Umzugskisten. Als sie Schmoll erkannte, tat sie ahnungslos. »Ach, Sie sind's, Herr Hauptkommissar. Zu so später – oder besser gesagt: früher Stunde?«

»Warum haben Sie nicht aufgemacht?«

»Es hätte ja sonst wer klingeln können«, sagte sie. »Die Zeitungen sind ja ständig voll mit schrecklichen Raubmorden.« Sie lächelte. »Ich nehme an, Ihr nächtlicher Besuch hat den Grund, mich zu beschützen. Ist der Mörder vom Riesling-Steg, dieser Kowalzki, womöglich aus dem Gefängnis ausgebrochen?«

Schmoll ging darauf nicht ein und fragte, weshalb sie packen würde.

»Gestern Abend hat mich Frau Bäumle mit ihrem Anwalt aufgesucht. Sie spielt die trauernde Witwe. Da sie die Wohnung meines armen Jo geerbt hat, droht sie mir mit Räumungsklage. Deswegen packe ich nun meine Sachen zusammen.«

»Und wo wollen Sie hin?«

»Herr Engler wird mir vorläufig Asyl gewähren. Er fühlt sich sehr einsam, seit seine liebe Sylvia nicht mehr bei ihm ist.« Sie schielte zu den Polizeibeamten, die an der Tür stehen geblieben waren, und fragte Schmoll, wo er heute den jungen Kollegen mit dem netten Schnauzbärtchen gelassen habe.

»Kommissar Katz war gestern bis in die Nacht in Stammheim und hat Leo Kowalzki verhört«, sagte Schmoll. Er log, weil er die Wirkung dieser Mitteilung testen wollte und hatte richtig getippt: Die Kunde, Kowalzki sei noch in Stammheim, machte Dorothea Zuckerle lockerer. Sie entspannte sich und rief im Jubelton: »Haben Sie diesen Verbrecher also überführt! Ich gratuliere, Herr Hauptkommissar!«

Weil Schmoll nicht in ihren Jubel einfiel, schaltete sie auf Wehleidfrequenz: »Den armen Jo von der Brücke zu werfen!? Ich bin sicher, Frau Bäumle hat diesen Detektiv dazu angestiftet.«

»Herr Kowalzki hat bisher kein Geständnis abgelegt!« Schmoll sah sofort: Diese Mitteilung wurde weniger begeistert aufgenommen.

Dorothea Zuckerle erklärte nachdrücklich, dass nur Kowalzki als Mörder in Betracht käme. »So ein primitiver Muskelprotz tut für Geld alles!«

»Die bisherigen Ermittlungsergebnisse sprechen eindeutig gegen seine Schuld«, sagte Schmoll. Er sah ihr an, dass ihr das gar nicht schmeckte.

Sie verdrehte die Augen, als ob sie angestrengt nachdächte und behauptete: »Natürlich ist er schuld! Wer soll es denn sonst gewesen sein? Man irrt sich so oft in den Menschen.«

»Man irrt sich in den Menschen«, wiederholte Schmoll gedehnt. »Da kann ich Ihnen beipflichten, Frau Zuckerle. Und deswegen nehmen wir Sie jetzt mit aufs Polizeipräsidium, um zu prüfen, wie weit wir uns in Ihnen geirrt haben.«

Auf diese Mitteilung hin begann bei der soeben noch zauberhaften Dorothea eine ähnliche Verwandlung, wie sie Irma erlebt hatte. Sie mutierte von verführerischer Lady zur wütenden Furie. Ihre einschmeichelnde Altstimme wechselte zum Dauerkreischton.

Schmoll machte kurzen Prozess und ließ sie abführen.

Nachdem Frau Dorothea Zuckerle dem vorläufigen Gewahrsam im Präsidium übergeben worden war, fuhr Schmoll heim und gönnte sich eine Mütze Schlaf.

Da er vergessen hatte, den Wecker zu stellen, kreuzte er erst gegen neun Uhr in seinem Büro auf und fand dort Helene Ranberg, die Irma die Fotos bringen wollte. Sie hatte soeben von Katz erfahren, weswegen Irma nicht im Büro war, und schien total verstört.

»Ah, Herr Schmoll!«, rief Helene, lief ihm entgegen und warf sich an seine breite Brust.

»Was gibt's denn, Frau Ranberg?«, fragte Schmoll irritiert und verwundert, schon wieder eine hysterische Frauensperson auf dem Hals zu haben.

»Ich hab gerade von Katz gehört, was unsrer kleinen Irma passiert ist! Könnt ihr nicht besser auf sie aufpassen!?«

»Wenn sie Alleingänge absolviert, ist ihr schwer zu helfen«, moserte Schmoll. – »Aber was haben Sie denn sonst noch auf dem Herzen, da Sie uns besuchen?«

»Ich bring die Beweise!«, frohlockte Helene mit Siegermiene. Sie legte Fotos in DIN-A4-Größe auf den Schreibtisch und sagte feierlich: »Die Beweise für den Mord an Sylvia Engler.«

Das erste Foto zeigte den lichtüberfluteten Heiligen See und an seinem Ufer eine Frau, die geduckt lief, als sei sie gestolpert und wolle sich auffangen. »Das ist Sylvia Engler«, erklärte Helene und zeigte auf die nächste Aufnahme: Sylvia lag an der gleichen Stelle des Ufers am Boden. Neben ihr stand Dorothea Zuckerle, hatte sich zu ihr gebeugt und schien im Begriff zu sein, sie Richtung See zu ziehen. Auf dem dritten Foto hatte sich Frau Zuckerle umgedreht und schob jemanden vor sich her. Ihrer Haltung nach hatte sie es eilig. Die Stelle am Ufer, an dem Sylvia gelegen hatte, war leer. Auf dem vierten Foto sah man Irma, wie sie in den See sprang. Ihre Haare wehten nach oben und standen über dem Kopf wie ein rotgoldener Heiligenschein.

»Wieso hat der See auf jeder Aufnahme eine andere Farbe?«, fragte Schmoll.

»Das war während der Licht-Show im Karnak-Tempel«, erklärte Helene. »Wenn nicht gerade ein Scheinwerfer durch die Finsternis gekreist ist, war es stockdunkel.«

»Haben Sie die Fotos alle am gleichen Abend aufgenommen?«

»Ja, sonst wären es doch keine Beweise, dass Doro Frau Engler in den See geschubst hat«, sagte Helene empört.

»Verstehen Sie mich nicht falsch, Frau Ranberg, so gern ich einen Beweis hätte, aber die Bilder beweisen nichts. Man erkennt darauf nicht, in welchen Abständen die Fotos geschossen wurden. Der Staatsanwalt wird sagen: In der Zwischenzeit von einem Foto zum nächsten kann Frau Zuckerle der gestürzten Frau Engler hochgeholfen haben. Danach ist Frau Zuckerle weitergegangen, weil sich Herr Engler um seine Frau gekümmert hat.«

»Der Engler hat sich selten um seine Frau gekümmert, den hat doch Doro in Beschlag genommen.«

»Das ist eine andere Geschichte, darauf kommen wir noch zu sprechen, wenn wir die Dame nachher verhören.«

»Ist sie hier?«, fragte Helene verdutzt.

»Ja. Wir haben sie heute Nacht in vorläufigen Gewahrsam genommen.« Schmoll rieb seine Glatze. »Aber jetzt noch mal zu den Fotos und der Bildabfolge ...«

Helene knallte ihm die Speicherkarte auf den Tisch. »Hier stehen die Daten drauf. Alle vom 21. Dezember. Das erste Foto um 20 Uhr 13. Dann dank meiner intelligenten Automatik mit universellen Weitwinkeln und 18-fachem Superzoom jede Minute ein weiteres Bild. Öfter ging es nicht, weil nur jede Minute der Scheinwerfer vorbeigewandert ist.«

Schmoll zog die Augenbrauen hoch und die Mundwinkel fast bis zu den Ohren. »Sie haben gewonnen, Frau Ranberg. Sie haben uns den Beweis geliefert.«

Schmoll rief Markus Engler an und fragte, ob er der Obduktion seiner Frau zustimme. Er stimmte zu. Engler erklärte sich auch bereit, sich am nächsten Tag um 17 Uhr im Präsidium bei Schmoll zu einer Befragung einzufinden. Bis dahin hoffte Schmoll, erste Ergebnisse aus dem gerichtsmedizinischen Labor zu haben.

Obwohl Schmoll es kaum erwarten konnte, Frau Zuckerle endlich zu verhören, sagte er zu Katz: »Wir werden auf Irma warten, bevor wir beginnen. Sicher will sie dabei sein.«

»Klar will ich dabei sein«, sagte Irma von der Tür her.

Ihr rechtes Bein steckte in einem unförmigen Stiefel. Sie stakste näher und ließ sich auf einen Stuhl fallen. »Ich fühle mich mit dem Ding, als ob ich zum Mond fliegen wollte.«

»Äh«, machte Katz. »Des Teil sieht aber net bequem aus.«

»Geht schon«, versicherte Irma. »Jedenfalls bin ich wieder auf den Beinen und es tut nichts weh.« Sie humpelte demonstrativ eine Runde um den Schreibtisch, machte »Uff«, setzte sich wieder und hievte ihr Monsterbein auf einen Stuhl. »Immer schön hochlegen, hat der Onkel Doktor gesagt.« Sie stutzte. »Hallo, Helene, was machen Sie denn hier?«

»Ich stehe unter Schreckstarre«, sagte Helene. »Katz hat mir erzählt, was Ihnen gestern Abend passiert ist. Als kleinen Trost habe ich die Fotos mitgebracht. Wenn Herr Schmoll die Speicherkarte nicht mehr braucht, können Sie alle dreihundertfünfzig Aufnahmen ansehen, die ich geknipst habe. Außer dem Nil und tausend Tempelruinen sind auch Engler und Doro nachts auf dem Deck zu sehen. Beim Tête-à-tête. Im Mondschein. Dank meiner intelligenten Automatik sind alle Aufnahmen was geworden.«

Irma lachte. »Danke, Miss Marple.«

Katz zupfte an seinem Lippenbärtchen. »Wieso Miss Marple?«

»Helene hat Doro schon in Ägypten durchschaut. Früher als ich«, behauptete Irma.

Das stimmte zwar nicht ganz, aber als nun Helenes Stiefmütterchengesicht strahlte wie eine Hundert-Watt-Birne, gönnte Irma ihr von Herzen die Freude, vor Schmoll und Katz als fähige Detektivin bezeichnet zu werden.

»Also, dann geh ich jetzt wieder«, zwitscherte Helene. »Ade zusammen.«

Nachdem sie die Tür hinter sich geschlossen hatte, kratzte sich Schmoll die Glatze und sagte: »A echts Käpsele, die Frau Ranberg.«

Er blickte eine Weile nachdenklich auf Irmas Monsterstiefel, schüttelte bekümmert den Kopf, sah zu Katz und fragte ihn, welchem Zufall es zu verdanken wäre, dass er in der vorigen Nacht Irma gefunden habe.

»Onser Nutella hot mi nazerrt«, sagte Katz.

Schmoll verdrehte ungläubig die Augen: »Nutella?«

»So hoißt dr Mops von meiner Oma!«

»Heidenei!«, brummte Schmoll. »Aber nun zur Sache, holt mir Frau Zuckerle her.«

Dorothea Zuckerle hatte sich gefangen und schritt so würdig herein, als ob sie auf dem roten Teppich ginge. »Das wird Zeit, dass sich jemand um mich kümmert. Ich frage mich, was das Theater soll?« Sie ließ sich anmutig auf dem Stuhl vor Schmolls Schreibtisch nieder, öffnete zwei weitere Blusenknöpfe und präsentierte die Ägyptenbräune auf schön gewölbten Körperteilen. Dann erst schien sie Irma zu entdecken. Sie spreizte die Finger, als ob sie ihr das Gesicht zerkratzen wollte. »Ihnen habe ich das Ganze zu verdanken! Das wird ein Nachspiel geben.«

Irma betrachtete die Fotos aus Helenes intelligenter Kamera und sagte gelassen: »Das denke ich auch, dass es ein Nachspiel gibt.«

Katz kam mit drei dampfenden Bechern herein und Doro maulte: »Typisch Polizei! Sie trinkt gemütlich Kaffee, während ich hier auf Kohlen sitze!«

»Wollet Se au oin?«

»Ich will gar nichts, außer jetzt sofort nach Hause. Ich muss packen und habe keine Zeit für Kaffeestündchen.«

»Nun mal langsam, Frau Zuckerle«, sagte Schmoll. »Wir haben Sie nicht hergeholt, um mit Ihnen Kaffee zu trinken, sondern um Ihnen Fragen zu stellen.«

»Ich lasse mich nicht ausfragen!«

»Es ist Ihre Pflicht, unsre Fragen zu beantworten. Schließlich geht es um Mord.«

»Damit habe ich nichts zu tun!«

»Mit welchem Mord haben Sie nichts zu tun?«, hakte Irma nach.

»Ha!«, machte Doro. »In Ägypten scheißfreundlich und nun die strenge Kripo-Madame spielen! Mit Ihnen rede ich überhaupt nicht.«

»Dann verraten Sie wenigstens Hauptkommissar Schmoll, warum Sie mir gestern Abend etwas über den Kopf geschlagen und mich geknebelt und gefesselt auf den Balkon gezerrt haben.«

Da Dorothea Zuckerle schwieg, fragte Schmoll, ob sie Kommissarin Eichhorns Schilderung denn widerlegen könne.

»Soll sie es beweisen!« Doro warf ihre Locken zurück, was den Raum erneut unter eine betörende Parfümwolke setzte. Sie lachte ihre bewährte Tonleiter, die ihr bisher immer Sympathien beschert hatte, brach in gurrendes Glucksen aus und steigerte sich in Jubelstakkato. Nach der anschließenden doppelten Fermate sagte sie: »Hier steht Aussage gegen Aussage. Ich weiß von nichts!«

»Sie kennet sich aus«, sagte Katz. »Aber wem sei Aussag stimmt, wird sich beweise lasse, wenn die Spure en Ihrer Wohnung ausgwertet send.«

»Lassen Sie schon wieder in meiner Wohnung rumschnüffeln!?«

»Ja«, sagte Schmoll. »Die richterliche Genehmigung gilt noch, seit wir, als Sie nicht aufzufinden waren, Ihre Wohnung öffnen mussten. Wann sind Sie denn in die Neckarstraße zurückgekommen?«

»Erst gestern. Ich wollte meine Sachen holen.«

»Und da ist Ihnen abends Frau Eichhorn in die Quere geraten.«

Doro lehnte sich zurück und strich die Bluse über ihren Kurven glatt. Sie machte einen letzten Versuch, ihren Charme einzusetzen und lächelte Schmoll an: »Wenn Sie's sagen, Herr Hauptkommissar!«

»Dann wenden wir uns mal den Geschehnissen zu, die sich am letzten Abend vor Ihrer Rückreise in Ägypten ereignet haben.« Er legte die Fotos vor ihr auf den Tisch.

Sie sah eins nach dem anderen an. Lange. Endlich sah sie hoch. Ihr Tonfall war gelangweilt: »Hat Frau Eichhorn in Ägypten nichts Besseres zu tun gehabt, als derart nichtssagende Bilder zu knipsen?«

»Wir finden, die Fotos sagen sehr viel aus«, knurrte Schmoll. »Sie zeigen, dass Sie, Frau Zuckerle, sich in der Nähe aufgehalten haben, bevor Sylvia Engler in den See gefallen ist.«

Da Doro schwieg, half Katz nach: »Es wär immerhin möglich, dass Sie do a bissle nachgholfe hen.«

»Das ist eine unverschämte Unterstellung! Wenn Frau Eichhorn diese Fotos gemacht hat, war sie schließlich auch in der Nähe. Sie ist nach dem Unglück ins Wasser gesprungen, um jeden Verdacht von sich abzulenken. Nun will sie mir das anhängen.« Doro funkelte Irma an und fauchte: »Sie kleines, fieses Kripo-Luder!«

»Se solltet sich net mit Beamtebeleidigung in no meh Schwierigkeite bringe«, sagte Katz.

Doro setzte ein nachsichtiges, bezauberndes Lächeln auf. »Aber, meine Herren, ich hab doch keine Schwierigkeiten.«

Schmoll schlug die Faust auf den Tisch. »Dann werden Sie spätestens morgen welche bekommen: Wenn die Ergebnisse von Sylvia Englers Obduktion vorliegen und die Exhumierung der Leiche von Bäumle senior abgeschlossen ist.«

Dorothea Zuckerle starrte eine Weile ins Leere und schüttelte dann energisch den Kopf. »Obduktion? So ein Quatsch! Das lässt Markus nicht zu. Und dass Sie den alten Bäumle wieder ausbuddeln lassen, glauben Sie doch selber nicht. Was soll denn da nach zwei Jahren noch rauskommen außer stinkender Fäulnis?«

»Täuschen Sie sich nicht!«, sagte Irma.

»Kann ich jetzt endlich gehen, Herr Hauptkommissar?«

»Sie bleiben noch ein bissle bei uns«, sagte Schmoll. »In vorläufigem Gewahrsam.«

»Sie können mich ohne Haftbefehl nicht festhalten!«, schrie sie.

»Oh doch«, sagte Schmoll. »Vierundzwanzig Stunden mindestens. Und bis dahin werden wir den Haftbefehl haben.«

Nachdem Dorothea Zuckerle abgeführt worden war, machte Schmoll drei Kniebeugen und sagte: »Ich sehe zwar schon klarer. Aber eins fehlt mir immer noch.«

»Was fehlt dir?«, fragte Katz.

»Das Motiv. Beziehungsweise die Motive. Wenn dieses dämonische Weibsbild wirklich innerhalb von zwei Jahren zuerst den alten Bäumle, dann seinen Sohn, den Zahnarzt, und nun die Frau des Oberstudienrats umgebracht hat, kann sie das nicht ohne jeden Grund getan haben. Irgendwie muss das zusammenhängen. Es gibt keinen Mord ohne Motiv!«

An diesem Tag passierte nichts Wesentliches mehr, außer dass Senmut Herzig auftauchte und sagte, er wolle eine Zeugenaussage zu Sylvia Englers Tod machen.

Irma dachte, na endlich! Hätte er sich gestern schon aufgerafft, wäre ich Doros Anschlag entgangen und brauchte nicht in diesem dämlichen Stiefel rumzulaufen. Aber vielleicht war es doch zu was gut. Es hat mir gefallen, wie Schmoll, als er im Krankenhaus vor meinem Bett stand, der Schreck im Gesicht gestanden hat. Und ich bin erleichtert, dass er sofort gehandelt hat.

Irma ließ sich vor Senmut nicht blicken. So, wie er seine hübschen blauen Fischaugen rollte, schien er sehr aufgeregt zu sei. Irma wollte ihn nicht vollends durcheinanderbringen. Sie hätte sich als Kommissarin outen müssen, und dadurch würde er sich womöglich von ihr verraten fühlen und einen Rückzieher machen.

Da Schmoll in die Pathologie gefahren war, um Dr. Bockstein Fakten zu entlocken, blieb nur Katz übrig, der Senmuts Aussage aufnehmen konnte. Irma hörte und sah im Nebenraum auf dem Monitor zu.

Senmuts Angaben über Alter (20), Wohnort (Stuttgart), Beruf (Student in Heidelberg) waren schnell erledigt. Nur sein Vorname machte Katz Probleme. Er fragte Senmut mindestens dreimal, ob sein Name nicht doch Helmut sei. Er blieb auch skeptisch, nachdem Senmut ihn darauf hingewiesen hatte, seine Eltern hätten ihn nach Senmut, dem Architekten der Pharaonin Hatschepsut, genannt. 18. Dynastie, circa 1450 vor Christus. Danach schilderte Senmut wortreich die Ereignisse am Heiligen See in Karnak. Irma war froh, dass er die Küsserei wegließ.

Katz sagte: »Vielen Dank, Helmut Herzig, das alles haben wir schon anhand von Fotografien vorliegen.« Er entließ ihn mit der Kripo-Visitenkarte und dem Hinweis, er solle sich zur Verfügung halten, falls noch Fragen anfielen.

Irma sah, wie Senmut mit sich kämpfte, ob er erleichtert oder enttäuscht sein sollte.

Wenig später kam Schmoll zurück und schimpfte auf Dr. Bockstein und das gerichtsmedizinische Labor, weil sie seiner Meinung nach für alles viel zu lange brauchten.

Seine Laune besserte sich, nachdem er den Mitschnitt der Befragung von Senmut Herzig abgehört hatte. Er streichelte zufrieden seine Glatze. »Dieser junge Mann«, sagte er, »wird die Richter bei der Verhandlung endgültig überzeugen.«

Zwanzig

Mittwoch, 30. Dezember

Am frühen Nachmittag lagen die gerichtsmedizinischen Ergebnisse über die Obduktion Sylvia Englers vor. Sylvia war nicht ertrunken, sondern an Herzversagen gestorben.

Dr. Bockstein stand neben ihrer Leiche, bleckte sein Pferdegebiss und erklärte: »Der Tod wurde in erster Linie durch salinische Abführmittel verursacht.

»Salinische Abführmittel?«, fragte Schmoll.

»Bittersalz«, sagte Irma.

Bockstein bleckte freudig die Zähne. »Sehr richtig! Solche Präparate sollten nur unter ärztlicher Aufsicht genommen werden. Zu häufige und zu hochdosierte Anwendung verursacht Diarrhö, also starke Durchfälle. Dadurch wird dem Körper so viel Flüssigkeit und damit auch Kalium entzogen, dass es zu Störungen der Herzfunktion und zu Muskelschwäche kommt. Dies ist bei Frau Engler eingetreten und mit hoher Wahrscheinlichkeit der Grund ihres Zusammenbruches. Der Sturz ins Wasser war vermutlich der Auslöser für den Herzstillstand.«

Auf der Fahrt vom Robert-Bosch-Krankenhaus zurück ins Präsidium grübelte Irma vor sich hin. Als sie wieder im Büro waren, sagte sie: »Du liebe Zeit, Schmoll, ich hätte Sylvias Tod verhindern können!«

»Wie denn? Du bist ihr doch in den See nachgesprungen und hast versucht, sie wiederzubeleben.«

»Das war zu spät«, sagte sie kleinlaut. Und Schmoll hörte sich diesmal geduldig und interessiert die Geschichte an, wie Irma und Helene die kranke Sylvia halb verdurstet in ihrer Kabine gefunden hatten.

Er machte sein Bulldoggen-Gesicht und knetete sein Kinn, als ob er es abschrauben wollte. »Versteh ich das richtig? In dieser Situation hast weder du noch Frau Ranberg etwas unternommen?«

Irma vergaß ihren Vakuumstiefel und sprang auf. »Verdammt noch mal, ich habe für Sylvia den Schiffsarzt kommen lassen. Ich habe ihm das Bittersalz mitgegeben. Mein Fehler war, mich auf den Arzt verlassen zu haben. Er hat bei Allahs Namen versprochen, Markus Engler zu informieren, was es mit der Krankheit seiner Frau auf sich hatte.«

»Ich fürchte, das hat Frau Zuckerle zu verhindern gewusst«, sagte Schmoll mit gerunzelter Stirn.

Irma rang die Hände und stammelte: »Hätte ich Engler selbst reinen Wein eingeschenkt, könnte Sylvia noch leben!«

»Also, nun mal keine Selbstvorwürfe. Die könntest du dir eventuell machen, wenn du im Dienst gewesen wärst – aber du warst im Urlaub! Du hattest keinerlei Befugnis, dich in anderer Leute Angelegenheiten einzumischen.«

»Wenn jeder so denken würde«, sagte Irma, »gäbe es noch mehr Verbrechen, die nicht verhindert werden können, weil sich niemand dafür zuständig fühlt.«

»Hast ja recht, Eichhörnle. Aber ich hätte in diesem Fall auch nicht anders gehandelt wie du. Glaub's mir.«

Bevor Markus Engler pünktlich um 17 Uhr zur Vernehmung im Präsidium erschien, hatten die drei Hauptermittler erörtert, ob der sanfte Oberstudienrat tatsächlich nichts von Doros Machenschaften geahnt hatte. Ob er wirklich vor lauter Liebe so blind gewesen war? Sie hatten keine Antwort auf diese Fragen gefunden.

Schmoll setzte Engler schonungslos über das Ergebnis der Obduktion seiner Frau und die Todesursache in Kenntnis. Dieser Bericht schien den sanften Oberstudienrat völlig aus dem Gleichgewicht zu bringen. Er brach zwar nicht zusammen, wie kurzzeitig zu befürchten war, aber er blickte im Vernehmungsraum umher, als wüsste er nicht mehr, wo er sich befand. Wenn Schmoll ihn ansprach, starrte er ihn mit glasigen Augen an und rang nach Worten, brachte aber nur krächzende Laute hervor. Nachdem Schmoll schon in Betracht gezogen hatte, den Notarzt zu rufen, fing sich

Engler dann doch so weit, dass er Fragen beantworten konnte. Er sprach sogar flüssig und zusammenhängend, und Irma vermutete, dass dies genau der Ton war, in dem er seinen Schülern Ursache und Wirkung des 30-jährigen Krieges erklärte. Engler berichtete, er habe Dorothea Zuckerle im Mineralbad Berg kennengelernt und sich dort regelmäßig mit ihr getroffen. Er bestritt auch das Liebesverhältnis nicht. Mit der Ägyptenreise habe er Sylvia zum zehnten Hochzeitstag überraschen wollen, hatte gehofft, dadurch von Doro loszukommen und zu seiner Frau zurückzufinden. Aber Doro habe ihn überlistet und die gleiche Reise gebucht. »Sylvia glaubte, dass wir in Doro nichts weiter als eine nette Urlaubsbekanntschaft gefunden hätten. Wäre meine Frau auf dem Nilschiff nicht krank geworden, wäre nichts passiert. Ich glaubte Doro, dass sie Krankenschwester sei, und überließ ihr dankbar die Pflege. Wie hätte ich einen derart satanischen Plan vermuten können?«

»Sie hatten von den gefährlichen Medikamenten, die Frau Zuckerle Ihrer Frau verabreichte, keine Ahnung?«, fragte Irma.

»Erstens habe ich Doro blind vertraut und zweitens bin ich nicht wie Sie auf kriminalistischen Spürsinn ausgebildet«, sagte Engler. Es klang das erste Mal nicht wie ein klägliches Schuldbekenntnis, sondern wie der Versuch, sich zu verteidigen.

»Erzählen Sie, was an dem Abend im Karnak-Tempel vorgefallen ist«, sagte Schmoll.

»Frau Eichhorn wird es genauer wissen als ich.«

»Wir wollen es aber von Ihnen hören!«

»Sylvia ging es an diesem Abend zwar besser, aber sie sagte, sie fühle sich zu schwach, um an der Light-Show teilzunehmen. Doro überredete mich mitzugehen. Dieser Frau konnte man nichts abschlagen! Ich versprach Sylvia, sobald als möglich zurückzukommen.«

»Ich will wissen, was passiert ist, bevor Ihre Frau in den See gefallen ist.«

»Sylvia ist ohne mein Wissen nachgekommen. Sie konnte sich ja kaum auf den Beinen halten. Sie ist in den See gefallen, weil ihr ständig schwindlig war.«

Schmoll setzte einen schärferen Ton ein: »Wo waren Sie zu dieser Zeit, Herr Engler?«

»Auf der Tribüne.«

»Und wo war Frau Zuckerle?«

»Das weiß ich nicht. Wir hatten uns im Menschengewühl verloren.«

»Aha, verloren«, sagte Irma sarkastisch. »Ich werde Ihnen sagen, wie es war: Frau Zuckerle hat Sylvia entdeckt und ist ihr gefolgt. Als Sylvia am See zusammengebrochen ist, hat Frau Zuckerle die Gelegenheit wahrgenommen: Während der Scheinwerfer sich weiterbewegte, machte sie sich die Dunkelheit zunutze, um Ihre Frau ins Wasser zu stoßen.«

»Haben Sie das beobachtet? Sie sind ihr ja nachgesprungen.«

»Ich habe Ihre Frau am Ufer zusammenbrechen sehen. Die Szene, wie sie in den See gefallen ist, war in Dunkelheit gehüllt.«

»Trotzdem behaupten Sie, Doro habe Sylvia ins Wasser gestoßen?«

Nun holte Irma die Fotos von Helene.

Als Engler sie angesehen hatte, bekam seine Ägyptenbräune einen Grünstich. Er presste die Fäuste in die Augen und sein Kinn zitterte wie bei einem Greis, der etwas sagen will, aber nicht kann.

Es gab nichts mehr zu fragen oder zu sagen. Schmoll ließ den verstörten Engler mit einem Polizeiwagen nach Hause bringen.

Nach diesem Verhör war auch Schmoll geschafft. »Glaubst du ihm?«, fragte er Irma.

Sie wusste keine Antwort und zuckte die Schultern.

»Der Engler muss auf alle Fälle auf die Zeugenbank«, sagte Schmoll. »Unter Eid wird er Farbe bekennen, wie weit er in Frau Zuckerles Spiel, sei es in puncto Medikamente oder den Plan, Sylvia in den See zu stoßen, eingeweiht war.«

»Wenn ihm da etwas nachzuweisen sein wird«, sagte Irma, »ist er wegen Beihilfe zum Mord und auch wegen unterlassener Hilfeleistung mit Todesfolge dran.«

Schmoll nickte und fasste zusammen: »Der Tod von Sylvia Engler ist weitgehend geklärt, und für Dorothea Zuckerles Schuld gibt es mehrere hieb- und stichfeste Beweise.« Er stöhnte auf und griff sich den zweiten gerichtsmedizinischen Bericht. »Aber noch können wir uns nicht auf unseren Lorbeeren ausruhen. Jetzt müssen wir zwei Jahre zurückgehen und uns mit Bäumle senior beschäftigen, der im Seniorenheim *Waldfrieden* unter der Pflege von Frau Zuckerle aus dieser Welt geschieden ist. Nach der Exhumierung der Leiche hat die Obduktion folgendes Resultat ergeben: In Bäumles Körper sind Rückstände von Laxantien nachgewiesen worden. Doktor Bockstein sagt, Überdosierung dieses wasserentziehenden Mittels wirkt bei herzkranken Menschen wie Gift und kann zu Kreislaufversagen führen. Was der Arzt im Altenheim *Waldfrieden* auf den Totenschein geschrieben hat, stimmt: Bäumles Ende ist Herzstillstand gewesen. Aber niemand hat sich die Mühe gemacht, nach den Ursachen zu forschen. Da Bäumle senior an Herzinsuffizienz gelitten hat, ist es mit großer Wahrscheinlichkeit möglich ...«, Schmoll schielte auf seine Unterlagen, »dass die Medikation mit Digitalisglykosiden durch Laxantien aufgehoben worden ist und zum plötzlichen Tod des alten Mannes geführt hat.« Schmolls Finger trommelten ein nachdenkliches Tremolo gegen seine Schläfe. »Mir scheint, die Tatwaffe ist die gleiche wie bei Sylvia Engler. Es gilt nur noch zu beweisen, dass die Laxantien von der Altenpflegerin Dorothea Zuckerle verabreicht worden sind.«

»Des wird koi schwere Übung sei«, sagte Katz. »Aber dr Todessturz von dem Joachim Bäumle, mit dem alles agfange hot, isch ond bleibt ogeklärt.«

Schmoll faltete seine Stirn zu Wellblech. »Beim Tod des Zahnarztes waren keine falschen Medikamente im Spiel. Da waren andere Kräfte zugange, die ihn ins Jenseits befördert haben. Wir brauchen ein Geständnis!«

Irma malte Strichmännchen auf ihren Block und murmelte: »Ich glaube, wir können die Zusammenhänge noch nicht durchschauen.«

Schmoll klatschte sich die Hand auf die Glatze. »Wie, zum Teufel, sollen denn diese drei sinnlosen Morde zusammenhängen?« Er schnitt sein Bulldoggen-Gesicht und knurrte: »Ich kann nicht mal einen Zusammenhang zwischen dem Tod der beiden Herren Bäumle herausfinden. Der Alte starb an Medikamentenvergiftung und sein Sohn beim Sturz vom Riesling-Steg. Wenn es jedes Mal Mord war, dann weisen die sehr verschiedenen Vorgehensweisen eher darauf hin, dass die beiden Männer von verschiedenen Personen getötet worden sind.« Er rieb seine Stirn, als wollte er seine grauen Zellen aktivieren. »Ich glaube, um das herauszufinden, muss ich mir jetzt Frau Zuckerle noch mal vornehmen.«

Irma zog es vor, das Verhör von außerhalb des Raumes zu verfolgen, aber Katz brannte darauf, dabei zu sein.

Schmoll setzte Frau Zuckerle kurz und bündig über die Obduktionsergebnisse im Fall Bäumle senior in Kenntnis und sah die selbstbewusste Schöne das erste Mal ernsthaft verunsichert. Daraufhin kam er direkt zur Sache: »Sie haben bereits ausgesagt, Joachim Bäumle und Sie hätten an dem Abend, als er später vom Riesling-Steg gestürzt ist, eine Auseinandersetzung gehabt. Hatte die etwas mit seinem verstorbenen Vater zu tun?«

»Indirekt schon«, gab sie zu. »Es fing wie gesagt damit an, dass Joachim herausbekommen hatte, dass ich mich mit Markus Engler treffe. Jo hatte Angst, ich würde ihn verlassen und drohte, mich anzuzeigen, wenn ich mich nicht von Markus trenne.«

»Was wollte er anzeigen?«

Frau Zuckerle schwieg eine Weile und zog mit ihrem manikürten Zeigefinger ihre geschwungenen Brauen nach.

Dann hob sie mit einem rührenden Seufzer die Schultern. »Nachdem, wie Sie vorhin gesagt haben, Ihr Gerichtsdoktor bei der Obduktion schon herausgefunden hat, dass der alte Bäumle an Laxantien gestorben ist, möchte ich Ihnen näher erklären, wie ich da hineingeraten bin.«

»Also jetzt ohne lange Vorrede«, forderte Schmoll. »Meine Frage war: Weswegen wollte Dr. Bäumle Sie anzeigen?«

Doro schluckte. »Joachim wollte mich anzeigen, weil ich die Laxantien besorgt habe. – Dabei hatte er mich inständig darum gebeten. Anfangs wusste ich nicht mal, was er damit vorhatte.«

»Sie haben Bäumle senior mit einer Überdosis Laxantien umgebracht!«

»Umgebracht? Umgebracht hat ihn Jo! Er hat es ihm verabreicht. Ich doch nicht. – Meinen Sie denn, Herr Hauptkommissar, dass ich mir Mordpläne gegen nette alte Knacker ausdenke? Joachim hat mich angestiftet, das Zeug zu beschaffen. Sein Vater musste nicht leiden, es ging schnell, weil der Alte herzkrank war.«

»Aus welchem Grunde wollte Herr Bäumle, dass sein Vater sterben sollte?«

»Jo wollte sein Erbe. Er wollte es für mich«, sagte Doro. Schmoll schien es, als würde Stolz in ihrer Stimme mitschwingen.

»Ond als er sei Erbschaft ghett hot, hot er des noble Appartement in der Neckarstraße für Sie kauft!«, folgerte Katz.

»Ich brauchte damals sowieso dringend eine Wohnung, weil das marode Haus in der Brückenstraße geräumt werden musste.«

»Sie haben vergessen, sich dort abzumelden!«, sagte Schmoll.

»Nicht direkt vergessen. Joachims Frau durfte nicht wissen, dass er die Wohnung für mich gekauft hat. Die alte Giftspritze hat sowieso Feuer gespuckt, weil sie nichts von der Erbschaft abbekommen hat. Joachim hat gesagt, sie hätten Gütertrennung und sie hätte ihm auch nie was abgegeben. Er durfte nur die Praxis ihres Vaters weiterführen. Das Geld hat sie verwaltet.«

»Joachim Bäumle hat also das Erbe, das ihm sein Vater hinterlassen hat, in die Wohnung gesteckt?«, hinterfragte Schmoll.

»Ja«, sagte Doro. »Er hat sich damit seinen Lebenswunsch erfüllt und ein Atelier eingerichtet. Jo hat mich geliebt, weil ich Verständnis für seine Kunst hatte.«

»Wir haben gesehen, dass er immer das gleiche Motiv malte. Der stürzende Engel und Ausschnitte daraus. Alles ist genauestens aus Chagalls Gemälde kopiert, aber der Engel hat Ihr Gesicht, Frau Zuckerle.«

»Das war so ein Tick von Jo. Nachdem er das Geld und auch mich hatte, versuchte er, mir die Schuld am Tod seines Vaters zu geben. Jo hatte mich vorher immer seinen Engel genannt. Nun, da der Engel auf sein Geheiß hin seinen Vater aus der Welt geschafft hatte, sagte er, sein Engel sei gestürzt. Jo hatte oft seltsame Ideen. Er war wie ein Kind. Klein und hilflos. Jo brauchte eine Frau wie mich.«

»Herr Bäumle hat also die Zeit, in der er keine Patienten hatte, ausschließlich in dem Appartement in der Neckarstraße verbracht?«

»Anfangs ja. In letzter Zeit weiß ich das nicht genau, weil ich selten daheim gewesen bin.«

»Wo waren Sie?«

»Ich habe mich mit Markus Engler getroffen. Markus ist meine große Liebe.« Dorothea Zuckerle verdrehte die Augen himmelwärts. »Ich habe immer jeden Mann haben können, aber so jemand wie Markus war mir noch nie begegnet. So sanft. So gebildet. So schön ...«

»Schon gut«, unterbrach Schmoll. »War Herr Engler eingeweiht, dass Sie seine Frau beseitigen wollten, um ihn für sich zu haben?«

»Ich seine Frau beseitigen?«

»Reden Sie sich nicht raus«, raunzte Schmoll. »Die Obduktion von Sylvia Englers Leiche hat ergeben, dass ihr Körper durch Überdosen von Abführmitteln ausgetrocknet ist. Das Bittersalz, das Sie ihr als angebliche Arznei verabreicht haben, hat Blutdruckabfall und Muskelschwäche ausgelöst und letztendlich zu ihrem Zusammenbruch geführt.«

»Wie kommen Sie darauf, dass ich Sylvia das Bittersalz gegeben habe? Sie hat es selbst genommen. Sie hatte einen Schlankheitswahn.«

»Frau Eichhorn kann bezeugen, dass Sie Frau Engler das Bittersalz anstelle von Antibiotika verabreicht haben.«

»Das ist üble Nachrede. Die will mir doch nur was anhängen. Ich wette, die war selbst scharf auf Markus Engler.«

»Reden Sie sich nicht mit solchem Bockmist heraus, Frau Zuckerle. Damit kommen Sie schon deswegen nicht durch, weil auch Frau Ranberg bestätigt hat, dass Sie sich in Ägypten als Krankenschwester ausgegeben haben und Sylvia Engler mit lebensgefährlichen Medikamenten abgefüllt haben. Aber das brauchen wir hier nicht mehr zu erörtern. Meine Frage an Sie war: Hat Markus Engler davon gewusst oder nicht?«

Dorothea Zuckerle schien nur kurzzeitig verunsichert, dann lächelte sie, weil ihr wahrscheinlich eingefallen war, dass diese Frage ihr eine Chance bot. Sie sagte: »Markus hat sehr oft gesagt, wie glücklich er wäre, wenn er für mich frei sein könnte.«

Unvermittelt wurde ihr Lächeln wehmütig und sie begab sich auf Mitleidstour: »Ich hatte es nicht leicht im Leben. Ich bin ein gefälliger Mensch und manche Dinge tue ich, weil sie mir guttun.«

Schmoll und Katz schauten sich an und jeder wusste vom anderen, dass er sich fragte, ob bei dieser Frau das Gen für Unrechtsbewusstsein fehlte.

Schmoll sagte ungeduldig: »Die Masche mit dem schweren Leben kennen wir zur Genüge. Sie wird immer dann versucht, wenn nichts mehr zu retten ist.« Er haute mit der Faust auf den Tisch. »Das ist wirklich der Gipfel der Arroganz: Sie tun sich was Gutes, indem Sie Englers Frau aus dem Weg räumen und Sie tun dem Zahnarzt einen Gefallen, indem Sie seinen Vater umbringen!«

»Da haben Sie mich missverstanden, Herr Kommissar. Ich meinte, dass ich mir mit Markus, dessen Vorzüge Sylvia nicht zu schätzen wusste, etwas Gutes tun wollte.« Danach straffte Doro ihren schönen, üppigen Körper und lächelte wieder.

Schmoll fragte sich, ob sie glaubte, es gäbe keine stichhaltigen Beweise gegen sie. Dachte sie, sie könne die Schuld für die Morde an dem alten Bäumle und Sylvia Engler auf die zwei Männer, die ihr verfallen waren, abwälzen? Glaubte sie, dass sie mit ihren hanebüchenen Lügen durchkommen könne?

Doro sah Schmoll mit unschuldiger Miene an, und er dachte angewidert: Sie ist naiv. Naiv und himmelschreiend selbstbezogen. Schmoll wollte das Ganze schnell zu Ende bringen, aber er brauchte noch den Tathergang des Riesling-Steg-Mordes fürs Protokoll und forderte Dorothea Zuckerle auf, genau zu erzählen, was in der besagten Nacht geschehen war. »Bleiben Sie bei der Wahrheit, Sie müssen alles unter Eid vor Gericht wiederholen. Sie brauchen nichts zu sagen, was Sie belastet.«

Sie seufzte, damit ihr Busen sich noch anschaulicher wölbte. »Jo und ich hatten also diese Auseinandersetzung wegen der Wohnung. Er wollte sie mir nicht überschreiben, obwohl er es versprochen hatte.«

»Hatte dieser Sinneswandel Gründe?«

»Er war wütend und versuchte mir auszureden, am nächsten Morgen nach Ägypten zu fliegen. Dabei hat er nicht mal gewusst, dass ich mich dort mit Markus treffe. Es war total lächerlich. Er hatte mir vorher noch nie etwas abgeschlagen.«

»Und nach dem Streit ist er aus dem Haus gelaufen, Richtung Riesling-Steg?«

»Ja. Ich habe ihm aus dem Fenster nachgeschaut. Und dabei sah ich einen zweiten Mann in diese Richtung rennen. Aber das habe ich Ihnen doch schon erzählt.«

»Haben Sie den Mann erkannt?«

»Nicht genau. Aber es war bestimmt dieser Leo Kowalzki, der inhaftiert worden ist, weil er Jo vom Steg geworfen hat.«

»Warum sollte er das getan haben?«

»Im Auftrag von Joachims Frau. Sie haben selbst gesagt, er hätte für sie als Detektiv spioniert.«

»Aber der Detektiv hot no koi Gständnis gmacht«, sagte Katz.

»Kann ich was dafür, dass der Kerl störrisch ist?«

»Noi. Wer könnt's denn no gwese sei, Frau Zuckerle?«

Sie verfiel eine Minute lang mit Leidensmiene in tiefes Nachdenken. Katz zuckte zusammen, als sie plötzlich ihre schönen, drallen Arme hochwarf und theatralisch wie eine Rachegöttin schrie: »Das kann nicht sein! Das darf nicht sein!« Dann senkte sie den Kopf und die Stimme und flüsterte: »Ich hoffe nur, Markus Engler hat nichts mit dem Mord an Bäumle zu tun. Es war ihm ein Dorn im Auge, dass ich so gut mit Bäumle befreundet war.«

Schmoll dachte: Heidenei! Sie ist dreist genug und bereit, auch geliebte Objekte ans Messer zu liefern, nur um ihre eigene Haut zu retten. Er sagte: »Sie trauen Markus Engler zu, Herrn Bäumle von der Brücke geworfen zu haben?«

»Ist schon möglich.«

»Warum sollte er Bäumle umgebracht haben?«

Dorothea Zuckerle lachte. Sie schien wieder Oberwasser zu haben. Nur ihr linkes Augenlid zuckte. »Aus Eifersucht macht doch jeder Mann so ziemlich alles. Markus wird herausbekommen haben, dass Bäumle bei mir ein- und ausgegangen ist. Er hatte wahrscheinlich schon länger Verdacht geschöpft, weil ich ihn nie mit in meine Wohnung nehmen wollte. Das ging einfach nicht, weil Jo jederzeit hätte kommen können.«

»Ja, des isch scho schwierig, wenn mr zwoi Liebhaber gleichzeitig hot«, sagte Katz heuchlerisch mitfühlend.

Aber Schmoll hatte jetzt keinen Sinn für schlüpfrige Scherze. »Seltsam ist allerdings, Frau Zuckerle: An der

Kleidung Joachim Bäumles sind weder Spuren von Leo Kowalzki noch von Markus Engler gefunden worden. Dort waren nur Ihre.«

»Ja, du liebe Zeit«, empörte sie sich. »Natürlich sind meine Spuren an seiner Kleidung, wir waren ja den ganzen Abend zusammen.«

»Aber die zwei Herren, Kowalzki und Engler, denen Sie zutrauen, Bäumle von der Brücke geworfen zu haben, hätten auch Spuren an seiner Kleidung hinterlassen müssen. Es sind aber keine gefunden worden. Also, wenn jemand mit Bäumle auf der Brücke gewesen ist, können nur Sie es gewesen sein.«

In Doros Gehirn begann sich wieder eine Wäschetrommel zu drehen. Sie brauchte dringend eine Galgenfrist. Als habe sie Schmolls letzte Sätze überhört, sagte sie: »Kann ich einen Kaffee haben?«

»Gern«, sagte Katz und machte sich auf den Weg zum Automaten.

Schmoll war kurz vor dem Platzen und hätte dieser Frau seine Wut gern ins Gesicht gebrüllt. Aber er nahm sich zusammen, brummte: »Entschuldigen Sie mich einen Moment«, und ging hinaus zu Katz.

Moritz Kittel erbot sich, Kaffee zu kochen, doch Schmoll schickte ihn zur Aufsicht in den Verhörraum. »Wenn sie was anstellt«, sagte Schmoll, »nicht gleich schießen, ruf uns einfach.«

»Ond net amache lasse«, rief Katz leise hinterher. Er hantierte verdrießlich am Kaffeeautomat und moserte: »Jetzt will se Kaffee, weil se sich festgfahre hot.«

»Herr, schmeiß Hirn ra!«, stöhnte Schmoll und wischte sich den Schweiß von der Glatze. Nach sechs Kniebeugen keuchte er: »Lass uns wieder reingehen zu unsrem Zuckerle.«

Katz stellte die dampfenden Kaffeebecher neben das Diktiergerät und schaltete es an. Schmoll sagte: »Kannst hierbleiben, Kittelchen, setz dich da rüber, aber halt die Klappe.«

Moritz' Ohren imitierten ein Alpenglühen.

»Also, Frau Zuckerle, dann noch mal von vorn«, begann Schmoll. »Sind wir uns einig, dass in der Nacht vom 6. zum 7. Dezember niemand außer Ihnen mit Bäumle auf dem Riesling-Steg gewesen ist?«

»Wie meinen Sie das?«

Schmoll stellte seinen Bass auf Technostärke: »Jetzt faseln Sie nicht rum, verdammt noch mal! Sagen Sie endlich die Wahrheit! Sie behaupten, dass Sie unschuldig sind – also erzählen Sie, was in dieser Nacht passiert ist! Aber vergessen Sie nicht: Wir wissen, dass Sie am Riesling-Steg waren! Wir wollen es nur noch mal von Ihnen hören.«

»Na gut«, sagte sie, und Schmoll und Katz merkten, dass ihr endlich unbehaglich wurde.

»Joachim lief also aus dem Haus, und ich dachte, gehst ihm mal nach, das mit der Wohnung muss geklärt werden. Ich wollte ihm drohen, ihn zu verlassen, wenn er nicht sofort mit mir zurückkäme und mir die Wohnung überschreiben würde.«

»Und?«

»Als ich ihn eingeholt hatte, stand er noch auf dem Steg. Er hatte sich übers Geländer gelehnt und als ich ihn ansprach, hat er geheult und gesagt: ›Ich stürz mich jetzt hier runter. Ich kann nicht mehr.‹«

»Weiter!«

»Ich sagte, du bist ein Feigling, das tust du nie. Aber er beugte sich immer tiefer nach vorn. Da verlor er das Gleichgewicht und stürzte kopfüber runter. Ohne einen Schrei. Er hat erst geschrien, als er unten war.« Dorothea Zuckerle legte die Hand auf ihre Brust und schloss kummervoll die Augen. »Ich dachte, da hat er Glück gehabt, er hat sich nicht das Genick gebrochen, wenn er noch schreien kann. Er wird sich aufrappeln und nach Hause fahren.«

»Er isch fünf Meter tief nagehagelt«, sagte Katz.

»Joachim war ein Fliegengewicht. Ich verstehe gar nicht, wieso er so hart aufgeschlagen ist.«

»Er war schwer genug, sich an einem abgebrochenen Baumstamm, der wie ein Dolch gewirkt hat, aufzuspießen«, sagte Schmoll. »Er ist innerlich verblutet. Sie hätten ihn retten können. Das war unterlassene Hilfeleistung mit Todesfolge.«

»Ist es meine Schuld, wenn er sich da runterstürzt? Bin ich sein Kindermädchen? Ich bin nicht mal seine Ehefrau!«

»Er hat sich also heruntergestürzt, wie Sie sagen. Wieso hat er dann Druckspuren am Rücken und den Oberarmen? Und die Narben auf Ihren Handrücken, Frau Zuckerle? Woher kommen diese dünnen weißen Striche auf Ihrer braunen Haut? Soll ich es Ihnen sagen? Die Hautfetzchen, die Ihnen da fehlen, haben wir unter Joachim Bäumles Fingernägeln gefunden! Er hat sich gewehrt! Aber Sie, Frau Zuckerle, waren stärker – und erbarmungslos!«

Sie schluckte. »Ich habe versucht, ihn zurückzuhalten, dafür musste ich ihn fest anfassen. Aber er ist mir durch die Hände geflutscht.«

Schmoll trommelte die energischste Variante des Radetzkymarschs auf die Tischplatte. »Aus der Lage der Hämatome geht eindeutig hervor, dass ihn jemand von hinten gepackt hielt. Nicht um ihn zu halten, sondern um ihn zu stoßen. Die Narben wären nicht auf Ihren Handrücken, wenn Sie versucht hätten, ihn zu halten. Die Spuren an seinem Mantel stammen von Ihnen, Frau Zuckerle. Wenn also jemand bei ihm auf der Brücke gewesen ist, war es weder Leo Kowalzki noch Markus Engler, denen Sie die Schuld zuschieben wollten. Sie haben Joachim Bäumle von der Brücke geworfen und ihn verbluten lassen. Wollen Sie dazu noch etwas sagen?«

Dorothea Zuckerles linkes Augenlid zuckte. Heftig. Und als könne sie nun nichts mehr außer zu zucken, zuckte sie mit den Schultern, nahm einen Schluck Kaffee und zuckte zurück, weil er heiß war.

Schmoll brüllte: »Haben Sie Joachim Bäumle von der Brücke geworfen!?«

»Nicht absichtlich«, flüsterte sie.
Schmoll sagte: »Feierabend. Abführen.«

Die drei unsinnigen, absurden Morde belasteten Schmoll mehr, als er zugeben wollte. So ernst, wie Irma und Katz dreinschauten, schien es ihnen genauso zu gehen.

Als sie unter sich waren, stöhnte Schmoll auf und verfiel in eine grüblerische Sendepause. Katz putzte sich die Fingernägel so eifrig, als ob er fremde Hautpartikel entfernen müsse. Irma dachte nicht mehr an Doro, sondern an etwas anderes. Endlich fragte sie Schmoll, ob es nicht Zeit sei, den Haftbefehl für Leo Kowalzki aufheben zu lassen. »Frau Zuckerle ist überführt, Bäumle umgebracht zu haben.«

»Se isch ieberfiert, ohne es gmerkt ze habe ond ohne sich klar ze sein, was des bedeutet«, sagte Katz.

»Leo Kowalzki ist durch diesen neuen Tatbestand entlastet«, sagte Schmoll. »Ich rufe die Staatsanwaltschaft an, damit sie sofort die Entlassungsverfügung nach Stammheim schicken. Irma, du kannst seine Schwester anrufen, sie soll ihn abholen.«

»Aline Kowalzki ist bei einem Vorstellungsgespräch in einem Reisebüro«, sagte Irma.

»Was du alles weißt«, wunderte sich Schmoll. »Also, dann mach dich auf die Socken und hol ihn selbst ab. Das sind wir jemandem schuldig, den wir unschuldig festgesetzt haben. Er sollte heute noch auf freien Fuß kommen. Schon weil morgen Silvester ist. Bis du draußen bei der JVA bist, ist das mit der Haftentlassung geregelt. Frau Zuckerle wird ins Frauengefängnis nach Schwäbisch Gmünd überführt.«

Eine Stunde später stand Irma in Stammheim vor dem Tor, aus dem Leo kommen würde. Sie fühlte sich in Festtagsstimmung. Lag das an der Sonne, die vorsichtig die Wolken aufleckte und erstmals seit Tagen die Welt zu vergolden versuchte? War es die Erleichterung, diesen Fall gelöst zu haben? Oder ...?

Leo trug eine Sporttasche und schlenkerte sie beim Laufen. Dann blieb er stehen und hielt das Gesicht, sein Pharaonengesicht, in die Sonne. Die acht Tage Gefängnis hatten seiner Mallorca-Bräune nichts anhaben können.

Unvermittelt stellte er die Tasche neben sich, riss die Arme über den Kopf und stieß einen Tarzan-Schrei aus. Der Schrei brach sich an der Gefängnismauer, schien ganz Stammheim zu beschallen und erstarb langsam wie ein Glockenton.

Als Leo nach seiner Tasche greifen wollte, sah er Irma, die langsam auf ihn zukam. »Hallo, Herr Kowalzki.«

»Wieso holt mich die Kripo ab?«, fragte er irritiert. »Ich denke, meine Unschuld ist bewiesen und ich bin frei? Was wollen Sie noch von mir?«

»Ich soll Ihnen von Hauptkommissar Schmoll und unsrem Team ausrichten, dass es uns sehr leidtut, Sie irrtümlich verdächtigt zu haben.«

»Mir wäre es lieber gewesen, Sie hätten meine Schwester benachrichtigt und Line stünde hier.«

»Sie ist zu einem Vorstellungsgespräch beim Reisebüro Bauer.«

»Line? Reisebüro?«

»Helene Ranberg kennt den Chef und hat das arrangiert.«

Nun guckte Leo noch verdatterter und fragte, wer in aller Welt Helene Ranberg sei.

»Das erzähle ich Ihnen später. Es ist eine lange Geschichte. Nur eins will ich verraten: Frau Ranberg hat den Mörder, das heißt, die Mörderin vom Riesling-Steg aufgespürt. Deshalb sind Sie frei!«

Sie waren an der Bushaltestelle angekommen. Leo musterte Irmas Vakuumstiefel: »Was ist passiert?«

»Nicht der Rede wert. Verknackst und Bänder gezerrt.«

»Also, dann legen Sie lieber Ihren Fuß hoch, statt mich zu belästigen.«

»Ihre Schwester ist um 15 Uhr mit Frau Ranberg verabredet. Sie treffen sich im *Haus des betreuten Wohnens.* Ich wollte Sie hinbegleiten, damit Sie Ihre Schwester dort überraschen können.«

»Ich will jetzt nirgends hin, nur nach Hause«, sagte Leo genervt.

Irma sah betrübt, wie sich seine Hochstimmung, mit der er aus dem Gefängnistor gekommen war, verflüchtigte. Sie sagte: »Dann fahr ich auch nach Hause und rufe bei Helene an, damit sie Aline gleich zu Ihnen schickt.«

»Nehmen Sie Ihr Handy und machen das sofort!«, forderte Leo. »Oder besser: Lassen Sie mich Line anrufen.«

Irma unterdrückte einen Seufzer und reichte Leo das Telefon. Aber Lines Handy war abgestellt.

»Sie wird noch im Vorstellungsgespräch sein«, sagte Irma.

Leo schüttelte den Kopf. Er war verwirrt und ärgerlich. In Zuffenhausen stiegen sie gemeinsam in die stadteinwärts fahrende Straßenbahn um. Leo war für weitere Unterhaltungen nicht mehr zu haben. Als Irma am Pragfriedhof ausstieg, um die U 7 zum Killesberg zu nehmen, brachte er nur ein unfreundliches »Tschüss« über die Lippen und sah ihr mit verbissener Miene nach.

Leo hatte das Gefühl, schon wieder in irgendeinem Problem zu stecken. Wieso kümmern sich fremde Leute um Line? Hat mich meine Schwester abgeschrieben? Sie weiß nicht mal, dass ich frei bin. Sie glaubt, ich muss noch jahrelang hinter Gittern bleiben. Denkt sie womöglich nun doch, dass ich der Mörder bin? Verdammt, das Leben ist in letzter Zeit höchst kompliziert. Ich kann mich nicht richtig freuen, wieder in Freiheit zu sein.

Diese Grübeleien setzte er daheim fort. Dabei tigerte er in der Wohnung hin und her und versuchte, Lines Klamotten- und Bücherchaos aufzuräumen. Endlich, nach einer halben Stunde, kam sie. Flog ihm an den Hals, tanzte mit ihm durchs Zimmer, stellte nebenher den CD-Player an und grölte die neuesten Hits der Fanta Vier mit.

Zwei Stunden später wusste Leo, wer Helene Ranberg war. Line erzählte ihm, was sie von Irma erfahren hatte: wie sich diese Helene bei der Suche nach Joachim Bäumles Mörder als Miss Marple bewährt hatte, und auch, dass Helene ihr tatsächlich zu einem Ausbildungsplatz verholfen und versprochen hatte, sie finanziell zu unterstützen.

In diesen zwei Stunden, während sie Tee tranken und eine große Dose mit Helenes Gutsle leerten, erfuhr Leo auch, dass Irma sich in Lebensgefahr gebracht hatte, als sie die Mörderin Dorothea Zuckerle zur Rede stellen wollte.

Als Letztes erfuhr Leo, wer Moritz Kittel war.

Leo schob sich eine Kokosmakrone zwischen seine kräftigen Zähne und nuschelte: »Wenn du nun Azubi wirst und in Stuttgart bleibst, werde ich noch mal versuchen, hier einen Lehrerjob zu finden. Da ist ja richtig was abgegangen, während ich im Knast war.«

»Das kannst du laut sagen. Aber auf eines kannst du Gift nehmen: Wenn Irma Eichhorn nicht fest an deine Unschuld geglaubt hätte, säßest du jetzt noch in Stammheim.«

»Irma Eichhorn?« Leo sah eine wilde rotbraune Wuschelmähne und um Verständnis bittende Augen vor sich. Grüne Augen mit goldenen Pünktchen. Er erzählte Line, wie ihn Irma in Stammheim abgeholt hatte, und fasste zusammen: »Ich habe sie ziemlich patzig abblitzen lassen.«

»Abblitzen«, sagte Line erschreckt. »Wieso denn das?«

»Na ja, ich hab sie angeblafft, weil ich genug von der Kripo habe. Außerdem war ich stocksauer, weil sie mich vom Knast abgeholt hat und nicht du. Die Zeit da drinnen habe ich mich mehr um dich als um mich gesorgt.«

Line goss ihm Tee ein und knuffte ihn in die Seite. »Lieb von dir, mein Herzensbruder, aber im Grunde ist es an der Zeit, dass du mich nicht mehr als kleines Mädchen betrachtest. Auch wenn es dir entgangen sein sollte: Ich bin erwachsen.«

»Hmmm«, machte Leo, verdrehte skeptisch die Augen und warf ihr ein Sofakissen an den Kopf.

Sie warf es zurück und versuchte, ein bitterernstes Gesicht zu machen, was gründlich misslang, weil eine Stupsnase und Eulenaugen nicht dafür geeignet waren. Weil sie das selbst fühlte, legte sie alle Strenge, deren sie fähig war, in ihre Stimme: »Da ich nun erwachsen bin, werde ich dir einen megagescheiten Rat geben: Du fährst in die Thomastraße zu Irma und bedankst dich bei ihr. Oder nein. Das wäre ihr nicht recht. Du entschuldigst dich, weil du sie so fies abgewimmelt hast.«

»Also nee!«, sagte Leo.

»He, großer Bruder, du hast doch sonst kein Hasenherz!«

»Ich ruf sie an«, sagte Leo.

»Du gehst zu ihr!«, sagte Line.

Leo ging hin.

Als er zurückkam, erzählte er Line, dass sie morgen beide bei Irma zur Silvesterparty eingeladen seien. Und nun musste sich Line das zweite Mal an diesem Tag als Erwachsene durchsetzen: »Ich hätte ja mit dir gefeiert, Leo, aber es wäre meganett von dir, wenn du allein zu Irma gehen würdest. Mich hat nämlich Moritz eingeladen.«

Einundzwanzig

Donnerstag, 31. Dezember

Am Silvestermorgen trafen sich die drei Hauptermittler in Schmolls Büro, um letztmalig in diesem Jahr den Riesling-Steg-Fall und die damit verbundenen anderen Morde zu erörtern.

Irma war zuerst eingetroffen und hatte eine ihrer nicht gerade künstlerischen, aber umso übersichtlicheren Grafiken auf eine Flipchart gemalt: In drei Kästchen standen die Namen der Opfer in der Reihenfolge ihrer Ermordung untereinander. In Kreise hatte sie die jeweils dazugehörigen mutmaßlichen Täter geschrieben. Die Namen in den Kreisen waren bis auf den von Dorothea Zuckerle alle durchgestrichen. Die Täterin stand fest, aber nun hatte Irma auch die Motive, an denen so lange rumgerätselt worden war, durchschaut. Sie fragte sich, wieso ihre Kollegen und sie die Zusammenhänge nicht schon früher enträtselt hatten.

Kaum waren Schmoll und Katz im Büro angekommen, begannen alle drei die Motive, die Frau Zuckerle zu ihren verschiedenen verbrecherischen Taten getrieben hatten, auf den Punkt zu bringen.

Katz tippte auf die Flipchart und sagte: »Bäumle senior hot sterbe müsse, damit sei Sohn des Erbe kriegt hot, von dem Dorothea Zuckerle profitiere wollt.«

Als Schmoll seine Pranke hob, machte Katz einen Satz zur Seite, weil er sie schon auf seiner Schulter spürte. Aber Schmoll setzte den Zeigefinger auf die Flipchart und sagte: »Der kleine Zahnarzt war Frau Zuckerle im Weg. Erstens, weil er von dem Altenheim-Mord wusste und zweitens, weil Frau Zuckerle ihn loswerden wollte, da sie sich in den sanften Engler verliebt hat. Als sie kapierte, dass Bäumle ihr die Wohnung vorenthielt und er ihr dann auch noch mit einer Anzeige drohte, war das sein Todesurteil. Vielleicht wurde dieses Urteil spontan und aus Wut erst auf dem Riesling-Steg gefällt.«

Irma sagte: »Sylvia musste sterben, weil Doro Markus Engler für sich haben wollte.«

Schmoll räusperte sich. »Und Irma wäre fast das nächste Opfer geworden, weil sie Beweise gegen Frau Zuckerle hatte.«

»Ich habe nur ein bisschen lange dran drehen müssen, bis ihr es endlich geglaubt habt.«

Schmoll grunzte irgendwas und sagte: »Zumindest haben wir Frau Zuckerle überführt!«

»Des Cannstatter Zuckerle«, sagte Katz, »wird mit Sicherheit lebenslänglich bekomme.«

»Und mit dieser Gewissheit«, schloss Schmoll, »entlasse ich uns ins nächste Jahr. Ich bedanke mich für euern unermüdlichen Einsatz und erwarte euch in alter Frische zurück. Den Bereitschaftsdienst über Silvester und bis zum nächsten offiziellen Arbeitstag übernehme ich und verspreche, euch nur im allergrößten Notfall anzufordern.«

Mit Händeschütteln und Guten-Rutsch-Wünschen trennte man sich.

Zwölf Stunden später lag Stuttgart unter einem buntglitzernden Raketenhagel. Auch die, die sich, aus welchen Gründen auch immer, schon ins Bett verzogen hatten, erwachten von einer tosenden Symphonie aus Krachen und Knallen, Brausen und Zischen.

Im Haus der Gärtnerei Busch hatte schon seit acht Uhr abends Hochbetrieb geherrscht. Helene Ranberg sowie Gustav Mahler und Jesa waren bei Luzie und Max zum Silvester-Essen eingeladen. Tobias hatte dafür gesorgt, dass sich die Gesellschaft rechtzeitig zu den Weinbergen oberhalb des Max-Eyth-Sees aufgemacht hatte, und nun schauten alle mit Ahs und Ohs ins Neckartal: Über Hofen, Münster, Neugereut und Bad Cannstatt tobte ein Feuerwerk erster Güte.

Nicht weit entfernt von ihnen, auf einem Balkon im höchsten Wohnhochhaus des Freibergs, stand Papa Kittel mit seinen drei Töchtern und seinem Sohn Moritz, der die Hand eines Mädchens mit bunter Igelfrisur in seiner hielt. Alle staunten vom einundzwanzigsten Stockwerk in das Lichtermeer über Stammheim, Zuffenhausen und Feuerbach.

Steffen Katz hatte seine Oma und den ängstlichen Nutella daheim gelassen und war mit Ina bis zur Villa Berg hinaufgestiegen. Nachdem sie das funkelnde Rundumpanorama bewundert hatten, brachte Ina Steffen das Küssen bei.

Leo war, wie verabredet, schon nachmittags in der Thomastraße bei Irma aufgetaucht. Er kam mit zwei Einkaufstüten und machte sich sofort an die Vorbereitungen des Silvestermenüs, das er als mallorquinisches Spezialgericht ankündigte. Er würzte Seehechtfilets, schnippelte Kartoffeln, Tomaten und rote Paprikaschoten, hackte Petersilie, rieb Knoblauchzehen und mischte Rosinen, Pinienkerne und Mandeln. Zuletzt tränkte er alle Zutaten mit Olivenöl, schichtete sie in eine feuerfeste Form und schob sie in den Backofen.

Nach einer Viertelstunde begann es nach Sonne und Süden zu durften, und Leo machte schon mal eine Flasche spanischen Tempranillo auf.

Sie aßen und tranken und lachten. Irma erzählte von Ägypten und Leo von Mallorca.

Kurz vor Mitternacht hatten sie zwei Flaschen Tempranillo intus und waren beschwipst auf dem Killesberg unterhalb des Aussichtsturmes angekommen. Während sie den Turm umrundeten, hatten sie nach jeder Himmelsrichtung eine Aussicht, die schon ohne Feuerwerk atemberaubend war.

Sie standen dicht nebeneinander. »Frierst du, Irma?«

»Kein bisschen.«

Leo legte trotzdem den Arm um ihre Schultern.

Als das Knallen und Zischen nachließ, sich der Rauch verzog und Mond und Sterne wieder zum Vorschein kamen, spazierten sie durch den Park. Leo hatte einen Grund mehr, Irma eng an sich zu drücken, weil er ihr so das Humpeln in ihrem Vakuumstiefel erleichtern konnte. Irma gefiel das, und sie hängte sich mehr, als nötig gewesen wäre, an Leos Arm. Am Kinderspielplatz setzten sie sich jeder auf eine Schaukel und schwangen sich schweigend im gleichen Takt.

Es war still. Es war kalt. Es war Vollmond.

»Was machst du am liebsten, Irma?«

»Sterne gucken.«

»Was noch?«

»Katzen streicheln – und was machst du am liebsten, Leo?«

»Barfuß im Sand laufen. Zum Beispiel am Strand von Mallorca.«

»Das würde mir auch gefallen.«

»Kommst du mich im Sommer in Palma besuchen? Ich zeige dir die Insel!«

»Sehr gern«, sagte Irma. »Was magst du noch, Leo?«

»Schaukeln – Schaukeln mit dir, Irma.«

»Was ist deine Lieblingsmusik?«

»Mozart. Klarinetten-Konzert A Dur.«

»Das ist wie ein Feenmärchen.«

»Du kennst es?« Leo tremolierte mit weichem Bariton die Melodie aus dem Andante. Dann sprang er von der Schaukel, und nach dem nächsten Schwung sprang ihm Irma in die Arme.

Schmoll hatte sich in seiner Stammkneipe den letzten Zwiebelrostbraten des zu Ende gehenden Jahres geleistet und tigerte nun verdrießlich durch seine Wohnung, der man die Männerwirtschaft mehr und mehr ansah. Gern hätte er sich zur Gesellschaft eine Flasche Trollinger aufgemacht, aber er hatte Bereitschaftsdienst. Er setzte sich vor den Fernseher, zappte sich verdrießlich vom Silvester-Stadl zu André Rieu und blieb schließlich bei Arte hängen. Chaplins Stummfilme »Goldrausch« und danach »The Kid« hielten ihn wach und taten seiner Seele gut.

Aber eine Stunde vor Mitternacht war auch das zu Ende und Schmoll schlief ein. Er träumte von der Fledermaus, die er früher an jedem Silvesterabend mit seiner Karin gesehen hatte. Er träumte nicht von Karin, sondern von Dorothea Zuckerle: Doro ist Rosalinde von Eisenstein und hat sich als ungarische Gräfin verkleidet. Sie sitzt an seiner Seite, schenkt Champagner ein, stößt mit ihm an und sagt: »Prost Neujahr, alter Schmoll, jetzt werden wir Brüderschaft trinken.« Sie nimmt ihn in ihre schönen, drallen Arme, wiegt ihn und singt mit ihrer schmeichelnden Altstimme: »Duidu, duidu, tra la la la la la. Dui du, dui du ...«, und Schmoll fühlt sich das erste Mal, seit er am Riesling-Steg vor der aufgespießten Leiche des kleinen Doktor Bäumle gestanden hat, entspannt.

Gemeinsam mit den ersten Neujahrskrachern weckte ihn das Telefon. Er nahm es augenblicklich pflichtbewusst ab: »Hier Bereitschaftsdienst. Hauptkommissar Schmoll. – Aha, eine Leiche. – Ich komme.«

Als das Silvesterfeuerwerk langsam verebbte, hatte Schmoll das Mineralheilbad Berg erreicht. Die Leiche war schon auf den Rand des Außenbeckens gezogen worden. Daneben lag ein sorgfältig gefalteter Kleiderhaufen mit akkurat nebeneinanderstehenden Schuhen, in denen je eine leere Flasche Whisky steckte. Als der Polizeiarzt das Gesicht des Toten aufdeckte, wusste Schmoll, dass Dorothea Zuckerle einen weiteren Menschen auf dem Gewissen hatte. Diesen Mann hatte sie in den Selbstmord getrieben.

Vor Schmoll lag die Leiche von Markus Engler.

Herzlichen Dank

meinen Testleserinnen: Jun. Prof. Dr. Daniela Nicklas, Pfarrerin Guntrun Müller-Enßlin und Diplom-Bibliothekarin Gabi Stelter für ihre konstruktiven Kritiken, wertvollen Tipps und ihren Ansporn;

der Krimiautorin Britt Reißmann und dem Bürgerreferenten des Stuttgarter Polizeipräsidiums Stefan Keilbach, die mir meine Rätsel über die Arbeit der Kriminalpolizei lösten;

dem Fellbacher Weinbautechniker Frank Seibold für fachkundige Erklärungen über Zuckerle-Weinberge und die Geheimnisse des Eisweins;

den Mitarbeitern des Robert-Bosch-Krankenhauses, die mir Einblicke in die Pathologie gaben und mich kurzzeitig das Gruseln lehrten;

der stellvertretenden Managerin der Jonny-m.-Fitness-Clubs, Karolina Bernacka, die mich bereitwillig durch die Clubräume führte und auch einem unsportlichen Menschen Geräte und Fitnessprogramme näherzubringen wusste;

dem Team des Silberburg-Verlages für die gute Zusammenarbeit, insbesondere Bettina Kimpel für ihr einfühlsames, hilfreiches Lektorat.